Jennifer Fortein
Hausmensch

Jennifer Fortein

Hausmensch

Dystopie

Bibliografische Information der Deutschen Nationalbibliothek: Die Deutsche Nationalbibliothek verzeichnet diese Publikation in der Deutschen Nationalbibliografie; detaillierte bibliografische Daten sind im Internet über http://dnb.d-nb.de abrufbar.

1. Auflage

© 2024 Jennifer Fortein

Coverbild: JCDphoto/Shutterstock.com
Cover erstellt in Canva.

Herstellung und Verlag: BoD – Books on Demand, Norderstedt

ISBN: 978-3-7597-6703-5

1

Ich öffne zwinkernd die Augen, als mich durch das Fenster in der Dachschräge über mir das warme Sonnenlicht trifft, ehe ich mich genüsslich im Bett strecke. Entspannt schlage ich die Bettdecke um, ehe ich auf nackten Füßen aufstehe und über den weichen Teppich spaziere.

Heute wird ein weiterer, guter Tag.

Ich öffne leise knirschend die Tür und lausche auf den Flur. Doch Philos vertraute Stimme am Wohnungseingang verrät mir, dass er bereits wach ist und ich nicht schleichen muss, um ihn nicht zu wecken.

»Schade, dass du nicht zum Frühstück bleibst, Wildkätzchen.« Das leise Zischen aus einer Bratpfanne in der Küche übertönt seine Stimme beinahe. Philo hat eine Hand um die Tür geklammert, die andere am Rahmen abgestützt, während er sich zu der Frau auf dem Flur herunterbeugt. Ich weiß, dass sie Adina heißt, und ich nehme an, dass sie Philos Partnerin ist, auch wenn wir nie darüber gesprochen haben. Doch wann immer wir uns treffen, ist sie freundlich zu mir, also mag ich sie.

»Ich finde es auch unendlich schade, aber ich möchte kein unnötiges Risiko eingehen. Ich weiß nicht, ob er mich immer noch sucht.« Ihr Gesicht hebt sich zu mir, wodurch ihr einzigartiger Lederschal knirscht, ehe sie mir zuwinkt. »Tschüss, Valerie!«

Philo dreht sich überrascht zu mir um, als ich zurückwinke. »Bis bald, Adina!«

Dann drückt sie ihm einen schnellen Kuss auf die Wange und flüstert ihm etwas zu, ehe sie verschwindet und Philo die Tür zudrückt. Kurz noch bemerke ich seinen hängenden Kopf, doch als ich auf ihn zukomme, um ihn zu trösten, setzt er bereits wieder ein Lächeln auf. »Guten Morgen, Sonnenschein. Ich dachte, du schläfst oben noch friedlich.« Er strubbelt mir durch die zerzausten Haare, obwohl er längst weiß, dass ich das nicht mag. Dann nimmt er mich wie zu einer Entschuldigung in die Arme, ehe er hastig in der Küche verschwindet.

Neugierig folge ich ihm durch den Türbogen, rieche das warme Fett aus der Pfanne und das darin bratende, herrlich gewürzte Tofu. Mein Lieblingsessen.

»Gibt es was zu feiern?«, frage ich und deute auf mein Frühstück.

Philo schaut kurz auf, dann wieder zur Pfanne. »Nicht direkt.« Eine geschickte Bewegung und der weißliche Block ist gewendet. »Aber wir haben heute noch was vor und ich wollte sicherstellen, dass du vorher gute Laune hast.« Er tippt sich kurz mit den Fingern an einer seiner Metallimplantate im Kopf, woraufhin das blaue Lämpchen daran zu leuchten aufhört.

»Wir haben was vor?«, frage ich aufgeregt. Doch meine freudige Erwartung versiegt sofort wieder. »Es geht doch nicht zum Arzt oder sowas?«

Philo lacht auf und strubbelt mir erneut mit einer Hand über den Kopf, ohne mich anzusehen. Genervt winde ich mich aus der Berührung. »Nein, gehen wir nicht.«

»Sondern?«

Philo platziert den Tofu auf einem Teller, dann stellt er ihn auf dem kleinen Tisch neben uns ab. »Setz dich doch erstmal und iss was.«

Mit Aufregung im Magen komme ich der Aufforderung nach und knibble mit den Fingern kühlere Ecken des weiß-öligen Stücks ab. »Also?«, frage ich mit vollem Mund.

»Ich hatte in letzter Zeit den Eindruck, dass du dich einsam fühlst.«

Ich senke den Blick, während ich weiteresse. »Es ging schon«, lüge ich. Manchmal war er tagelang weg. Er hat immer dafür gesorgt, dass ich genug freizugängliches Essen im Haus hatte, denn weder den Kühlschrank noch andere elektronische Geräte kann ich ohne ihn bedienen. Auch genug Beschäftigungsmöglichkeiten ohne Elektronik sind immer hier, damit ich mich nicht langweile, wie Bücher und Sportgeräte. Aber dennoch kam es mir manchmal wie eine Ewigkeit vor, in der ich nichts anderes tun konnte, als auf seine Rückkehr zu warten.

»Ist süß, dass du das sagst, aber ich weiß, dass es stimmt.« Er schnauft und fährt sich durch die Haare. »Ich habe wegen meinen anderen Verpflichtungen auch nicht mehr so viel Zeit, regelmäßig mit dir zu Sapien-Begegnungsstätten zu gehen. Ich weiß, dass du das vermisst, aber ich schaffe es einfach nicht.«

Ich zucke mit den Schultern, während ich einen weiteren Happen in die Hand nehme. Die Wahrheit ist, dass ich es nicht vermisse. Ich habe ihm nur immer gesagt, dass ich es dort gut fände, weil ihn das glücklich machte. Doch ich mag diese Begegnungsstätten für Sapiens, wie ich einer bin, nicht. Dort sind immer viel zu viele Menschen auf viel zu engem Raum. Überall Lärm und Gedränge und neben einzelnen Individuen, die ganz nett sind, laufen da auch immer viele anstrengende Leute herum, mit denen ich nicht umzugehen weiß, und das verunsichert mich.

»Deswegen habe ich mir überlegt, dass ich mir einen weiteren Hausmenschen anschaffe«, fährt Philo nun fort. »Und du kommst natürlich mit, um den zweiten Sapien auszusuchen.«

Schlagartig schaue ich auf. »Ehrlich?«, frage ich mit weit aufgerissenen Augen.

Philo nickt. »Wenn du das möchtest …«

»Und wie ich das möchte!«, entgegne ich, lasse den Happen Tofu auf den Tisch fallen und stürze dann in seine Arme, was er mit einem Auflachen kommentiert. »Du bist der Beste, Philo!«

»Ach, Blödsinn.« Mit der Hand streicht er mir über den Rücken. »Ich will doch nur, dass es dir gut geht.«

»Ich bin schon so aufgeregt!« Ich kehre zu meinem Teller zurück, stopfe mir die nächsten Krümel jedoch im Stehen in den Mund. »Ich werde ihr oder ihm alles zeigen!« Ich deute auf den Nebenraum. »Als erstes die ganzen Sportgeräte.« Ich nehme einen weiteren Happen Tofu auf und deute mit dem Zeigefinger in die entgegensetzte Richtung. »Dann mein Zimmer und das ultragemütliche Bett. Das ist so groß, da passt bestimmt noch jemand herein.« Mein Finger fährt zur Seite, meine andere Hand zu dem verbleibenden Stück Frühstück. »Und dann das Sofa und die vielen Bücher.«

Doch Philo beruhigt mich mit einer Handbewegung. »Du solltest deinen Sapien erst einmal ankommen lassen und nicht gleich überfordern. Aber ich bin mir sicher, wir kriegen das hin.«

Erneut strubbelt er mir durch die Haare, doch nun reicht es mir endgültig. Ich schubse seine Hand weg und schaue ihn mit großen Augen an. »Du weißt, dass ich das nicht mag.«

»Ja«, gesteht er kapitulierend. »Aber ich mache das einfach so gerne. Entschuldige.« Als würde er nach einer Ersatzhandlung suchen, streicht er mir nun über den Rücken. »Also, wenn du so weit bist, können wir direkt los. Ich habe mir extra ein paar Tage Urlaub genommen.«

»Oh ja!«, erwidere ich, meine Freude bezogen auf beide Aussagen. »Lass uns los!«

* * *

Allein der Moment, in dem ich mit Philo durch die Wohnungstür nach draußen trete, ist jedes Mal etwas Besonderes. Das einzige, was stört, ist die Leine am Halsband um meinen Hals, die ich dabei tragen muss. Aber ich kenne die Regeln. Ich gehöre eben zu einer impulsiven, irrationalen und unterlegenen Art der Menschen. Daher verpflichten die

Gesetze Philo dazu, die Leine in einen Clip an meinem Halsband einzuhängen. Das Stück Stoff in seiner Hand ist vergleichsweise machtlos, doch der dadurch auslösbare Chip an meinem Rücken, direkt auf meiner Haut, kann unglaubliche Schmerzen auslösen.

Ich habe es bisher nur ein einziges Mal vor vielen Jahren erlebt, als jemand Philo die Leine in einer Begegnungsstätte aus der Hand gerissen hat und mich mitschleifen wollte. Ich erinnere mich an den durchdringenden Schmerz noch heute. Wie ein Elektroschock in allen Muskeln, der das Gehirn zusammenzudrücken scheint und gleichzeitig die Luft aus der Lunge pumpt.

Ich will das nie wieder erleben. Doch zum Glück weiß ich, dass Philo das auch niemals tun würde. Ich vertraue ihm. Und da er mein Besitzer ist, muss ich auch nicht fürchten, dass jemand anderes nochmal die Gelegenheit dazu kriegen könnte.

Als mich die Sonnenstrahlen schließlich ohne die Fenster dazwischen treffen, nehme ich einen tiefen Atemzug. Die Luft fühlt sich kühl und frisch an und wirbelt mein Kleid herum, während die Sonne mich so sehr wärmt, dass ich nicht zu frieren beginnen kann. Es ist das ideale Wetter, alles um uns herum blüht. Wie ich solche Ausflüge liebe.

»Nehmen Sie sofort Ihren dreckigen Hausmenschen von mir weg!«

Erschrocken springe ich beiseite, noch ehe ich verorten konnte, woher das Geräusch kam. Eine edel bekleidete Dame mit dickem Fellmantel trotz der sommerlichen Temperaturen und einer glänzenden Kette um den Hals sieht mich voller Verachtung an, hat die Hände gehoben und ist beinahe vom Bürgersteig gestolpert, so sehr ist sie bemüht darum, mich nicht zu berühren.

»Passen Sie besser auf, ehe Sie sie noch verletzen«, erwidert Philo, seine Augen verengt.

»Warum sollte mich das kümmern?« Sie deutet mit dem Zeigefinger auf mich und stolpert noch weiter zurück.

»Verantwortungslos von Ihnen, heutzutage überhaupt noch solche Lebensformen zu erhalten.«

Plötzlich löst sich Philo von mir und tritt aufgebäumt auf sie zu. »Das einzig Verantwortungslose hier ist, dass es Ihnen weiter erlaubt wird, zu atmen.«

Mit großen Augen beobachte ich die Szene. Ich weiß, dass mir Philos Verhalten vermutlich bedrohlich vorkommen sollte. Doch dass er mich auf diese Art und Weise beschützt, beruhigt mich in Wahrheit.

Die Frau schnaubt lauthals, dann wendet sie sich ab und verschwindet leise plappernd die Straße entlang.

Philo holt bereits erneut Luft, doch ich berühre ihn sanft am Oberarm, was ihn geräuschlos ausatmen lässt. »Wir sollten nicht so viel Zeit auf sie verwenden. Ich will lieber den neuen Sapien holen!«

Mit einem immer weicher werdenden Lächeln betrachtet er mich, dann nickt er schließlich. »Du hast recht. Sie ist es nicht wert und ich möchte dir den Tag nicht verderben.« Er streicht mir abermals über den Rücken, dann tritt er mit mir auf eine der Transportplattformen zu, auch wenn ich mir wünsche, wir würden den Weg zu Fuß laufen – egal, wie weit entfernt der Ort ist. Ich würde gerne jede Sekunde genießen, die ich draußen bin, immerhin kommt es selten genug vor.

Doch da ich Philo keinen Ärger bereiten möchte, steige ich mit ihm auf die Plattform. Er hält meine Hand, dann spüre ich bereits das bekannte Kribbeln auf meiner Haut, ehe kurz alles vor meinen Augen weiß wird. Nur Sekunden, bevor eine neue Umgebung vor mir erscheint – eine mir unbekannte Waldgegend. Diese Technik der Prävalis, wie Philo einer ist, soll Menschen über unglaubliche Distanzen transportieren können, auch wenn ich sie als Sapien weder verstehen noch bedienen kann. Doch vielleicht macht sie das nur noch spannender und geheimnisvoller.

Philo legt seine Hand auf meinen Rücken, ehe wir über knirschende Steinwege auf ein Gebäude in der Ferne zulaufen.

Die grau-schwarzen Gemäuer wirken einschüchternd und als wir näher kommen, höre ich Gebrüll und Geschrei hinausdringen.

Ich stoppe abrupt.»Wo sind wir?«

Philo wendet sich überrascht zu mir um.»Bei einer Sapien-Auffangstation.«

»Was ist das?«

Er kommt wieder auf mich zu, dann greift er nach meinen Händen.»Du brauchst keine Angst zu haben, Sonnenschein. Ich bin bei dir.«

»Was ist das?«, wiederhole ich jedoch bloß.

Philo lächelt leicht.»Hier werden Sapiens hingebracht, die keinen so guten Start ins Leben hatten. Sie wurden schlecht behandelt, ausgesetzt oder ... sowas.«

Ich schaue zu ihm auf.»Komme ich auch von einer Auffangstation?«, frage ich weiter. Soweit ich mich zurückerinnern kann, lebe ich in diesem gemütlichen Haus bei Philo. Dennoch weiß ich natürlich, dass es mal anders gewesen sein muss. Schließlich sind wir biologisch betrachtet ganz andere Menschenarten und nicht miteinander verwandt.

»Nein, das nicht«, antwortet Philo zögerlich.»Aber du hattest ebenfalls einen schwierigen Start ins Leben.« Er zögert, als würde er erwägen, mir auch den Rest der Geschichte zu erzählen, entscheidet sich aber offenbar dagegen.»Jetzt werden wir einem anderen Sapien wie dir auch die Chance geben, ein schöneres Leben zu führen.«

»Oh ja!«, erwidere ich sofort begeistert.»Also werden wir nicht nur mir, sondern auch dem anderen Menschen helfen. Das gefällt mir!«

13

2

Gegen einen inneren Restwiderstand treten wir durch die hohen Türen ins Innere. Die Schreie sind mittlerweile ohrenbetäubend laut und es ist mir unmöglich, sie auszublenden. Aber ich vertraue darauf, dass Philo weiß, was er tut.

Ein weiblicher Prävali, erkennbar durch ebenso viele, wenn auch anders verteilte Metallimplantate, kommt auf uns zu und richtet sich an Philo.»Hallo, wie kann ich Ihnen helfen?«

»Philo Marx mein Name. Ich hatte angerufen wegen eines zweiten Sapiens.« Mit einem Lächeln legt er den Arm um meine Schultern.

»Natürlich.« Die Frau grinst übertrieben zurück. Sie ist mir unheimlich.»Sie wollten sich unsere Sapiens so um die zwanzig ansehen, richtig?«

Philo nickt.»Ich hätte gerne einen Zweiten in ihrem Alter, damit meine nicht so alleine ist.«

Die Frau mustert mich, ehe sie sich wegdreht und Philo bedeutet, ihr zu folgen.»Wir haben gerade ein paar da. In dem Alter sind sie immer schwer vermittelbar. Wenn man sich einen Sapien anschafft, soll er ja meistens noch blutjung sein.« Über die Schulter blickt sie zurück zu uns und lächelt bedauernd.»Selten gehen noch ein paar Senioren über die Theke, wenn ich das so sagen darf. Wenige möchten sich die notwendige Pflege eines älteren Sapiens aufbürden, aber andererseits verpflichtet man sich auch nicht dazu, für achtzig Jahre oder mehr einen Hausmenschen zu versorgen. Aber alles dazwischen ... da haben Sie wirklich etwas Auswahl, Herr Marx.«

Wir treten durch eine Tür nach draußen auf Steinplatten zwischen kurz getrimmten Rasen, sodass uns ringsherum vergitterte Gehege umgeben. Ich umklammere meine Oberarme, da mich der Anblick fröstelt. Aus einigen der Abteile höre ich Geschrei und ich verziehe das Gesicht. Für einen Moment wünschte ich mir, doch nicht mitgekommen zu sein.

Plötzlich springt jemand neben mir an das Innere des Gitters. Ich schrecke zur Seite, reiße fast Philo mit mir zu Boden, ehe ich im Gras lande. Erschrocken blicke ich auf zu dem Menschen, dem Spucke die Lippe herabläuft, während er an den Gittern rüttelt. Unverständliche Laute und ein Knurren, während er mich anstarrt, als würde er mich in Stücke zerreißen, wäre dazwischen nicht noch rettendes Metall.

»Wir haben ein paar schwere Fälle hier«, erklärt die Frau unbeeindruckt, während ich mich zurück auf die Beine richte. »Dieser hier versteht sich nicht mit anderen Menschen, da haben wir noch etwas Arbeit vor uns.«

Philo nickt stumm, während er den Sapien am Gitter ebenso starr im Blick behält wie ich. »Arme Geschöpfe«, kommentiert er, ehe er mich mit einer Hand am Rücken mit sich zieht.

»Da haben Sie recht«, erwidert die Frau, während wir weiter an Gitterstäben entlanggehen. »Manchmal wissen wir selbst nicht genau, was ihnen bisher im Leben widerfahren ist. Es ist wirklich schwierig, für solche Fälle noch ein wohlwollendes Zuhause zu finden.«

Noch während Philo mich mit sich schleift, fällt mein Blick zurück zu dem Mann, der die Hände um die Metallstäbe geklammert hat und uns mit sabberndem Blick nachsieht. Ist es das, was aus mir hätte werden können, wenn Philo sich nicht um mich gekümmert hätte?

»So, da wären wir«, unterbricht die Frau schließlich meine Gedanken und deutet auf einige Gehege direkt vor uns. »Da haben wir drei Exemplare, die ich Ihnen vorschlagen kann. Ich empfehle zu einem weiblichen Sapien normalerweise immer ein kastriertes Männchen dazuzusetzen, zwei Weibchen giften sich manchmal an. Aber unsere männlichen Exemplare sind gerade etwas schwierig.«

Philo blickt zu mir herab. »Möchtest du mal schauen?«

Verunsichert und verängstigt von allem, was bereits passiert ist, trete ich voran und löse mich damit zum ersten Mal von seiner Hand.

»Dieser Mann ist bereits seit einigen Jahren bei uns«, beginnt die Frau zu erzählen, während ich die kümmerliche Gestalt in der hintersten Ecke beobachte. Er hat einen Stock und einen Stein in der Hand, die er aneinander reibt, als wolle er damit ein Feuer erzeugen. »Er ist eher zurückhaltend und schwer einzuschätzen. Allerdings hat er gewisse Ticks, wenn man so sagen will. Die müssten ihm noch aberzogen werden.« Sie deutet auf den Stock, den er nun immer wieder gegen seine Schläfe donnert.

Ich zucke zurück und gehe dann weiter zum nächsten Gehege. Doch noch ehe ich es erreicht habe, springt mir abermals ein Mann entgegen und fährt mit den Fingern zwischen die engen Gitterstäbe in meine Richtung.

»Ja, dieses Exemplar ist erst frisch kastriert«, fährt die Frau fort. »Er ist noch nicht lange bei uns. Aber ich würde sagen, das sieht nicht besonders passend aus zwischen den beiden.«

»Das würde ich auch sagen«, bestätigt Philo gepresst und schiebt mich mit einer Hand an meinem Rücken an dem Gehege vorbei.

»Das ist das letzte Exemplar, das ich Ihnen vorschlagen kann und das ungefähr in dem Alter Ihres Sapiens ist.«

Ich erhasche einen Blick auf das Innere des Geheges und mustere die Frau darin, die am Boden des Betonbaus sitzt. Sie hat die Hände um die Beine geschlungen und starrt die Wand vor sich an, ganz stumm.

Neugierig hocke ich mich nieder und näher an die Gitterstäbe. Als sie mich bemerkt, schaut sie auf und kommt gehockt auf mich zu. Ihr Blick verrät eine Mischung aus wilder

Abwehr und gleichzeitiger offener Neugier, die mich fasziniert.

Als sie das Gitter erreicht, reckt sie die Nase in meine Richtung. »Du bist eine von uns«, beginnt sie dann in rauem Ton.

»Ich bin auch ein Sapien, ja«, erkläre ich und lege meine Hand gegen das Gitter.

Doch ihr Blick fährt zu den zwei Menschen hinter uns. »Gehörst du denen?«

»Dem Mann. Philo«, erkläre ich und beobachte sie ruhig. Doch sie spuckt bloß auf den Boden. »Sie sind alle Abschaum.«

»Sie ist schon länger bei uns«, erklärt die Frau im Hintergrund. »Ebenfalls schwieriger Fall, aber bisher nicht gefährlich. Wir haben sie vor ein paar Jahren von der Straße aufgelesen. Damals war sie dürr und extrem aggressiv. Dürr ist sie jetzt nicht mehr.«

Der Sapien vor mir knurrt, während sie redet.

»Wir haben zweimal eine Vergesellschaftung mit anderen Sapiens getestet«, fährt die Frau fort. »Mit Männchen scheint sie sich nicht besonders zu verstehen. Aber vielleicht funktioniert es mit Ihrem weiblichen Hausmenschen ja besser.«

Philo schnauft hinter mir durch. »Sie hat sicher einiges durchgemacht.«

»Wegen Leuten wie euch!« Plötzlich springt die Frau vor mir auf die Beine und richtet sich an Philo.

Ich wende mich um und bemerke, wie er etwas zurückschreckt. Dann mustert er sie intensiv, bevor sich sein Blick zu mir dreht. »Was denkst du, Sonnenschein?«

Ich betrachte die Frau vor mir nachdenklich. Sie tut mir leid. Gerne würde ich ihr zeigen, dass es ein anderes Leben gibt als jenes hinter diesen Metallstäben. Ein besseres Leben. Ein Leben, wie Philo es mir ermöglicht hat. Doch gleichermaßen fürchte ich mich auch vor ihrer Aggressivität, die sich nicht einmal gegen mich, sondern vor allem gegen ihn zu richten scheint.

»Ihr Name ist Gwynn«, erklärt die Frau nun. »Das ist das Einzige, was wir aus ihr herausbekommen haben.«

Ich beiße mir auf die Lippe, während ich ihren vor Abscheu triefenden Blick mustere. Ich weiß nicht, was ihr widerfahren ist, doch ich bin mir sicher, dass es mit anderen Prävalis zu tun hatte. Gerne würde ich ihr helfen, doch ich befürchte, dass sie das gar nicht möchte. Jedenfalls nicht auf die Weise, wie Philo und ich ihr helfen könnten.

* * *

»Also, Valerie, wen sollen wir mitnehmen?«

Ich sitze mit Philo und der Frau, die offenbar die Leiterin der Auffangstation ist, auf zerrissenen Sofas an einem niedrigen Tisch, während Philo mich nachdenklich mustert. Doch obwohl die beiden in den letzten Minuten nochmal ausführlich alle drei Optionen durchgesprochen haben, geht mir nur ein einziges Gesicht durch den Kopf.

Also atme ich tief durch, ehe ich beginne: »Vielleicht sollten wir es doch mit Gwynn versuchen.«

Philo fährt sich durch die Haare. »Ich schätze, wir würden eine gute Tat vollbringen, wenn es gut geht, aber ... puh.« Er schnauft. »Das wäre eine ordentliche Portion Arbeit. Auch für dich, schätze ich.«

»Normalerweise würde ich Gwynn nur ungern herausgeben«, erklärt die Leiterin nun. »Aber bei Ihnen wirkt es mir, als wäre sie gut aufgehoben. Ihre scheint ja wirklich gut erzogen zu sein.« Sie stupst mir auf die Nase.

Philo lächelt verkrampft. »Ist denn bekannt, woher sie stammt?«

Die Frau schüttelt den Kopf.»Wir wissen praktisch nichts über sie, sie hat sich nie einem Prävali anvertraut. Aber vielleicht ändert sich das ja mit Ihnen?«

Er dreht den Kopf wieder zu mir.»Ich weiß nicht, ob wir das Richtige tun. Aber wenn du es gerne möchtest, werden wir es mit Gwynn probieren.«

Ich nicke zögerlich. Denn wenn er schon nicht weiß, ob es die richtige Entscheidung ist, weiß ich es noch weniger. Ich hasse es, Entscheidungen treffen zu müssen.»Wir sollten sie vorher fragen«, erwidere ich also.»Ich möchte nicht gegen ihren Willen handeln.«

Philo nickt sofort.»Könnten Sie sie einmal für uns herausholen?«, fragt er die Leiterin dann.

Sie nickt zögerlich.»Das könnte allerdings einen Moment dauern. Sie ist manchmal recht anstrengend.«

»Wir könnten mitkommen!«, erwidere ich sofort, doch die Frau zuckt auf meine Bemerkung hin nicht einmal.

»Vielleicht könnte Valerie sie etwas beruhigen«, setzt Philo also nach.

Die Frau stöhnt nachdenklich.»Na schön, es kann ja nicht schaden, es zu versuchen.«

Wir erheben uns von unseren Plätzen und die Leiterin führt uns durch überdachte, stille Gänge, bis wir vor einer weißen Tür mit einem Sichtfenster und einer Klappe stehen bleiben.»Gwynn?«, ruft sie durch die Tür und Schritte ertönen.»Ich werde jetzt die Tür aufmachen. Mach bitte keinen Ärger, du weißt ja, was sonst passiert.«

Ein Knurren von der anderen Seite, was kaum nach einer Zustimmung klingt. Dennoch schließt die Frau die Tür auf und drückt sie dann bedächtig langsam auf.

Im Inneren sitzt Gwynn mittlerweile wieder gegen eine Wand gelehnt und schaut zur Tür auf. Erst betrachtet sie die Leiterin, dann fällt ihr Blick auf mich.

»Gwynn«, beginne ich und hocke mich nieder, obwohl ich vermutlich die geringste Bedrohung für sie darstelle.»Wir würden dich gerne mitnehmen. Aber nur, wenn du das auch möchtest.« Als sie bedrohlich die Augen zusammenkneift, setze ich nach:»Das Leben bei Philo ist wirklich schön. Du wirst es genießen.«

»Ich werde das Leben bei einem Prävali nie genießen«, gibt sie zurück.

Ich hebe die Schultern.»Ich kann das für dich nicht beurteilen. Aber ich kann dir versichern, dass es besser ist als das Leben, das du hier hast. Ist das nicht immerhin ein Fortschritt?«

Gwynn mustert mich, als hätte sie meine Frage nicht verstanden, dann steht sie langsam auf. Sofort macht die Leiterin einen Schritt auf sie zu und fixiert die Leine um ihren Hals, doch Gwynn konzentriert sich nur auf mich.»Hier bin ich für niemandem von persönlichem Interesse. Aber ich weiß nicht, ob der da es auf mich abgesehen haben könnte.« Sie deutet mit einem Finger auf Philo.

»Ich bin schon seit Jahrzehnten bei ihm. Er hat es nicht auf uns abgesehen«, beruhige ich sie.

Gwynn scheint jedoch immer noch zu zweifeln.»Alle Prävalis haben es auf uns abgesehen. Nur so können sie ihre Vormachtstellung sichern. Sie alle sind böse. Vor allem jene, die Hausmenschen halten.« Wieder funkeln ihre Augen düster, als sie in langsamen Schritten auf uns zukommt.

Neben mir erkenne ich nun Philos warmes, wenn auch etwas unsicheres Lächeln.»Es gibt böse Menschen da draußen, ja. Aber ich habe nicht vor, dir etwas anzutun. Ich suche nur jemanden, damit Valerie nicht so alleine ist.« Er legt wieder eine Hand auf meinen Rücken.»Wir haben ein super bequemes Sofa, eine warme Heizung, leckeres Essen …«

»Essen?«, horcht Gwynn plötzlich auf.

Die Leiterin lächelt entschuldigend.»Natürlich werden die Sapiens hier versorgt, aber die Mittel sind knapp und irgendwo müssen wir ja einsparen …«

Doch Philo unterbricht sie mit einer ruhigen Handbewegung.»Ja, viel Essen, so viel du möchtest.«

Gwynn kneift die Augen zusammen, dann sieht sie wieder mich an.»Ich werde Prävalis niemals vertrauen. Aber wenn du ihm vertraust, scheint das ein gutes Zeichen zu sein.«

Ich nicke heftig, dann lächle ich angesichts der ersten Entspannung, die ihre Haltung zeigt.»Ich bin übrigens Valerie.« Freundlich strecke ich die Hand zu ihr aus.

»Schön, Valerie«, erwidert Gwynn bissig, ohne meine Hand zu ergreifen.»Ich schätze, alles ist besser, als weiter in diesem Käfig zu sitzen.« Sie schaut zu Philo auf.»Also schauen wir mal, wie dieser Sklaventreiber drauf ist.«

»Ich werde dir nichts tun«, wiederholt Philo ruhig und legt eine Hand auf meine Schulter.

»Das werden wir noch sehen«, erwidert Gwynn jedoch nur und mustert ihn.

Dann sieht Philo zu der Frau auf.»Ich denke, wir werden es mit ihr probieren.«

»Schön«, erwidert die Frau in jener uneindeutigen Betonung, die sie schon am Anfang unsympathisch erschienen ließ.»Ich dachte schon, unsere Kleine würde zu einer der unvermittelbaren Fälle gehören, die bis zum Lebensende bei uns sitzt.«

Gwynn knurrt unzufrieden, schweigt jedoch.

»Ich bereite im Büro eben die Dokumente vor. Sie können ja nachkommen.« Prompt drückt sie Philo die Leine in die Hand und verschwindet.

Gwynn senkt den Blick und atmet angestrengt, als sie neben mir steht. Erneut frage ich mich, ob es doch ein Fehler war. Ob sie eine Gefahr für uns darstellt. Doch Philo hätte mir sicher nicht die Entscheidung überlassen, wenn das Risiko bestände, oder?

3

Als wir unsere Wohnung betreten, lässt Philo Gwynn zögerlich von der Leine, woraufhin sie in langsamen, weiten Schritten ins Innere tritt. Philo bleibt angespannt an der Tür stehen und blickt mich auffordernd an. »Vielleicht ist es besser, wenn du ihr alles zeigst.«

Aufgeregt wende ich mich an Gwynn. »Also, da drüben ist unser Schlafzimmer. Dort ist das Bad und ...«

»Wo gibt es Essen?«, unterbricht sie mich jedoch.

Ich zögere und schaue zu Philo, der jedoch stumm nickt. »In der Küche«, erkläre ich und hebe die Hand in die passende Richtung. »Wir haben ...«

Doch Gwynn läuft bereits los. Als Philo und ich sie eingeholt haben, rüttelt sie immer noch erfolglos am Kühlschrank.

»Warte«, fährt Philo dazwischen und drängt sich zwischen sie und die Elektronik. Er öffnet die Tür mit seinem Handimplantat, ehe er wieder zurücktritt. »Nimm dir, was du möchtest.«

Ich lege den Kopf schräg, während ich Gwynn beobachte. Sie scheint misstrauisch, kneift die Augen zusammen, ehe sie einen Blick in das Innere wirft, das bis oben hin mit leckeren Dingen gefüllt ist. Es scheint sie einige Momente zu kosten, ehe sie alles davon erfassen kann, dann greift sie nach einigen Packungen Sojajoghurt, drei Müsliriegel und einer Tafel Schokolade, ehe sie mit vollen Händen aus der Küche verschwindet.

Philo sieht mich auffordernd an. »Willst du auch was?«

Ich schüttle den Kopf, die Aufregung vertreibt mir sämtlichen Appetit. Stattdessen laufe ich Gwynn hinterher, die sich mit den Nahrungsmitteln nun mitten im Wohnzimmer auf den Boden gesetzt hat.

Schockiert hebe ich die Hand. »Es wird eigentlich in der Küche am Tisch gegessen.«

»Ist mir egal«, erwidert Gwynn jedoch und reißt nun den Deckel vom Sojajoghurt auf, den sie mit den Fingern auslöffelt. Immer wieder fallen Tropfen auf den Teppich herab, der sich daraufhin hell verfärbt.

Ich klappe meinen Kiefer wieder zusammen, als Philo von hinten an mich herantritt und wieder eine Hand auf meine Schulter legt. »Schon in Ordnung, Sonnenschein. Das ist nicht so schlimm. Wir zeigen der kleinen Löwin das alles noch.«

Ich nicke stumm. Als Gwynn jedoch Philos Stimme hört, nimmt sie die Nahrungsmittel wieder auf und verzieht sich weiter in eine andere Ecke des Raums, auf dem Weg Tropfen von dem Joghurt verteilend. Philo schnauft kurz, sagt jedoch nichts.

Geduckt komme ich auf sie zu. Immerhin scheine ich sie nicht dazu zu veranlassen, weiter zu flüchten, auch wenn sie kurz das Auseinanderrupfen der Schokolade unterbricht.

»Wenn du noch was zu essen brauchst, melde dich bei mir«, erklärt Philo noch aus dem Hintergrund. »Oder sag Valerie Bescheid. Es ist dir sicher lieber, wenn ich euch jetzt erstmal alleine lasse.« Langsam bewegt er sich auf seine Zimmertür zu. »Ruf mich, wenn was ist, Valerie.«

Ich nicke, ohne aufzusehen. Dann betritt Philo seinen Raum und schließt die Tür hinter sich.

Augenblicklich springt Gwynn auf und rennt auf die Wohnungstür zu. Ich will ihr noch hinterher, doch da rüttelt sie bereits an der Klinke.

»Abgeschlossen«, stellt sie zischend fest. Dann wendet sie sich einem Fenster zu, an dem sie zerrt, doch es ist ebenfalls verschlossen. Aufgeregt rüttelt sie an einer Hintertür, jedoch mit demselben Misserfolg. Philo muss geahnt haben, wie sie reagieren würde. Normalerweise schließt er die Türen nicht ab, wenn er da ist.

»Beruhig dich bitte«, rede ich auf sie ein, doch sie scheint mir gar nicht zuzuhören.

»Er ist nicht besser als die anderen«, brabbelt sie vor sich hin, während sie ein Fenster nach dem nächsten durchtestet. »Er sperrt uns ebenfalls hier ein wie Sklaven.«

»Das ist zu unserer Sicherheit«, gebe ich weiter, was er mir stets erzählt hat.

»Zu unserer Sicherheit?« Plötzlich kommt Gwynn auf mich zu. »Sie besitzen uns. Sie nehmen uns alle Rechte. Wir sind offiziell Menschen zweiter Klasse. Sie glauben, alles mit uns machen zu können, nur weil sie diese lächerlichen Kategorien namens Sapien und Prävali erschaffen haben.« Sie neigt ihren Kopf zu mir herüber. »Ich werde mir das nicht gefallen lassen.«

Ich schnaufe, während Gwynn weiter nach einer Ausbruchsmöglichkeit sucht. Ich weiß, dass es bei Weitem nicht allen Sapiens so gut geht wie mir. Philo hat mich stets gut behandelt und verwöhnt, doch dort draußen gibt es Sapiens, die bei ihren Besitzern misshandelt werden. Zu Dingen gezwungen werden, die sie nicht tun wollen, oder denen die einfachsten Dinge wie Nahrung und Hygiene verwehrt bleiben. Die geschlagen oder körperlich wie psychisch bestraft werden. Die ausgesetzt werden, auf der Straße landen, wo sie Freiwild sind. So, wie es ihr ergangen sein muss.

Vermutlich braucht es bloß Zeit, bis sie zu vertrauen beginnt. Oder wird es niemals soweit kommen?

* * *

Nach einigen Stunden, in denen ich bei Gwynn saß und ihr erst bei ihrer Fressattacke und schließlich ihrem melancholischen Schweigen beigestanden habe, hat sie sich

24

etwas beruhigt. Ich habe sie sogar dazu bekommen, sich ins Bett zu legen und zu schlafen. Es wirkte nicht freiwillig, aber offenbar hatten sie die Kräfte verlassen.

Nun sitze ich auf dem Sofa und starre die Wand an. Gwynn als neuen Sapien bei uns zu haben ist ganz und gar nicht so, wie ich es mir vorgestellt hatte. Aber wenigstens bin ich nicht mehr einsam. Ich hoffe nur, dass sie keine Gefahr für uns wird. Vor allem nicht für Philo. Selbst wenn sie es nur schaffen sollte, eines Tages zu entwischen: Welche Konsequenzen würde das wohl für ihn haben?

Aber vermutlich wird sie sich noch eingewöhnen, wenn sie erst einmal merkt, dass wir ihr nichts Böses wollen.

»Wie lief es?«

Philos plötzliche Stimme neben mir lässt mich aufschrecken. Mit einem Lächeln auf den Lippen lässt er sich auf das Sofa neben mir nieder, ehe er mich mustert. »Ich nehme also an, nicht so gut?«

»Ich weiß nicht«, erwidere ich, während ich mich wieder gemütlicher hinsetze und mein klopfendes Herz beruhige. »Sie ist wirklich sehr verstört und hektisch. Ich weiß nicht, ob ich das hinkriege.«

»Es ist der erste Tag«, gibt Philo zurück. »Gib ihr etwas Zeit. Und uns. Du musst das schließlich nicht alleine bewältigen.« Er greift mit einem Arm um meine Schultern und zieht mich an sich heran, bis ich mich an seine Brust kuscheln kann. »Ich habe noch ein paar Tage Urlaub und auch danach bin ich nicht aus der Welt. Und sollte es wirklich gar nicht klappen, können wir sie immer noch zurück...«

»Nein!«, unterbreche ich ihn jedoch und schaue zu ihm auf. »Ich möchte nicht, dass sie wieder leidet.«

Philo schmunzelt, ehe er mich wieder an sich drückt und mit der Hand über meinen Kopf fährt. »Du hast recht, Valerie. Aber wenn wir das nicht hinkriegen, wer sonst?«

* * *

25

In der Nacht weckt mich ein anhaltendes Klopfen, ein ungewöhnliches Geräusch, weshalb ich Probleme habe, den Ursprung zu verorten. Langsam öffne ich die Augen, ehe ich bemerke, dass Gwynn nicht mehr da ist. Ich hatte ihr das Bett überlassen und mich zunächst in einen Schlafsack daneben eingerollt, doch die Laken sind nun leer.

»Gwynn?«, rufe ich und richte mich auf, ehe ich mich aus dem Schlafsack schäle. Noch immer ein ungewöhnliches Klopfen, ansonsten Stille.

Ich dränge mich aus dem Raum, dann sehe ich die Treppen hinab. Gwynn steht direkt vor der Haustür, doch statt einen erneuten Ausbruchsversuch zu starten, schlägt sie immer wieder mit dem Kopf gegen das Holz. Philo ist bei ihr, seinen zerknautschen Plüsch-Bademantel tragend, und legt gerade eine Hand um ihre Stirn.

»Alles gut, Valerie«, beruhigt er mich. »Sie schlafwandelt bloß.« Seine Haare sind zerzaust, als wäre auch er vor Kurzem erst wachgeworden. »Komm, kleine Löwin, ich bringe dich zurück ins Bett.« Behutsam greift er nach ihrem Rücken, was sie langsam aufschauen lässt. Doch ihr Blick ist leer, noch immer sagt sie nichts.

»Ist das normal?«, frage ich. »Habe ich das auch gemacht?«

Philo schüttelt konzentriert den Kopf, die Stufen seitwärts emporkletternd, während er Gwynn führt. »Du nicht, aber es kann vorkommen. Vor allem in einer solchen Stresssituation, wie jener, in der sie sich befindet. Das ist nichts Schlimmes.«

Zurück im Zimmer führt er sie wieder ins Bett, wo sie sich so folgsam hinlegt, als würde er ihre Gedanken manipulieren. Dann deckt er sie zu und augenblicklich schließt sie wieder die Augen.

»Sollte das öfter auftreten, muss ich mir etwas einfallen lassen. Nicht, dass sie sich bei einer dieser Aktionen noch verletzt«, erklärt Philo. »Aber für heute lassen wir sie erst einmal schlafen.«

Noch immer starre ich Gwynn ungläubig an, die sich jedoch nicht mehr regt. Dennoch hat es mich gegruselt, was vorhin passiert ist. Was ist, wenn sie bei ihrem nächsten Anfall von Schlafwandeln über mich drüberstampft? Oder einen Albtraum hat, in dem ich plötzlich ihr Feind bin?

Liebevoll zieht mich Philo mit einem Arm an sich heran und legt seinen Kopf auf meinen. »Die Situation ist besonders. Also wenn du eine Nacht bei mir im Bett schlafen möchtest ...«

Ich nicke heftig, ehe er den Satz beenden kann. Nicht nur, dass ich damit Distanz zu Gwynn habe, solange ich sie nicht einschätzen kann. Ich kann auch viel wohliger und ruhiger schlafen, wenn ich an ihn angekuschelt bin. Wie könnte ich so ein Angebot ausschlagen?

4

An Philo angeschmiegt fällt es mir deutlich leichter, wieder einzuschlafen. Ich spüre seine Wärme und sein gleichmäßiger Atem beruhigt mich so sehr, dass ich am nächsten Morgen gar nicht aufwachen möchte. Doch entgegen meiner Hoffnung, dass wir den Tag gemütlich beginnen könnten, steht er mit einem kurzen Strubbeln durch meine Haare auf, nachdem er wach wird. Erst dann bemerke ich, dass bereits wieder ein Rumpeln von unten zu hören ist, und stöhne entnervt auf.

Gwynn muss ihn geweckt haben.

Nur zögerlich winde ich mich aus der Bettdecke, die so vertraut nach ihm riecht, ehe ich ihm auf Zehenspitzen folge. Dieses Mal scheint Gwynn wach zu sein, denn sie rüttelt mit ganzer Macht an der Wohnungstür.

»Gwynn!«, ruft Philo mit einem Anflug von Genervtheit.

Schlagartig wendet sie sich um, dann fällt ihr Blick erst auf ihn, dann auf mich. »Ich wusste es«, beginnt sie und stürmt einen Schritt nach vorne. »Du hältst dir Valerie als Bespaßung für's Bett, nicht wahr? Dafür soll ich jetzt als nächstes herhalten, oder? Wie viele hattest du schon, mmh? Du bist so ein ekelhafter Perverser!« Plötzlich stürmt sie auf Philo zu.

Ich rase die Treppen herab, als er sie plötzlich mit einer Handbewegung abwehrt. Er muss einen seiner Implantate aktiviert haben, denn sie fliegt noch zwei Meter von ihm weg, ehe sie am Boden landet.

Schockiert mustere ich ihn, dann stürme ich auf Gwynn zu. »Alles in Ordnung?«

»Ja«, entgegnet sie dumpf. Sie reibt sich den Kopf, ehe sie sich wieder aufrichtet. Dann bemerkt sie offenbar ihre schmerzende Stirn, über die sie sich in der Folge streicht. »Warst das auch du?«, fragt sie vergleichsweise ruhig.

»Ich habe nichts getan, kleine Löwin«, beginnt Philo. »Du hast letzte Nacht geschlafwandelt und dir das selbst zugefügt.«

Sie macht einen Schritt auf ihn zu, doch ich halte sie am Handgelenk zurück. Ich will nicht, dass einer der beiden verletzt wird. Auch wenn ich mittlerweile weiß, dass Philo sich offenbar sehr gut wehren kann – was mir das erste Mal in meinem Leben Angst vor ihm einjagt.

»Bitte, Gwynn, beruhige dich«, rede ich erneut auf sie ein. »Du hast in der Nacht deinen Kopf gegen das Holz geschlagen, daher tut dir jetzt die Stirn weh. Danach durfte ich in seinem Bett übernachten, weil ich Angst vor dir hatte. Das war alles.«

Gwynn mustert mich, als würde sie abwägen, ob ich lüge. »Manipuliert er dich zu diesen Aussagen, Valerie?« Durchdringend sieht sie mich an, doch ich erahne bereits, dass ihr auch meine Antwort keine Gewissheit verschaffen würde. Also schweige ich.

»Gwynn ...«, beginnt Philo nun erneut. »Wenn du dich unwohl fühlst und uns das Leben schwermachst, kann ich dich nicht behalten.«

Sie schnaubt, doch überraschenderweise bringt sie das tatsächlich zum Schweigen.

»Mir ist bewusst, dass ich dir offenbar nicht die Freiheit bieten kann, die du dir wünschst.« Er fährt sich durch die Haare. »Aber es gibt Prävalis da draußen, die Jagd auf Sapiens ohne Besitzer machen. Und wenn die euch erwischen, könnte euch viel Schlimmeres erwarten als der Tod.«

Gwynn pustet sich eine Strähne aus dem Gesicht und wendet den Blick ab. »Schlimmeres als der Tod?«, wiederholt sie.

»Leider ja«, bestätigt er, ohne Details auszuführen.

Dann sieht sie zum Boden.»Dann ist es wohl auch das, was meinem Bruder Sloan passiert ist.« Sie lässt sich auf dem Boden nieder, scheint sich wieder beruhigt zu haben, als hätte Philo sie tatsächlich überzeugen können.»Ich habe mit ihm bei unserem Vorbesitzer gelebt, aber der Prävali hat uns hungern lassen, eingesperrt in winzige Räume mit haufenweisen Menschen auf engem Raum. Es stank überall, einfach nur widerwärtig.« Sie verzieht das Gesicht.»Irgendwann wurde der Sapienschutz auf uns aufmerksam und er bekam die Auflage, die Lebensbedingungen zu verbessern. Aber offenbar war ihm das zu viel Arbeit, denn danach hat er uns einfach rausgesetzt.« Sie seufzt.»Sloan und ich haben zusammen auf der Straße gelebt, aber eines Tages war er einfach weg. Er hätte mich nie freiwillig alleingelassen.«

Philo fährt sich durch die Haare.»Vielleicht wurde er zu einer anderen Auffangstation gebracht«, erklärt er, offensichtlich um sie zu beruhigen, ohne selbst daran zu glauben.

Gwynn hebt die Schultern.»Ich werde es wohl nicht erfahren.«

Zögerlich wende ich mich an Philo.»Gibt es denn eine Möglichkeit, das herauszufinden?«

Philo reibt sich die Hände.»Wenn du die Identifikationsnummer deines Bruders hast, Gwynn, könnte ich ihn als meinen Besitz anmelden. Wenn der Vorbesitzer euch ausgesetzt hat, wird er sicher kein Interesse daran haben, euch wiederzubekommen, also könnte ich angeben, dass ich ihn abgekauft hätte. Dafür müsste ich natürlich den Kaufvertrag fälschen …« Er atmet tief durch.»Aber im Anschluss könnte ich eine Fahndung nach ihm rausgeben.«

Sie verzieht das Gesicht.»Damit er genauso eingefangen wird wie ich?«

Philo nickt ruhig.»Ich bin nicht scharf darauf, mich strafbar zu machen. Aber ich wäre bereit dazu, um dir und deinem Bruder zu helfen.« Er zuckt mit den Schultern.»Das klappt natürlich nur, wenn die Kriminellen nicht bereits dasselbe getan haben und er überhaupt auffindbar ist.«

Gwynn zögert.»Und was tust du, wenn er gefunden wird?«

»Falls er gefunden werden sollte«, korrigiert Philo,»können wir weitersehen. Ich kann hier eigentlich keinen dritten Sapien aufnehmen ...« Er fährt sich durch die Haare.

»Was tust du dann also mit ihm?«, beharrt sie jedoch.»Oder mit uns?«

»Ich weiß es nicht. Aber ich kann euch ja auch nicht einfach zu einer Auffangstation bringen, nicht wahr?« Er zuckt mit den Schultern.»Lass uns ein Problem nach dem anderen lösen.«

Entgegen meiner Erwartung nickt sie stumm.

»Also«, beginnt Philo erneut.»Teile mir bitte alle Infos mit, die du über deinen Bruder hast. Ich fände es beruhigend zu wissen, wenn wir einen weiteren Sapien aus miserablen Lebensbedingungen befreien könnten.«

Eilig nickt Gwynn und zum ersten Mal wird ihr Gesichtsausdruck weicher.»Ich sage dir, was ich weiß.«

* * *

Einige Stunden später hat Philo schließlich alle Dokumente übermittelt, die er für das Vorhaben fälschen musste – jedenfalls scheint es so, denn Einblicke in seine Implantate und das damit verbundene Zentralnetzwerk habe ich nicht. Einmal mehr frage ich mich, ob wir die richtige Entscheidung getroffen haben, Gwynn mitzunehmen. Ich freue mich, dass wir ihr helfen können, aber dennoch hat Philo sich für sie strafbar gemacht.

»Jetzt heißt es abwarten«, verkündet Philo am Küchentisch sitzend. Ich habe gegenüber von ihm Platz genommen, Gwynn steht an dem Türrahmen angelehnt mit verkreuzten Armen da.

»Du erfährst es also, wenn Sloan irgendwo auftaucht?«, hakt sie nach.

Philo nickt, ehe er sich vom Küchentisch abstößt und aufsteht. »Kannst du dir vorstellen, dass wir solange ein friedliches Beisammenwohnen hinbekommen, kleine Löwin?«

Gwynn verengt die Augen. »Vielleicht. Auch wenn es sich wie Erpressung anfühlt.« Kurz betrachtet sie mich, dann verschwindet sie ins Wohnzimmer.

Als ich gerade ebenfalls aufstehe, um ihr zu folgen, hält Philo mich am Unterarm zurück. Sofort schrecke ich zusammen, selbst überrascht über das unangenehme Gefühl, dass es in mir auslöst. »Alles in Ordnung?«

»Natürlich«, erwidere ich mit sich überschlagener Stimme.

Er legt den Kopf schräg. »Du siehst so ... verängstigt aus.« Philo kommt einen Schritt auf mich zu und automatisch weiche ich zurück. »Wenn es wegen dem ist, was im Wohnzimmer mit Gwynn passiert ist ...«

Eilig schüttle ich den Kopf. »Nein, alles okay.«

Doch er bemerkt mein Stolpern. »Ich habe sie damit nicht verletzt«, setzt er nach. »Es diente nur der Abwehr. Ich würde das niemals gegen dich einsetzen.«

»Außer, ich greife dich an.«

Philo schlägt die Lider zu, dann greift er nach meinen Händen, die ich nur gegen eine innere Gegenwehr in seinen liegen lasse. »Ich weiß, dass du das nicht tun würdest. Wir beide haben doch so viel Vertrauen zueinander aufgebaut. Ich möchte nicht, dass Gwynn das mit einem Mal zerstört. Du bist mir wirklich wichtig, Valerie, und es tut mir weh, dass du mich mit dieser Angst in den Augen ansiehst.«

Er greift nach meinen Haaren, doch ich wende das Gesicht ab, ehe er mich erreicht. Philo hat recht. Ich lebe seit meiner Ewigkeit bei ihm. Er hat mir nie wehgetan, nicht, dass ich mich erinnern könnte. Er hat mich immer gut behandelt. Aber dennoch hat es mir Angst eingejagt, zu erleben, wozu er fähig ist. Es sollte mich beruhigen, dass er die Kräfte hat, sich und uns zu verteidigen. Dennoch ist Beruhigung nicht das Gefühl, das ich gerade empfinde.

»Du hast recht«, ringe ich mich endlich zu einer Antwort durch und schaue wieder zu Philo auf. »Natürlich vertraue ich dir.« Die Worte sind nicht gelogen, aber dennoch fühlen sie sich auch gerade nicht nach der Wahrheit an.

Philo lächelt schmerzerfüllt. Dann drückt er mich an sich und seinen bekannten Geruch einzuatmen, erdet mich überraschenderweise wieder. Immerhin ist das der Philo, den ich seit Jahren kenne, oder? »Wir kriegen das hin, Sonnenschein. Wir kriegen das alle zusammen hin.«

5

Am Abend erlaubt mir Gwynn zum ersten Mal, mich neben sie auf die große Matratze sinken zu lassen. Mittlerweile ist sie mir gegenüber nicht mehr feindselig, doch Philo darf sich ihr immer noch nicht mehr als zwei Meter nähern.

»Kommst du eigentlich nie hier heraus?«, beginnt sie. Wir liegen beide mit dem Rücken auf dem Bett und starren durch das Fenster in der Dachschräge über uns in den leuchtenden Sternenhimmel.

»Doch, natürlich«, erwidere ich, auch wenn mir bereits die Augen zufallen. Philo hat sich heute besonders viel Mühe gegeben, uns ansprechende Unterhaltung zu bieten. Neue Materialien zum Malen und Basteln, das leckerste Essen, die aufwändigsten Ideen. So viele neue Geschenke auf einmal habe ich noch nie erhalten. Oder, eher, wir zusammen. Vermutlich hofft er so, dass Gwynn endlich besser auf ihn zu sprechen ist. Doch die Wahrheit, die wir alle kennen, ist, dass nichts davon etwas an ihrer Einstellung ändern wird. Nicht kurzfristig jedenfalls. »Normalerweise gehen wir alle paar Tage mal raus.«

»Alle paar Tage nur?«, wiederholt Gwynn entsetzt. Aus dem Augenwinkel bemerke ich, wie sie mich anstarrt.

Doch ich zucke nur mit den Schultern. »Wir haben hier doch alles, was wir brauchen.«

Sie schüttelt fassungslos den Kopf. »Hast du denn gar kein Bedürfnis nach der frischen Luft, den Gräsern, der Sonne auf der Haut? Dem Gefühl, laufen zu können, ohne gleich gegen eine Wand zu stoßen?«

Ich lächle. »Die Sonne ist schön«, gestehe ich. »Aber es ist draußen auch ziemlich anstrengend.«

»Anstrengend?«

»Es ist alles so ... viel.« Ich brauche einige Sekunden, ehe ich das Gefühl in Worte fassen kann. »Ich verstehe vieles von dem, was dort draußen vor sich geht, nicht. Die Technik ist ohne Implantate nicht verwendbar. Ich weiß nicht, wann wir an einem dieser Transportkasten vorbeigehen können, ohne von einem heraustretenden Prävali umgerannt zu werden. Diese ganzen Geräusche und Farben, die manchmal wie aus dem Nichts erscheinen. Und dann noch einzelne Menschen, Sapiens wie Prävalis, die eher ... anstrengend sind. Ich bin froh, wenn ich mich draußen an Philo halten kann.« Ich schüttle mich bei einer Erinnerung, die daraufhin aufkeimt. Bei unserem letzten Besuch einer Parkanlage hat mich ein freilaufender Sapien angegriffen, ist regelrecht über mich hergefallen. Philo hat mich befreit und getröstet. Doch diese brutal aussehende Technik, die er heute bei Gwynn angewandt hat, kam damals nicht zum Einsatz. Jedenfalls habe ich es nicht mitbekommen.

»Du vertraust Philo wirklich«, schlussfolgert Gwynn ernst. »Obwohl er einer der Menschen ist, der diese Abgrenzungen aufrechterhält.«

»Welche Abgrenzungen?«

»Prävali und Sapien«, erwidert sie und sieht mich an, als müsse sie mir etwas Offensichtliches erklären. »Diese Unterscheidung ist doch willkürlich. Wir beide gehören zur selben Gattung – Mensch.«

Ich schüttle eilig den Kopf. »Philo hat mir erklärt, dass es einen Unterschied gibt.«

»Ach ja?« Schlagartig setzt Gwynn sich im Bett auf, als hätte sie die bloße Bemerkung provoziert. »Was hat er dir denn erzählt?«

Ich setze mich ebenfalls auf, auch wenn ich bereits befürchte, dass sie jeden meiner nachfolgenden Sätze zerlegen wird. »Prävalis, biologisch korrekt wohl Homo praevales, sind gegenüber uns Homo sapiens eine evolutionstechnische Weiterentwicklung der Menschheit. Sie sind kompatibel mit den Implantaten, einer Gehirn-Computer-Schnittstelle, und aufgrund ihrer Biologie und Neurologie nicht so anfällig für emotionale Schwankungen. Sie sind beherrschter, ihr IQ ist höher und ...«

»Blödsinn«, unterbricht Gwynn mich. »Merkst du nicht, wie alles daran ›besser als ihr‹ schreit?« Sie setzt sich im Schneidersitz vor mich. »Keine Ahnung, ob dein geliebter Philo wirklich daran glaubt oder nicht. Aber der einzige Vorteil der Prävalis sind die Implantate und das macht sie nicht zu einer ›besseren Art‹. Sie sind immer noch genauso Menschen wie wir.«

»Woher willst du das wissen?«, frage ich mit gerunzelter Stirn. »Immerhin sind sie stärker und klüger als wir.«

»Weil sie die Mittel dazu haben«, erwidert sie. »Sie haben die Technologie dazu, das ist alles. Das macht sie mächtiger. Nicht eine vermeintliche Evolution.«

»Aber die Tatsache, dass ihre Gehirne kompatibel sind und unsere nicht, ist doch ein Anzeichen der Evolution.«

Gwynn legt den Kopf schräg. »Auf mich wirkt es eher wie eine zufällige, biologische Ausprägung, die jetzt ausgenutzt wird, um Menschen zu unterdrücken.« Ihre Stimme wird plötzlich ernst. »Sogar in ihren Religionen wurde die Tierdefinition auf Sapiens ausgeweitet, die Art von Lebewesen, über die Prävalis herrschen sollen. Einige bezweifeln sogar, dass Sapiens eine Seele besitzen oder in den Himmel oder ein anderes Nachleben aufsteigen können.«

Ich runzle die Stirn. Für einen Sapien, der jahrelang eingesperrt in einem Zimmer lebte, weiß Gwynn wirklich viel über das Leben der Prävalis.

»Vielleicht meinen es einige nicht böse«, fährt sie fort, »aber dennoch glauben die meisten daran, dass wir die unterlegene Art sind. Es ist völlig selbstverständlich, dass sie über uns bestimmen müssen, weil das Fehlen der Implantate zu einer geringeren Intelligenz und Rationalität führen würde.« Sie verzieht das Gesicht. »Doch das Widerwärtigste daran ist, Menschen wie dir einzureden, dass ihre Unterdrückung gerechtfertigt ist.«

»Ich fühle mich nicht unterdrückt«, erwidere ich, um all die Gedanken zu verdrängen, die sie davor ausgesprochen hat.

»Ach nein?«, hakt Gwynn nach. »Ermöglicht dir Philo denn das Leben, das du führen würdest, wenn du nicht in seinem Besitz wärst?«

Ich zögere angesichts der Frage, denn ich habe mir nie Gedanken darüber gemacht. Würde ich etwas anders machen, wenn er nicht die Entscheidungen für mich treffen würde? Welche Möglichkeiten hätte ich denn? Allein der Versuch einer Vorstellung scheint mir unmöglich, schließlich kenne ich nichts anderes als das Leben bei Philo.

Als Gwynn merkt, dass ich nicht mehr antworte, fährt sie fort: »Ich sehe ein, dass Philo bisher zu deinem Vorteil entschieden hat.« Sie rutscht noch näher zu mir. »Aber was ist, wenn er eines Tages nicht mehr da ist? Oder wenn er seine Meinung ändert? Wenn schlicht sein Wunsch über deinen geht?«

Ich senke den Blick. Ich hatte jedes Mal Angst, wenn Philo die Wohnung verließ. Gerade, wenn er länger weg war als ursprünglich geplant, bekam ich Panik, dass er nicht zurückkehren würde. Ob ich dann, eingesperrt in einer Wohnung, die ich nicht bedienen kann, verhungern würde. Oder ob vorher jemand käme und mich befreien würde – in eine ungewisse Zukunft, die in jedem Falle schlimmer wäre als meine Realität.

Er erzählte mir mal, dass die Lebenserwartung von Prävalis sehr viel höher sei als die von Sapiens. Zwei- bis dreihundert Jahre würden sie alt werden, weil ihre Gesundheitsversorgung besser ist und es ein Verfahren zum Aufhalten der Zellalterung gibt. Den Großteil ihres Lebens bleiben sie jung und fit, optisch wie physisch, erst in den letzten Jahren vor ihrem Tod altern sie rasant. Aber was, wenn das nicht ausreicht? Wenn ich schlicht »zu alt« werde? Wenn ihm ein

Unfall passiert oder irgendeine Krankheit, die nicht zu einer normalen Lebenserwartung führt? Wenn ich ihn überlebe? Was würde in all diesen Fällen aus mir werden?

»Es ist nun mal, wie es ist«, unterbreche ich meine Gedankenspirale lauthals, ehe sie noch weiter in die Dunkelheit meiner Fantasie hinabfahren kann. »Ich finde nicht alles daran gut, aber wir können es nicht ändern.«

Gwynn knurrt unzufrieden. »Ich finde dennoch, allen Menschen, auch den sogenannte Sapiens, steht es zu, ein Leben in Freiheit zu leben. Sie haben unsere Rechte genauso zu akzeptieren wie die von Prävalis.«

»Wir haben ja auch Rechte«, erwidere ich.

Sie schnaubt verächtlich. »Meinst du diese lächerlichen Sapien-Schutzgesetze? Die kannst du doch in den Eimer werfen. Hast du die mal gelesen?« Sie hebt die Finger und zählt daran ab: »Ein Sapien muss permanent mindestens zwei Quadratmeter Raum zur freien Bewegung haben. Zwei Quadratmeter. Dieser Raum, in dem wir sitzen, ist mehr als doppelt so groß!« Dann fährt sie mit dem zweiten Finger fort: »Ein Sapien muss Zugang zu natürlichen Beschäftigungsmöglichkeiten haben. Weißt du, was sie darunter verstehen? Sowas wie ein paar Naturmaterialen, Steine und Äste, sind vollkommen ausreichend. Für immer! Und das soll eine ausreichende Beschäftigungsmöglichkeit bieten?«

Ich wimmle sie mit einer Handbewegung ab. »Ich weiß, worauf du hinaus möchtest, aber ...«

»Nein, offensichtlich weißt du das nicht!« Wütend schlägt sie die Hand gegen die Dachschräge, ehe sie den Kopf schüttelt. »Wenn alle so denken wie du, wird sich niemals etwas ändern.«

Ich hole noch kurz Luft, um etwas zu erwidern, doch schweige dann. Nicht nur, dass ich es für vollkommen unmöglich halte, als Sapien etwas zu ändern, immerhin sind wir die unterlegene Art. Doch was sollten wir auch tun, zu welchem Zweck und mit welchem Risiko? Uns geht es doch hier, bei Philo, gut. Das mag egoistisch sein, doch jede Änderung würde unsere Situation verschlechtern. Denn selbst wenn wir es schaffen würden, dass wir den Prävalis gleichgestellt werden, so ist doch abzusehen, dass wir niemals wirklich akzeptiert würden. Wie eine schwere geistige und körperliche Behinderung, die die Prävalis mit sich herumschleppen müssten. Wir könnten weiterhin die Technologie, die unsere Umgebung ausmacht, nicht bedienen. Wie sollen wir so Jobs erfüllen, Häuser bewohnen, zu der Gesellschaft beitragen? Wir werden immer die Unterlegenen bleiben.

»Es tut mir leid«, beginnt Gwynn schließlich sanfter und atmet tief aus. »Ich weiß, du kannst auch nichts dafür. Lass uns einfach schlafen gehen, ja?«

Ich nicke stumm, ehe ich mich mit ihr zusammen zurück auf die Matratze lege und die Augen schließe. Doch entgegen der Müdigkeit, die ich vorhin noch empfand, halten die rasenden Gedanken mich nun davon ab, einzuschlafen.

6

Am nächsten Tag sitzen wir still beim Frühstück zusammen. Wobei »zusammen« es nicht genau trifft. Philo und ich haben am Tisch Platz genommen, während Gwynn sich in das Wohnzimmer mit einem Müsliriegel verzogen hat, den sie dort in gewählter Einsamkeit futtert. Immerhin höre ich sie knapp hinter dem Türrahmen kauen, also muss sie näher gerutscht sein als die letzten Tage. Auch wenn sie immer noch so weit entfernt sitzt, dass weder Philo noch ich sie von unserer Position aus sehen können.

»Schmeckt es dir nicht?«, fragt Philo und deutet auf meinen Löffel, den ich eine weitere Runde durch die Cornflakes-Schlüssel kreisen lasse.

»Doch.« Ich mache eine unkoordinierte Kopfbewegung, eine Mischung aus Kopfschütteln und Nicken. Noch immer geht mir das Gespräch der letzten Nacht durch den Kopf. Ob er uns belauscht hat und deswegen etwas ahnt?

Ich schüttle mich und vertreibe damit den Gedanken. Selbst wenn Philo etwas mitbekommen haben sollte: Wir haben doch schließlich über nichts Verbotenes geredet, oder?

Plötzlich greift Philo nach meiner Hand, was mich ruckhaft aufschauen lässt. Sein schmerzverzogenes Gesicht verrät mir, dass ich ihn wieder ängstlich anzublicken scheine. »Bist du dir sicher?«, fragt er dann. »Wenn letzte Nacht etwas vorgefallen ist ...«

»Nein, nichts«, erwidere ich eilig und löse mich aus seiner Berührung, um eine weitere Runde mit dem Löffel in der Schüssel zu drehen.

Er ahnt doch etwas.

Philo holt gerade Luft, vermutlich für eine weitere Rückfrage, als seine Implantate zu blinken beginnen. Sein Blick driftet ab, dann verkündet er plötzlich:»Sloan wurde gefunden.«

Wie aus dem Nichts erscheint Gwynn neben mir.»Wo?«

»Er ist in einer Auffangstation in einer anderen Stadt. Er muss einiges an Entfernung zurückgelegt haben ...« Philo schnauft tief durch.»Ich will dich nicht anlügen. Je nach dem, was Sloan erzählt hat, könnte es schwer werden für mich nachzuweisen, dass ich angeblich sein Besitzer bin.«

»Okay«, erwidert sie uneindeutig.»Also, gehen wir jetzt?«

Philo schnauft.»Wir können ihn besuchen, aber ...«

»Jetzt!«, unterbricht sie ihn jedoch.

Mein Blick schwankt zu Philo, der sich durch die Haare fährt. Ich kann mir vorstellen, dass er für sie schon jetzt mehr Gesetze gebrochen hat als je zuvor.

Schließlich seufzt er kapitulierend.»Na schön. Gib mir fünf Minuten, dann können wir los.« Er stützt sich vom Tisch ab und steht auf, ehe er sich an mich wendet.»Du bleibst besser hier, Sonnenschein.«

»Was?«, entfährt es mir, ehe ich ebenfalls vom Stuhl aufspringe.

»Ich werde auf Gwynn achten müssen. Und mit zwei Sapiens in einer Auffangstation aufzukreuzen, weil ich Sloan angeblich verloren habe ...« Er seufzt.»Das könnte Fragen aufwerfen und ich möchte nicht, dass du in Gefahr gerätst.«

Ich blicke zu Gwynn, die hektisch den Raum verlässt und zur Tür eilt. Vermutlich hat Philo recht. Eigentlich hat er immer recht, schließlich weiß er mehr als ich und ist viel geübter darin, schwierige Entscheidungen zu treffen. Doch neben meiner Neugierde bringt mich ein uneindeutiges Verlangen dazu, auf den Wunsch zu beharren. Ich will testen, ob er seine Bedürfnisse über meine stellt, wie Gwynn es vermutete. Oder ob er auf meine Wünsche Rücksicht nimmt, der Philo, mit dem ich seit Jahren zusammenwohne.

»Ich würde aber gerne mitkommen«, äußere ich also. »Ich habe Angst um dich.«

»Valerie …« Er kommt auf mich zu und presst meinen Kopf an sich. »Wenn sie auf den Gedanken kommen sollten, dass ich unfähig bin, Sapiens zu halten …«

»Das könnte passieren?«, frage ich nervös und löse mich aus seiner Umarmung.

Philo schnauft und ich spüre förmlich, wie er Informationen vor mir zurückhält. Ich weiß, dass er das öfters tut, aber dieses Mal fühlt es sich falsch an. Ist das Gespräch mit Gwynn daran schuld? Oder dass ich den Eindruck habe, dass es Informationen sind, die ausnahmsweise relevant für mich sind? »Ich weiß es nicht. Eigentlich nicht, aber ich will auch kein Risiko eingehen.«

Ich blicke ihn mit aufgerissenen Augen an. »Meinst du, wenn es soweit kommt, wäre ich hier sicherer als in deiner Nähe?«

Philo wendet den Blick ab, als fände er darauf keine Antwort.

»Was hast du denn vor zu tun, sollte es tatsächlich Sloan sein?«, fahre ich also fort. »Du wolltest ihn ja nicht hier aufnehmen.« Als Philo immer noch nicht antwortet, setze ich nach: »Willst du ihn dann einfach da lassen? Oder Gwynn bei ihm?«

»Wann gehen wir jetzt endlich?«, unterbricht sie aus dem Nebenraum unsere Unterhaltung.

Philo fährt sich durch die Haare. »Ich überlege mir etwas. Das ist nicht das erste Mal, dass ich eine Lösung für sowas finden muss. Ich kriege das hin.« Dann lächelt er mir warm zu. Jenes vertraute, weiche Grinsen, das mich an meinen Philo erinnert und mein Herz ein wenig beruhigt. Auch wenn er meiner Bitte tatsächlich nicht nachgekommen ist.

»Du hast recht«, erwidere ich dennoch versöhnlich. »Wenn du mit den beiden zu kämpfen hast, kannst du mich nicht zusätzlich noch gebrauchen. Ich warte hier.«

Philos Lächeln wird breiter und verdrängt damit die verwirrenden und beängstigenden Geschehnisse der letzten vierundzwanzig Stunden in meinem Kopf. »Mein tapferer Sonnenschein.« Er strubbelt mir kurz durch die Haare. »Ich werde mich beeilen, versprochen.«

* * *

In einer Mischung aus Aufregung, Ungeduld und Langeweile sitze ich lustlos auf dem Sofa und blättere die Seiten eines mir längst bekannten Buches durch, mit meiner Konzentration vielmehr auf die geringsten Geräusche an der Tür konzentriert. Es sind bereits Stunden vergangen, seit Philo mit Gwynn verschwunden ist. Ob etwas schiefgegangen ist?

Ich weiß nicht genau, was passieren würde, wenn sie ihn als unfähig für die Sapien-Haltung erachten würden. Würden sie ihm nicht nur Gwynn wegnehmen, sondern ihn auch einsperren? Kommt er dann nicht zurück?

Ich schüttle mich bei dem Gedanken daran und versuche ihn ebenso schnell wieder zu verdrängen. Er wird zurückkommen. Er muss.

Dennoch kommt es mir wieder einmal wie eine Ewigkeit vor. Eigentlich bin ich es gewohnt, mitunter auch tagelang alleine in der Wohnung auszuharren, nur geleitet durch die Uhr gegenüber des Sofas, die mir verkündet, wann ein Tag endet und ein neuer beginnt. Doch dieses Mal jagt es mir mehr Angst ein als je zuvor.

Vielleicht hätte ich doch darauf bestehen sollen, mitzukommen. Das hätte nichts am Ausgang der Situation geändert, aber ich wüsste wenigstens, was passiert ist. Doch hätte er mir die Chance überhaupt gelassen?

Endlich höre ich ein Rütteln am Eingang. Sofort springe ich vom Sofa auf, ehe die Tür ungewohnt kraftvoll geöffnet wird. Ein Mann in einem schwarzen Mantel, ein ebenso dunkles

Hemd mit Weste tragend und mit einer undurchdringlichen Sonnenbrille, die ebenso hochtechnologisiert aussieht wie seine Implantate, betritt wie ein Söldner die Wohnung.

Das ist nicht Philo.

»Du bist also Valerie«, stellt er kühl fest, als er mich betrachtet.

Erschrocken stolpere ich zurück. »Was passiert hier? Wo ist Philo, mein Besitzer? Was ist mit ihm passiert?«

Ohne mir zu antworten, kommt der Mann auf mich zu und hakt eine Leine in mein Halsband ein, was mich schwer schlucken lässt. Noch nie hatte jemand anderes als Philo die Kontrolle über diesen schmerzauslösenden Chip.

»Du wirst jetzt mit mir kommen, Valerie«, stellt der Mann nüchtern fest. Dann zieht er mich plötzlich mit sich.

Ich stolpere, um dem Schritt folgen zu können und nicht doch noch versehentlich den Ruck am Halsband zu spüren. »Sie können mich nicht einfach entführen. Ich gehöre schon jemandem!«

»Jetzt nicht mehr«, erwidert der Mann jedoch nur. »Philo Marx wird sich nicht länger um dich kümmern. Daher übernehmen nun die Behörden die Pflicht, dich zu versorgen.«

»Was ist mit ihm passiert?«, wiederhole ich.

»Das ist für dich nicht relevant.« Desinteressiert wendet sich der Mann wieder nach vorne, dann läuft er stur voran.

Ergiebig folge ich, auch wenn ich mir kaum vorstellen kann, dass das hier rechtens ist. Dass sie einfach in seine Wohnung einbrechen können und ...

Doch sie sind nicht eingebrochen. Der Mann, dieser dunkle Schatten vor mir, hat die Tür nicht aufgebrochen.

Ob Philo ihm Zugang gewährt hat? War die Entscheidung, dass er sich »nicht mehr um mich kümmert«, freiwillig? Oder ist genau das eingetreten, was Philo befürchtet hat? Dass er als unfähig angesehen wird, sich um Sapiens zu kümmern? Aber warum sollte er nicht einmal mehr zurückkehren?

Ob ihm etwas zugestoßen ist? Doch warum sollte das ausgerechnet auf dem Weg zu dieser Auffangstation passieren? Haben Gwynn und ihr Bruder ihm etwas angetan? Immerhin hatte mindestens Gwynn einen ziemlichen Hass auf Prävalis. Doch es schien so, als könnte Philo sich gegen sie verteidigen.

Was ist nur passiert?

Während der dunkle Schatten mich an der Leine über die Straßen zieht, umklammere ich ängstlich ein Stück des Stoffes, um das Risiko eines schmerzhaften Rucks zu minimieren. Wir steigen auf die Transportstation und beständig klopft in mir die ziehende Angst, was passiert, wenn er nur einmal zu heftig an dieser Leine zieht.

Als sich der Nebel vor meinen Augen wieder legt, finden wir uns in der Waldgegend wieder, die ich erst gestern sah. Die Auffangstation.

Kurz erwäge ich, Widerstand zu leisten, während der dunkle Schatten voranläuft. Zu versuchen, den durchziehenden Schmerz zu ertragen, um zu flüchten. Um Philo zu suchen oder auch bloß, um dem Schicksal zu entgehen, dass auf jene armen Geschöpfe hinter diesen Betonwänden wartet. Doch welche Chance hätte ich schon? Ich habe bei Philo gestern vermutlich bloß einen Bruchteil der Hilfsmittel kennengelernt, die Prävalis zur Verfügung stehen, um sich gegen Sapiens zu wehren. Wer weiß, was dieser Mann bereit ist zu tun, um mich aufzuhalten?

Also folge ich stumm den knirschenden Waldweg entlang, immer weiter auf das schwarze Gebäude zu, das bald mein Zuhause sein wird.

Wie konnte es nur so weit kommen? Ist es vielleicht nur vorübergehend? Wird Philo all das, was auch immer passiert ist, aufklären können und mich dann abholen kommen?

So muss es doch sein, oder?

»Du bist wirklich gut erzogen«, stellt der dunkle Schatten plötzlich in die Stille hinein fest, die nur unterbrochen wird von den noch entfernten Schreien der Auffangstation.

Sollte ich darauf antworten? Eigentlich ist mir nicht danach zumute. Mir ist nicht danach, jemals wieder zu sprechen, solange ich keine Antworten bekomme. Aber dennoch weiß ich, dass eine solche Reaktion meine Situation nicht verbessert, also entgegne ich: »Mein Besitzer hat mich gut aufgezogen, wenn Sie das meinen.«

Langsam läuft der dunkle Schatten noch einige Schritte, ehe er stehen bleibt und mich mustert. Er schiebt seine dunkle Sonnenbrille ein Stück seine Nase hinunter, sodass ich zum ersten Mal seine Augen sehe. Sie wandern an mir herab und wieder herauf, mustern mich so intensiv, dass ein beklemmendes Gefühl sich auf meine Haut legt. »Lass die Formalitäten weg«, erwidert er, ehe er die Sonnenbrille wieder hochschiebt. »Du kannst mich Cormac nennen.« Dann läuft er wieder los.

Ich runzle die Stirn. »Okay, Cormac.«

Ein verschmitztes Lächeln bildet sich auf seinem Gesicht, die einzig lesbare Mimik. »Wäre wirklich zu schade, wenn ein nettes Exemplar wie du durch eine so toxische Umgebung wie die Auffangstation verdorben worden wäre. Aber zum Glück hatte ich ohnehin vor, dich auf meine Pflegestelle mitzunehmen.« Erneut fällt sein Blick über die Gläser hinab zu mir, auf eine Art und Weise, die mir eine Gänsehaut den Rücken herabjagt. »Natürlich müssen wir vorher Bescheid sagen.« Dann stolziert er wieder auf den Eingang der Auffangstation zu.

Noch ehe ich Widerspruch einlegen kann, öffnet er die Eingangstür und wir betreten das bekannte Innere. Das Brüllen übertönt fast meine Gedanken, obwohl diese ebenso laut und wirr auftriumphieren.

Irritierenderweise kommen mir diese trostlosen Gehege in der Kälte und mit permanentem Geschrei plötzlich wie eine passable Alternative vor. Besser, als mit einem widerlichen

Mann mitzukommen, dessen Andeutungen mich schon jetzt an all die Geschichten erinnern, die Gwynn letzte Nacht andeutete. Zumal ich nicht weiß, ob Philo noch eine Chance hat, mich bei ihm wiederzufinden.

Doch wird er mich überhaupt suchen? Wird er das können? Und wollen? Ich habe schließlich keine Ahnung, was passiert ist.

Unabhängig davon weiß ich, dass ich keine Chance habe, an dieser Entscheidung mitzuwirken. Offenbar ist diese bereits getroffen worden und meine Meinung somit irrelevant.

7

Als die Leiterin der Auffangstation dieses Mal auf uns zukommt, wirkt ihr Blick bedauernd. »Das ist doch die Kleine von Herrn Marx, oder?« Sie schüttelt den Kopf, dann umklammert sie ihren Oberkörper. »Er hat wirklich so einen netten Eindruck gemacht. Ich dachte nicht, dass man ihm die Sapiens wegnehmen müsste.«

»Herr Marx wurde festgenommen«, erklärt Cormac jedoch und ich lausche besonders still, in der Hoffnung, endlich mehr herauszufinden. Immerhin bedeutet die Info, dass er nicht tot ist und mich auch nicht freiwillig abgegeben hat. »Daher wurden seine Sapiens den Behörden übergeben.«

Erneut schüttelt die Frau den Kopf. »Höchst bedauerlich. Mal schauen, wo wir hier ein Plätzchen für sie finden. Vielleicht in Gwynns altem Häuschen, aber es ist alles eng, Sie wissen ja ...«

Cormac nickt. »Daher würde ich sie gerne in meiner Pflegestelle aufnehmen.« Sein Gesichtsausdruck wirkt so eiskalt und berechnend, dass ich trotz der sommerlichen Temperaturen zu frösteln beginne.

Die Frau reißt überrascht die Augen auf. »Oh, das wäre ganz wunderbar, Herr Banson. Wenn Sie das tatsächlich tun könnten ...« Sie faltet die Hände wie zu einem Gebet. »Dabei weiß ich, dass Sie schon so viel mit Ihrer Arbeit zu tun haben ...«

Er macht eine dominante Handbewegung, ehe er den Kopf schräg legt. »Ich kriege das schon hin.«

Noch immer lächelt die Frau übertrieben. »Schön, schön. Wenn Sie sich das wirklich aufbürden möchten ...« Sie blickt erneut zu mir. »Aber du bist ja schließlich auch eine ganz Liebe, nicht wahr?« Sie streicht mir über den Kopf und ich folge ihrer Hand mit einem skeptischen Mustern.»Ich hatte den Eindruck, dass sie sich mit so ziemlich jedem Sapien verstehen müsste. Der unterordnende Typ, aber eine herzliche Seele, also passen Sie gut auf sie auf.«

»Das werde ich.« Kurz wendet Cormac das Gesicht zu mir, dann wieder nach vorne zur Frau.

»Ich werde eben die Dokumente fertig machen. Und sollten Sie sich doch für eine Adoption entscheiden …«

»Erstmal nicht«, unterbricht Cormac sie bereits, ehe er mit einer Hand vorausdeutet zu dem Raum, in dem bereits schon einmal wichtige Unterlagen digital weitergereicht wurden. Nur dass ich damals nicht auf diesen Dokumenten stand.

* * *

Als wir kurz darauf nach meiner rechtmäßigen Übergabe an diesen Cormac wieder von einer anderen Transportstation heruntertreten, wirkt augenblicklich alles beängstigend und dunkel auf mich, passend zu dem dunklen Schatten neben mir. Wir stehen wieder inmitten von Bäumen, doch dieses Mal wirken sie erdrückend und wir stampfen nicht zielstrebig auf ein schwarzes Gebäude namens Auffangstation zu. Stattdessen führt er mich einige Wege entlang, bis wir schließlich sogar die befestigen Straßen verlassen. Wie Camper streifen wir durch Geäst und Laub – ich jedenfalls, da ich Mühe habe, diese Wildnis zu durchqueren. Vor Cormac scheinen die Hindernisse wie durch Zauberhand beiseitegeschoben zu werden, als würde der Wald sich vor ihm verneigen. Sicherlich auch Teil seiner Technologie.

Schließlich erreichen wir eine Holzhütte, dessen Fundament einige Meter über dem plattgewalzten Laub emporragt. Cormac führt mich wortlos die Treppen hinauf zunächst auf die Veranda, dann in das Innere, in dem Licht brennt. Eigentlich ist es helllichter Tag, doch die dichten Blätter über uns lassen es fast nachtfinster erscheinen.

Kaum, dass ich über die Türschwelle getreten bin, lässt der Schatten überraschend die Leine fallen, ohne sie von meinem Halsband zu lösen. Ich wende mich um, während er mit einer Handbewegung die Tür hinter mir schließt. In beinahe demselben Atemzug zieht er die Sonnenbrille von seinem Gesicht und stolziert einige Schritte im Raum umher.

Ich bleibe unsicher an der Tür stehen und mustere das kleine, verwinkelte Zimmer. Dicke Holzscheide zieren den Boden, ein quadratischer Tisch steht vor einer Küchenecke, alles zusammen gerade so breit, dass man hindurchtreten kann, wenn es keinen Gegenverkehr gibt. Um die Ecke scheint der Raum weiterzugehen zu einem breiten Sofa, von dessen gegenüberliegenden Seite Licht hereinfällt, als wären dort große Fenster, doch ich traue mich nicht voran, um meinen Verdacht zu bestätigen. Auch einen Blick in die zwei Nebenzimmer wage ich nicht.

»Ein paar grundlegende Informationen für dich«, beginnt Cormac. »Essen gibt es dreimal am Tag. Du wirst dich erste Zeit noch nicht frei bewegen, also melde dich, wenn du zur Toilette musst. Und das sind deine beiden Zimmergenossen, ihr kennt euch ja bereits.«

Ehe ich mental darauf vorbereitet war, reißt er die Tür zu einer der beiden Nebenzimmer auf. Mit nur einer Handbewegung stoppt Cormac die Frau, die auf mich zugestürmt ist, und ich bin mir unsicher, ob sie bloß wegen ihrer Furcht innehält oder er dieselben technologischen Tricks angewandt hat wie Philo.

»Gwynn?«, stoße ich aus. Sofort komme ich auf sie zu, jedoch mit ausreichendem Abstand, damit sie mich nicht mit ihren Krallen erwischt. »Was ist passiert? Wie kommst du hierhin und ...?«

Ehe ich den Satz zuendebringen kann, tritt eine weitere Gestalt aus dem Raum hervor. Die Bewegungen sind fließend und gleichzeitig lauernd, sein Blick fixierend ohne das geringste Zucken, als würde er nur auf den einen Moment warten, uns alle zu zerfleischen wie ein wildes Raubtier.

Ich schlucke, als ich ihn mustere.»Ist das Sloan?«, frage ich vorsichtig. Er trägt ein breiteres Halsband, doch obwohl er dadurch domestiziert aussieht, wirkt alles an seiner Haltung, seinem Blick, seinem Gang wild und stark.

»Ja«, gesteht Gwynn und tritt nun zurück neben ihn. Dabei sehen die beiden, die angeblich Geschwister sein sollen, sich nicht im Entferntesten ähnlich, abgesehen von dem wilden Gesichtsausdruck.

»Wegen ihm ist es also soweit gekommen?« Ich gehe einen Schritt auf ihren Bruder zu und obwohl er furchteinflößender wirkt als sogar die meisten Prävalis, denen ich je begegnet bin, ist meine Angst plötzlich wie erloschen.»Wegen ihm haben sie Philo festgenommen? Weil er euch beiden helfen wollte?«

»Du scheinst diesen Philo ja wirklich zu vergöttern, wie Gwynn es mir ankündigte«, knurrt er plötzlich.

Ich schlucke, trete dann aber doch zwei Schritte zurück, um nicht selbst wie die unberechenbare Gefahr zu wirken. Immerhin weiß ich nicht, was mir dann blühen könnte.»Was ist passiert?«, frage ich also ruhig.

Gwynn schwankt mit ihrem ganzen Körper hin und her.»Es ging alles so schnell. Als wir bei dieser Auffangstation ankamen und sie Sloan herausholten, kamen auch schon irgendwelche Leute und haben Philo festgenommen ...« Sie seufzt.»Mir ist das ja egal, aber du schienst an ihm gehangen zu haben, also ... tut mir leid, echt.«

»Es tut dir leid?«, wiederhole ich, während mein Puls in die Höhe schießt.»Wegen euch ist er nun nicht mehr hier!«

»Valerie«, höre ich plötzlich Cormac hinter mir, der einige Schritte näher getreten sein muss.»Lass uns das hier friedlich halten, ja? Es erschien mir, als wärst du zur Impulskontrolle fähig.«

Ich schnaube, da mir gerade eher danach ist, ihn für die Bemerkungen und all die Geheimnisse und überhaupt alles, was gerade passiert, weit von mir wegzustoßen. Dennoch schaffe ich es mit Mühe, mich unter Kontrolle zu bringen und tief einzuatmen, um meinen Kopf wieder klarer zu bekommen.

Ich fingere am Stoff meines Kleides herum, mein einziges Ventil für meine Nervosität, ehe ich mich zu Cormac umdrehe. »Warum darf ich nicht erfahren, was passiert ist?«

Er stützt sich mit dem Unterarm an der Wand ab. »Es ist für dich nicht relevant.«

»Aber ich würde es gerne wissen«, beharre ich.

Er blickt kurz auf, fast als würde er Gwynn und Sloan gleichzeitig mustern, dann hebt er mahnend den Zeigefinger. »Nur unter einer Voraussetzung.«

»Und die wäre?«

»Du benimmst dich.« Mit einer Warnung in den Augen sieht er auf mich herab. »Ich habe nicht vor, dich dauerhaft in diesen Raum zu sperren. Aber du musst mir erst beweisen, dass du mein Vertrauen verdienst. Verstehst du das?«

Ich zucke mit den Schultern. Ich traue seinem Wort ebenso wenig wie er meinem, doch natürlich werde ich dem zustimmen. Schließlich würde er mich vermutlich genauso bestrafen, wie er es auch ohne mein Versprechen täte. »Okay.«

Cormac löst sich von der Wand, dann erklärt er: »Philo Marx wurde festgenommen und befindet sich aktuell in Gewahrsam. Sollte es sich herausstellen, dass er unschuldig ist, könnte er zurückkehren und euch wieder übernehmen. Dich und Gwynn zumindest. Aber das halte ich für unwahrscheinlich.«

Ich zögere. Offenbar weiß er davon, dass Sloans Eigentumsnachweis gefälscht war. War das der Grund für seine Festnahme?

»Dein Besitzer wurde einer Reihe an Straftaten angeklagt, Valerie. Unter anderem Diebstahl, Einbruch und gefährliche Körperverletzung.«

Ich schlucke hörbar. Das sind alles Straftaten, die nur angeklagt werden, wenn sie gegen andere Prävalis begangen wurden. Was mich ehrlicherweise immerhin nicht so sehr beunruhigt, wie wenn er sie gegen Sapiens verübt hätte.

Dennoch ist das nicht der Philo, den ich kenne, mit dem ich zusammengelebt habe. Er soll Menschen schwer verletzt haben? Selbst nach dem, was mit Gwynn passiert ist, bin ich nicht bereit, das zu glauben. Das hat er schließlich nur zur Verteidigung getan, oder? War es in den Fällen vielleicht auch so? Etwas anderes kann ich mir bei dem immer wohlwollenden, sanften, warm lächelnden Philo nicht vorstellen.

Doch ich erspare mir all diese Gedanken auszusprechen, die mich Cormac gegenüber nicht weiterbringen würden, und erwidere nur:»Wie kam es dazu?«

Er zögert, ehe er ausführt:»Wie sich herausstellte, hat Philo Marx eine schon seit Jahren gesuchte Terrorgruppe angeführt.«

»Terrorgruppe?«, wiederhole ich entsetzt, ehe ich darüber nachdenken kann.

»Vielleicht werden wir eines Tages mehr in den Nachrichten erfahren.« Cormac beendet so abrupt das Thema, dass mir klar ist, dass das nicht alle Infos waren, die er hat. »Bis dahin benimmst du dich jetzt also, korrekt?«

Ich schnaufe. Er schmeißt mir absichtlich bloß Häppchen zu. Dabei hätte ich mindestens noch ein Dutzend Fragen. Wie kommen sie darauf, dass Philo eine Terrorgruppe führt? Wie sind sie plötzlich auf ihn aufmerksam geworden? Was wird ihm genau vorgeworfen? Und warum sind ausgerechnet wir drei nun in der Pflegestelle von Cormac gelandet? Hat er sich bloß bereiterklärt, die überfüllten Auffangstationen zu entlasten, weil er gerade Plätze frei hatte? Oder ist das gar kein Zufall?

Aber in Ermangelung von Alternativen stelle ich keine Fragen, die ich ohnehin nicht beantwortet kriegen würde. »Richtig«, bestätige ich also und gehe nun auf den Raum zu, in dessen Türrahmen immer noch Gwynn steht.

Als ich näher trete, weicht sie zur Seite, doch noch ehe ich den Raum betreten habe, baut sich Sloan vor mir auf. »Du scherst dich tatsächlich um den Kerl?«, fragt er und starrt mich abermals so beängstigend an.

»Ich habe Philo vertraut«, gebe ich zurück und recke das Kinn. »Er war ein guter Mensch ... zu mir, zumindest.«

»Ich habe von solchen Verbindungen gehört«, gibt er in düsterem Ton zurück. »Von Sapiens, die sich in ihre Besitzer verlieben.« Er legt den Kopf schräg, als könnte er mich so besser mustern. »War es bei dir auch so?«

»Nein. Auch wenn ich es gar nicht nötig habe, mich vor euch zu rechtfertigen.«

Noch immer ruht Sloans Blick auf mir, während Gwynn allmählich neben ihn tritt. »Sloan, lass gut sein«, redet sie ihm nun zu und zupft an seinem massiven Oberarm. »Sie ist nicht unser Feind.«

Er knurrt, dennoch tritt er beiseite, sodass ich endlich ins Innere des Raumes gelange, das wohl speziell für uns Sapiens hergerichtet wurde. Auch wenn der weiß-pinke Boden und die farblich passende Tapete eher den Eindruck eines verlassenen Kinderzimmers vermitteln. Der Teppich wirkt schon abgenutzt, die Tapete fehlt teilweise. Matratzen liegen im Raum verteilt, zwei Stück aktuell, zusammen mit einem bereits zerfetzten Sofa. Bücher und Kinderspielzeug sind im Raum verteilt, eine Truhe aufgerissen, in der sich weitere Beschäftigungsmöglichkeiten befinden.

Als ich eingetreten bin, schließt sich hinter mir die Tür und wir drei sind allein in einem Raum, der kaum größer ist als Philos Küche.

Ich lasse den Kopf hängen. Wenn er doch bloß zurückkäme. Warum nur hat er das getan, was auch immer er angestellt hat? Hat er diese Straftaten überhaupt begangen oder wird er fälschlicherweise angeklagt? Doch so, wie Cormac sich ausdrückte, müssen sie sich schon sicher gewesen sein, dass Philo schuldig ist.

Warum hat er so gehandelt? Ich will mir einreden, dass er gute Gründe dafür hatte. Doch selbst wenn das stimmt: Warum hat er nicht bedacht, was er damit riskiert? Dass er mich damit riskiert?

War es das wert?

8

Gwynn hat sich mittlerweile auf eine der Matratzen fallen lassen und schraubt an einem Drehspielzeug herum, das kaum anspruchsvoll wirkt, aber immerhin Krach macht. Ich sitze auf dem zerfledderten Sofa, die Beine angezogen und meinen Kopf darauf gestützt, während ich von Sekunde zu Sekunde zu begreifen versuche, was passiert ist, mit den wenigen Infos, die ich habe. Überhaupt zu realisieren, dass das hier echt ist und ich nicht aus diesem Albtraum erwachen werde. Sloan starrt unverändert aus dem einzigen, vergitterten Fenster, das der Raum bietet, auf die menschenleere Waldgegend, angelehnt an die Wand, die Arme verkreuzt.

»Es tut mir wirklich leid, Valerie«, eröffnet Gwynn schließlich das Gespräch und legt das krachmachende Spielzeug das erste Mal beiseite.

Ich antworte nicht. Was sollte ich auch sagen?

»Du scheinst da ja echt ziemlich drunter zu leiden ...«

»Natürlich tue ich das«, zische ich sie kraftlos an. »Ich bin bei Philo aufgewachsen. Er hat mir alles bedeutet.« Möglicherweise klingen meine Worte melodramatisch, aber dennoch beschreiben sie genau das Gefühl, das ich gerade empfinde.

Gwynn presst die Hände neben sich auf die Matratze und beugt sich nach vorne, als wolle sie aufstehen. »Wenn du über ihn reden möchtest ...«

»Will ich nicht«, entgegne ich und vergrabe meinen Kopf tiefer zwischen meinen Knien, als könnte ich so der Realität um mich herum entgehen. Nie hatte ich in meinem Leben den Gedanken zugelassen, dass ich eines Tages nicht bei Philo sein würde. Dass der Besitzanspruch an mir wechseln könnte. Und dass ich weder ein Mitspracherecht noch eine andere Möglichkeit haben würde, um darauf Einfluss zu nehmen.

Ich kann nicht sagen, dass es mir hier schlecht geht, doch allein die Realisation meiner neuen Wirklichkeit ist beängstigend. Ich sitze hier, gegen meinen Willen, eingesperrt in einem winzigen Zimmer mit zwei fremden Sapien und einem Prävali hinter der Tür, dessen Verhaltensweisen mir rätselhaft erscheinen. Und ich weiß, dass dieser Ort nicht meine Endstation ist, schließlich handelt es sich bloß um eine Pflegestelle. Es kann immer noch alles viel, viel schlimmer werden.

Nichts von meinem alten Leben ist noch übrig, nicht die Menschen, die Gewohnheiten, die Umgebung. Alles ist fremd und neben der Angst, die schon seit Stunden in mir brodelt, löst dieses Gefühl noch zusätzlichen Stress in mir aus.

Ich muss hier heraus.

Wortlos stehe ich auf und gehe auf die Tür zu, beäugt von Sloan und Gwynn. Dann klopfe ich vorsichtig dagegen. »Cormac? Ich muss auf die Toilette.« Dann senke ich den Kopf gegen das Holz. Es fühlt sich erbärmlich an, darum bitten zu müssen, nur auf Erhörung der Bitte hin überhaupt die Möglichkeit zu haben, auszutreten. Aber wenigstens komme ich so für einen Moment aus diesem Raum heraus, in dem ich den Eindruck habe, den Verantwortlichen für meine Situation gegenüber zu sitzen.

Eine kurze Zeit herrscht Stille, dann geht schließlich die Tür auf. »Komm, Valerie.« Cormacs Stimme ist beherrscht wie immer, als er eine Hand mit der Leine darin ausstreckt.

Ergiebig trete ich näher, auch wenn dieses Stück Textil eine weitere Erinnerung an meine neuen Ängste ist, ehe er es in den Clip an meinem Halsband einhängt. Mit einer Handbewegung lotst er mich aus dem Raum heraus und schließt hinter mir die Tür. Dann steuert er an dem Sofa vorbei auf die helle Lichtquelle zu, die ich bereits beim Eintreten bemerkt habe. Tatsächlich ist es eine hohe Glasschiebetür, die er mit einer Handgestik beiseiteschiebt.

Wir treten über die Veranda in Laub und Äste, direkt auf eine kleine, ebenerdige Hütte zu.

»Du weißt mehr über Philos Festnahme, als du mir erzählt hast, oder?«, beginne ich, während wir über den Waldboden stampfen.

Cormac hat das Gesicht immer noch nach vorne gerichtet, während seine Finger beinahe sanft mit der Leine spielen. Ich erahne bereits, dass er mir nicht mehr antwortet, als er plötzlich fragt:»Wie kommst du da drauf?« Nach wenigen, weiteren Schritten bleibt er stehen und dreht sich zu mir um. »Sind wir deswegen hier? Weil du mich ausfragen möchtest?«

Ich schlucke schwer. Noch immer sind seine Augen verdeckt durch seine Sonnenbrille, seine Mimik dadurch nahezu unlesbar. Nur seine Stimme deutet eine tiefliegende Drohung an, sodass ich mich nicht wage, weiterzufragen. »Nein. Entschuldige.«

Cormac wendet den Kopf beiseite.»Ich verrate dir so viel, Valerie. Es wird nicht allzu viel Gutes geben, was ich dir über Philo Marx sagen kann. Wenn du nicht bereit bist, das zu hören, frag besser nicht nach.« Dann wendet er sich wieder ab und läuft weiter auf die Toilettenhütte zu.

Zögerlich stolpere ich hinterher. Kannte Cormac Philo persönlich? Doch woher? Hätte ich seinen Namen dann nicht früher schon mal von Philo hören müssen?

Rückblickend betrachtet wusste ich eigentlich nichts über das Leben meines Besitzers. Er arbeitete viel, aber ich weiß nicht mal, als was. Er hat nie darüber geredet und in der Konsequenz habe ich nicht nachgefragt. Im Nachhinein frage ich mich sogar, ob er die vielen Tage, die er manchmal weg war, tatsächlich gearbeitet hat – oder etwas ganz anderes tat, was nun zu dieser Anklage führt.

Ich weiß nicht, welche Freunde Philo hatte. Nur Adina kannte ich, die Frau, die uns hin und wieder besuchte. Von ihrem vertrauten Umgang her ging ich davon aus, dass sie ein Paar waren, doch wir haben nie darüber gesprochen. Ich habe mir nie Gedanken darüber gemacht, dass ich so wenig über sein Leben wusste.

War ich zu verblendet? Wollte ich glauben, dass alles in Ordnung sei? Hätte ich die Warnzeichen früher suchen und erkennen müssen?

Doch was hätte das geändert?

An der Hütte angekommen stößt Cormac die einfache Holztür mit der Hand auf, dann hält er kurz inne, ehe er nach dem Clip an meinem Halsband greift. »Du bist artig«, wiederholt er, in kaum mehr als einem Hauchen. »Ich möchte dich zukünftig nicht dabei bewachen müssen.« Dann löst er die Leine, ehe er mich in die Toilette schiebt und hinter mir die Tür schließt.

Kurz greife ich mir an den Hals, als könnte ich erst jetzt wieder atmen. Dann blicke ich zu dem erstaunlich hochtechnologisiert aussehendem Inneren, das ich in einer Holzhütte mitten im Wald nicht erwartet hätte. Kein Plumpsklo mit einem Wasserschlauch, sondern eine weiße, saubere Toilette, ein Waschbecken und sogar eine Dusche mit viel zu vielen Knöpfen blicken mir entgegen.

Ich atme kurz durch, während ich mich auf den Brillenrand setze. Doch als ich die Augen schließe, scheint das die Lautstärke meiner Gedanken nur zu erhöhen, wobei einer von ihnen besonders prägnant ist: Ich will nicht hier bleiben.

Cormac jagt mir mit seiner kalten, dominanten Art Angst ein. Er ist mir fremd und ich kann ihn nicht einschätzen. Bisher wirkt er mir nicht wie ein Sadist, der Sapiens zum Vergnügen quält, doch selbst das kann ich nicht wissen. Vielleicht hatte ich bisher bloß Glück. Seine Fassade ist für mich völlig undurchdringlich.

Zudem weiß ich, dass er womöglich bloß das Fegefeuer auf dem Weg zur Hölle ist. Ich will nicht länger herumgereicht werden. Nicht wissen, wo und bei wem ich als nächstes lande. Ich wünschte mir, dass dieser Albtraum einfach nur endet und ich wieder neben Philo wachwerde.

Mit einem wehmütigen Schnaufen spüle ich die Toilette und wasche mir die Hände, ehe ich mein Kleid richte und bedächtig langsam die Ausgangstür aufschiebe. Nur langsam den Spalt öffnend, als wollte ich besonders deutlich machen, dass dies keinem Fluchtversuch dient. Selbst wenn ich mir wünsche, nicht länger hier zu bleiben, so kann ich mir nicht vorstellen, wirklich den Mut dafür aufzubringen.

Als ich schließlich den ersten Fuß hinaussetze, mustert mich Cormac sofort intensiv über die heruntergeschobene Sonnenbrille hinweg, sonst keine Regung zeigend. Ist er enttäuscht, dass ich es nicht einmal versuche?

Unter mir knirscht das Laub, als ich die Tür wieder zuschiebe und vor ihm stehen bleibe. Ich erwarte, dass er jeden Moment den Clip an meinem Halsband befestigt, doch nichts passiert.

Dann fragt er plötzlich:»Was hast du mit Philo erlebt, dass du so unterwürfig bist?«

Ich runzle die Stirn. Nach dem, was Cormac mir über seine Beziehung zu ihm gesagt hat, ahne ich, dass die Frage nicht wohlwollend gestellt ist.»Du hast gesagt, ich soll mich benehmen, also tue ich das auch«, antworte ich daher nur.

Cormacs Mundwinkel zuckt.»Was lief da zwischen dir und deinem Besitzer?«

Ich richte mich etwas auf, auch wenn mein Körper nach dem Gegenteil verlangt.»Nichts. Er hat sich bloß über viele Jahre gut um mich gekümmert.«

»Verstehe.« Er setzt die Sonnenbrille ab und fährt die Bügel mit seinen Fingern entlang.»Sonst hätte ich der Staatsanwaltschaft einen Anklagepunkt nachliefern können.« Sorgsam klappt er die Brille zusammen und verstaut sie in seiner Manteltasche.»Für dich tut es mir leid.«

Meine Muskeln verkrampfen.»Was tut dir leid?«

Er schüttelt den Kopf, während er mich mustert.»Philo Marx hat verabscheuungswürdige Taten begangen, vielmehr noch als jene, denen er angeklagt ist. Daher werde ich Philos Herz brechen und du wirst mir dabei helfen.«

Bei seinen Worten durchfährt Panik meinen Körper. »Wieso? Was heißt das? Woher kanntet Philo und du euch?«

Er legt den Kopf schräg. »Da du artig warst, hast du vermutlich Antworten verdient. Philo und ich haben zusammengearbeitet«, erklärt er, doch ich höre jetzt schon aus seinen Worten heraus, dass das immer noch nicht die ganze Wahrheit ist. »Jedenfalls, bevor er sich dieser Terrorgruppe angeschlossen hat, die Kriminalität zum Schutz von Sapiens einsetzt.« Er hebt mahnend die Augenbrauen. »Er hat Prävalis bis zur Schwelle des Todes begleitet, um Sapiens gewaltsam aus wideren Bedingungen zu retten.« Er schüttelt den Kopf. »Für dich als Sapien mag das ehrenwert klingen, aber …«

»Nein«, unterbreche ich Cormac, was ihn verstummen lässt. »Es würde ehrenwert klingen, dass er diese Menschen befreit hat. Aber ich denke nicht, dass irgendwem geschadet werden sollte.« Ich senke den Blick. »Auch wenn ich mir immer noch nicht vorstellen kann, dass Philo so weit gegangen sein soll.«

»Er ist nicht umsonst angeklagt«, erwidert Cormac und ich bemerke, wie er mich noch intensiver mustert als zuvor. »Dennoch verwundert mich deine Einstellung. Empfindest du keine Abscheu gegenüber uns Prävalis?«

Ich schließe kurz die Augen, während mir Gwynns Worte durch den Kopf gehen. »Gibt es diese Unterscheidung zwischen Prävalis und Sapiens überhaupt?«

Cormacs Mundwinkel zuckt. »Hat Philo dir das erzählt?«

»Er war es nicht«, erwidere ich postwendend. »Dennoch gibt es Menschen, die es behaupten.«

Ein uneindeutiges »mmh« verlässt seine Lippen, dann beugt er sich herab, seine Hände auf die Oberschenkel gestützt, ehe er mir direkt in die Augen sieht. »Ich bin derjenige, der für dein Wohlergehen sorgen muss. Also gibt es offensichtlich einen Unterschied.«

Ich presse die Lippen aufeinander. Unter ›Wohlergehen‹ versteht er, dass er mich nutzt, um Philos Herz zu brechen?

Doch ehe ich zu einer weiteren Rückfrage komme, richtet er sich wieder auf, hakt die Leine in mein Halsband ein und zieht leicht daran, bis ich ihm zur Hütte folge.

Erneut beginnen meine Gedanken zu rasen, denn jeder Satz von Cormac löst mehr Angst in mir aus. Ich beginne Gwynns Worte zu verstehen, als sie sagte, in der Auffangstation hätte es wenigstens niemand auf sie persönlich abgesehen. Denn hier scheint das für mich nicht zu gelten.

Deshalb wollte er mich von vorneherein aufnehmen. Ausgerechnet mich. Damit er sich an Philo rächen kann, wofür auch immer.

Ich habe panische Angst vor dem, was Cormac vorhat. Vor diesem mysteriösen Plan, Philo und mich leiden zu lassen. Noch mehr als vor den Schmerzen, die er mir mit diesem Halsband zufügen könnte.

Ich muss hier weg.

Also umgreife ich die Leine, die mich an ihm fixiert, und ziehe mit Schwung daran, bis ich sie tatsächlich Cormacs Händen entrissen bekomme. Überrascht über den unerwarteten Erfolg stolpere ich zurück, ehe er sich bedächtig langsam zu mir umdreht. Sofort wende ich mich mit unsteter Balance um und laufe los. Dabei ahne ich schon jetzt, dass meine Aussichten auf Erfolg denkbar gering sind.

Nach nur wenigen Metern verheddere ich mich mit der Leine bereits im Geäst. In dem Versuch, den Druck um meinen Hals zu verhindern, stolpere ich mit den Füßen über weitere Stöcke, dann falle ich mit den Händen zuerst auf den Waldboden. Erschreckend langsame Schritte nähern sich, ehe Cormac sich zu mir herabbeugt. »Du könntest dir bei einer solchen Aktion eines Tages wehtun, Valerie.«

Noch halb im Geäst verheddert keuche ich, meine Muskeln zittern, weil ich mich kaum bewegen kann. Als er dann noch nach der Leine greift, versteift mein Körper augenblicklich angesichts der Bestrafung, die nun auf mich warten könnte.

Immer noch viel zu langsam, als würde er sich auf den folgenden Moment freuen, befreit er die Leine aus dem Geäst. Mit geweiteten Augen beobachte ich ihn dabei, doch wage nicht mehr, mich zu rühren und so möglicherweise den Schmerz noch selbst auszulösen.

Gerade, als er die Leine in der Hand hält, höre ich plötzlich ein Keuchen, dann verschwindet Cormac aus meinem Blickwinkel. Geschrei erfüllt die Luft und ich schaffe es nun doch, mich wenigstens wieder auf die Knie zu bringen, ehe bereits an meinem Halsband herumgewerkelt wird.

Ich schaue auf und sehe Gwynn vor mir, die den Clip löst und die Leine weit von uns wirft. »Komm, Valerie.«

Überrascht werfe ich den Blick zurück und sehe, wie Sloan gerade von Cormac zurückstolpert.

Sofort komme ich auf die Beine. Ich weiß nicht, was für Mittel diese Prävalis gegen uns zur Verfügung haben, doch wir sollten sie am besten nicht ausschöpfen. Also renne ich los, direkt vor mir Gwynn, knapp hinter mir Sloan.

»Vertretet euch ruhig etwas die Beine, aber ihr kommt nicht weit«, ruft Cormac, auch wenn seine Stimme mit jedem zurückgelegten Meter leiser wird.

Das Knacken der Äste unter unseren Füßen verschlingt alle weiteren Geräusche. Wir rasen durch den Wald, ich scheine über den Waldboden zu fliegen, während meine Lunge ruckhaft Luft einzieht. Doch schon nach wenigen Minuten merke ich, wie das Atmen schwerfällt, meine Muskeln brennen und ich mir kaum vorstellen kann, noch einen weiteren Schritt zu tun.

Dann stürze ich zu Boden.

Das Bild vor meinen Augen dreht sich auf den Kopf und eine kaum zu bändigende, saure Übelkeit steigt meine Magenröhre empor.

»Valerie?« Als ich aufschaue, sehe ich Gwynn und Sloan vor mir, die offenbar gehalten und auf mich gewartet haben müssen.

Ich wende den Blick zurück, doch hinter uns ist alles still. Kein Cormac. Niemand, der uns folgt.

»Wir müssen weiter«, höre ich die düstere Stimme von Sloan über mir, während ich immer noch mit mir ringe, mich nicht zu übergeben.

»Sie kann nicht«, entgegnet Gwynn. »Schau sie dir an. Ihr geht es nicht gut, sie ...«

»Geht ohne mich«, erkläre ich und kämpfe mich ächzend zurück auf die Beine. »Ich bin euch dankbar, dass ihr mir geholfen habt. Aber jetzt ...«

»Nein«, bestimmt Sloan und umgreift meinen Oberarm zur Stütze. »Wir lassen niemanden zurück. Langsam Laufen ist immer noch besser als Stehenbleiben.«

Ich nicke ergiebig, dann stütze ich mich noch ein paar Schritte an Sloan ab, ehe mein Sichtfeld wieder soweit gerichtet ist, dass ich selbstständig geradeaus weiterschleichen kann. »Wie habt ihr es überhaupt aus dem Zimmer und der Hüte herausgeschafft?«

Sloan hebt die Augenbrauen. »Mit genug Willenskraft kriegt man auch hochtechnologische Türen aufgebrochen.« Er hebt die Hand und ich bemerke, dass sie aufgescheuert ist. Offenbar nicht ausschließlich von dem Angriff auf Cormac. »Zum Glück hast du ihn abgelenkt.«

Ich fahre mir mit der Zunge über die Lippen, während ich immer noch Schwierigkeiten habe, klar zu sehen. »Schön, dass ich auch helfen konnte.«

»Noch sind wir nicht außer Gefahr«, erwidert Sloan jedoch nur und legt wieder sein Raubtierstarren in Richtung Wald auf.

Ich umklammere meine Oberarme. Das hier wird nun also mein neues Leben? In der Witterung, abseits des zivilisierten Lebens? Auf der Flucht vor einer überlegenen Art? Ohne jemanden, der auf mich aufpasst? Jedenfalls ohne jemanden, dem ich vertraue? Ohne Philo?

9

Die Dunkelheit legt sich wie ein beängstigender Schatten über den Wald und das geringe Mondlicht macht es mir fast unmöglich, noch etwas zu sehen, als wir weiter voranstampfen. Hätte sich meine Situation nicht so zugespitzt, würde ich mich von einer anderen Auffangstation aufnehmen lassen und wenigstens wieder Sicherheit genießen, wenn auch unter etwas widrigen Bedingungen. Doch ich weiß, dass für mich diese Option nicht besteht. Denn wenn irgendein System meine Identifikationsnummer registriert, wird Cormac mich vermutlich sofort wieder abholen, um diese mysteriöse Rache nachzuholen. Ich hoffe, dass ich so diesem Schicksal entgehen kann, auch wenn ich nicht wirklich daran glaube, wenn ich mir seine letzten Worte in Erinnerung rufe.

»Wir sollten über Nacht hier bleiben«, bestimmt Sloan nach einer Weile und deutet auf dichtes Gestrüpp. Vielleicht ist es auch eine Höhle oder ein hohler Baumstamm, in der Dunkelheit ist es nicht erkennbar.

Ein beklemmendes Gefühl überkommt mich, als ich über das feuchte Moos tapse. Alles daran stößt mich ab, allein es zu berühren, geschweige denn darauf zu schlafen. Hier draußen. Ausgeliefert.

Aber das ist jetzt mein neues Leben, nicht wahr?

»Alles okay, Valerie?« Trotz der Dunkelheit scheint Gwynn mein Unbehagen zu bemerken.

Ich nicke leicht. »Ich bin das nur nicht gewohnt.«

»Der menschliche Körper kann viel Schlimmeres als das ertragen«, erwidert Sloan rau und lehnt sich stehend gegen einen Baumstamm. »Gwynn, schlaf etwas. Ich werde Valerie ein paar Überlebensbasics beibringen.«

Ich nicke, auch wenn mein Bedürfnis umzukehren immer noch überwältigend groß ist. Gwynn lässt sich auf dem dreckigen Boden nieder, stützt ihre Hände hinter den Kopf und lehnt sich an einen Felsen. »Zankt euch nicht«, wirft sie lächelnd ein, ehe sie die Augen schließt. Für einen kurzen Moment, ehe sie erneut zu mir hinaufblinzelt. »Und bitte vergib mir, für alles, was passiert ist.«

Ich schüttle den Kopf und lenke den Blick ab. »Letztlich konntest du nichts dafür. Keiner von euch.«

Mit einem schweren Seufzen schließt sie die Augen wieder, fährt aber dennoch fort: »Ich weiß, dass dir das noch schwer fällt zu akzeptieren. Aber ich bin mir sicher, dass es besser so ist.«

Erneut umklammere ich meine Oberarme. Gerne würde ich Gwynn glauben. Doch im Moment fühlt sich das alles andere als »besser« an.

Plötzlich spüre ich eine leichte Berührung am Oberarm. Dann deutet Sloan stumm an mir vorbei zum Himmel. »Beginnen wir mit dem Mond«, flüstert er. »Ist genauso hilfreich wie die Sonne. Geht im Osten auf und im Westen unter. Gibt eine grobe Einschätzung der Uhrzeit.«

Verwirrt starre ich auf den kaum erkennbaren Halbkreis in der Ferne. »Und wo steht er jetzt?«

Sloan seufzt. »Osten.«

Ich schlucke und starre den weißen Punkt an. Wie soll ich mir denn merken, dass dort der Osten ist?

»Wenn wir Gwynn gegen Mitternacht wecken wollen, wo muss er dann stehen?«, fragt er weiter.

Ich verziehe das Gesicht, schon jetzt sicher, das Falsche zu sagen. »Ganz oben?«

Er schüttelt den Kopf, aber immerhin mit mehr Geduld, als ich seinem leisen Knurren entnommen hätte. »Im Süden.«

Ich nicke, als würde mir das irgendwie weiterhelfen.

»Und jetzt sei still und lausche.«

Ich presse die Lippen aufeinander und versuche mich zu konzentrieren. Einige Sekunden, ehe er erneut fragt:»Was hörst du?«

»Meinen Atem«, beginne ich aufzuzählen.»Den Wind zwischen dem Laub. Und ein Knacken.«

»Guter Anfang«, erklärt er.»Übe das, wann immer es geht. Hören ist der hilfreichste Sinn, der Menschen zur Verfügung steht.« Er stößt sich von dem Stamm ab und geht einen Schritt voran, während mir das knirschende Laub plötzlich unglaublich laut vorkommt.»Wenn du eine Bedrohung vermutest, musst du dich ruhig verhalten, nicht mehr bewegen. Die Scanner der Prävalis können Materie durchdringen und werden die Wärme eines lebendigen Körpers erkennen. Aber ein stiller Umriss fällt dennoch weniger auf als ein sich bewegender. So ist die Natur von Raubtieren.«

»Raubtieren?«, wiederhole ich einen Ticken zu laut.»Aber Prävalis sind doch keine …«

»Alle Menschen sind das«, unterbricht er mich leise. Er geht in die Hocke, als würde er trotz der Dunkelheit den Boden genauer betrachten. Dann hebt er einen Ast vom Boden auf, mit dem er einige Male in der feuchten Erde herumstochert. Zum ersten Mal hebt er den Blick in meine Richtung und mustert mich abfällig.»Du scheinst einer der wenigen Sapiens zu sein, die noch keinen Hass auf Prävalis entwickelt haben.«

Ich zucke mit den Schultern.»Es gibt auch gute Exemplare. Einen kannte ich. Jedenfalls dachte ich es. Das heißt, mittlerweile … bin ich mir nicht mehr so sicher.«

»Wegen dem, was Cormac dir über ihn erzählt hat?« Als ich stumm nicke, fährt er fort:»Gab es vorher keine Anzeichen?«

»Nein, also nicht, dass ich wüsste.«

»Außer, dass er wohl nett zu dir war.« Sloan schüttelt den Kopf.»Aber am Ende ist der Hass trotzdem da. Hass von Menschen auf andere Menschen. Ist fast beeindruckend.«

Ich zucke mit den Schultern. »So betrachtet sind wir doch nicht besser, oder?«, erwidere ich, auch wenn ich damit vor allem ihn und Gwynn meine.

Sloan lächelt kurz, als hätte ich ihn ertappt. »Scheint wohl in der menschlichen Natur zu liegen«, erwidert er, dann drückt er mir plötzlich den Ast in die Hand. »Zur Verteidigung.«

Ich hebe die Augenbrauen und deute an dem höchstens einen halben Meter langen Stock herab. »Das Stück Holz soll uns gegen Prävalis mit fortschrittlicher Technologie helfen?«

Er hebt die Schultern. »Besser als nichts. Ein unerwarteter Angriff mit einem stumpfen Gegenstand ist manchmal die beste Waffe.« Er richtet sich wieder zum Boden, vermutlich auf der Suche nach einer weiteren solchen »Waffe«. »Du solltest jetzt ebenfalls schlafen. Die nächsten Tage werden nicht weniger anstrengend.«

Ich seufze, nicke dann jedoch bloß stumm, ehe ich mich gegen einen Baumstamm lehne. Alles stachelt und knackt unter mir, mein Kleid ist zu kurz, um mich vollständig zu bedecken, und Kälte kriecht unerbittlich darunter. Ich brauche ewig, ehe ich eine annehmbare Position finde. Einige moosige Laubstellen sind weich genug, um meinen Kopf darauf abzulegen, auch wenn ich immer wieder aufschrecke, als etwas darüberläuft oder mir ein merkwürdiger Geruch in die Nase tritt.

Ich werde hier auf keinen Fall schlafen können.

* * *

Gegen Morgen ist meine Erschöpfung so überwältigend geworden, dass ich immerhin die Augen schließen und etwas dahindämmern konnte, auch wenn ich weder richtig geschlafen noch mich entspannt habe. Als ich mich noch vor Aufgehen der Sonne wieder aufrichte, fühle ich mich vollkommen erschöpft, meine Augen und mein Mund sind trocken, es fällt mir schwer, die Lider, geschweige denn meinen Oberkörper zu heben.

Und das war nicht einmal der erste volle Tag.

Gwynn sitzt auf dem Felsen von gestern, während sie mich stumm mustert. »Alles okay?«, fragt sie gedämpft. Sloan liegt neben ihr am Boden, schlafend.

Ich nicke stumm. Während ich meinen dicken, schmerzenden Kopf an den Baumstamm lehne und mich so sehr nach Wasser sehne wie nie zuvor, geht mir ein beängstigender Gedanke durch den Kopf: Sollte ich doch freiwillig zurückkehren?

Ich weiß nicht, was Cormac mit mir vorhat und es klang keineswegs gut. Aber das hier packe ich nicht. Das merke ich jetzt schon und das war bloß der Anfang. Der erste Tag. Wie soll ich das eine Woche, ein Jahr durchhalten? Für den Rest meines Lebens? Ich habe noch keine Beeren oder essbare Wurzeln gesehen, was sicher auch daran liegt, dass ich diese gar nicht identifizieren könnte. Soll ich Tiere fangen, töten und verspeisen? Nicht nur, dass mich der Gedanke zutiefst abstößt, ein anderes Lebewesen für mein eigenes Überleben zu ermorden. Ich denke, dass ich nicht einmal die Fähigkeiten dazu hätte, geschweige denn dazu, mich gegen Prävalis zu verteidigen, wenn sie uns angreifen.

Ich werde das hier nicht überleben.

Ich wollte nie draußen leben, in dieser »vermeintlichen Freiheit«. Ich wollte einfach nur mein ruhiges, beschauliches Leben bei Philo.

Warum nur hat er riskiert, dass wir das verlieren?

»Oh, nein«, höre ich Gwynn plötzlich, als sie auf mich zukommt. Sie wischt mir eine Träne von der Wange, von der ich erst jetzt bemerke, dass sie da war. »Wir kriegen das hin, okay?«

Ich lächle kurz, gerührt von ihrer Fürsorge, auch wenn sie die tiefsitzende Verzweiflung in mir nicht vertreiben kann.

»Danke dir, aber ... ich kann das hier nicht.« Ich deute in einer unbestimmten Bewegung auf den uns umgebenden Wald.

Sie zögert kurz, dann springt sie plötzlich auf und weckt in einer fließenden Bewegung Sloan. »Du hast recht, wir sollten weiter.«

Ich versuche sie noch zu stoppen, doch es ist bereits zu spät. Sloan schlägt die Augen auf und hebt den Oberkörper. »Entschuldige, ich meinte nicht den Wald.« Mein Gesicht verkrampft sich, während Sloan sich jedoch weiter auf die Beine richtet. »Ich kann nur nicht ... dieses Leben führen.«

»Ach, das ist nur der Anfang, es wird besser. Wir finden schon eine Lösung«, versichert Gwynn mir abermals, ehe sie mir zulächelt und auf die Schulter klopft. »Und jetzt lass uns besser weitergehen, ehe die Prävalis uns noch erwischen.«

Sloan und Gwynn stampfen los, während ich unschlüssig zurückbleibe. Es dauert einige Sekunden, ehe sie sich erneut zu mir umdrehen und Gwynns Gesichtsausdruck ihr entgleitet. »Du meinst das ernst?«

Ich nicke. »Ich halte euch doch bloß auf«, fahre ich fort. »Ohne mich wärt ihr schon viel weiter gekommen und ...«

»Du darfst nicht aufgeben«, unterbricht Sloan mich nun und kommt auf mich zu. Überraschend sanft legt er die Hände auf meine Oberarme, ganz im Gegensatz zu seinem starrenden Raubtierblick. »Der menschliche Körper ist dafür geschaffen, so ein Leben zu führen. Das ist nur dein Kopf, der sich dagegen wehrt.« Er hebt eine Hand, um den ausgestreckten Zeigefinger gegen meine Stirn zu stupsen.

Ich lächle verkrampft. »Aber der ist gerade ziemlich stark.« Dann verebbt mein Lächeln wieder. »Ihr habt euch dieses Leben offenbar gewünscht, aber ... ich wollte das nie.« Ich seufze. »Wenn ich zurückkehre, sucht Cormac vielleicht nicht mehr nach euch beiden.«

»Blödsinn«, fährt Gwynn dazwischen. »Er wird uns sicher die Behörden schon an den Hals gehetzt haben.«

Ich seufze. Wenn ich doch bloß wüsste, was die richtige Entscheidung ist. »Ich wünschte einfach, Philo wäre noch da«, äußere ich dann.

Gwynn holt tief Luft, doch es scheint ihr an Worten zu fehlen.

Also beginnt Sloan: »Folge uns wenigstens noch in die nächste Stadt. Dann kannst du immer noch entscheiden, was du machst. Allein im Wald zu bleiben, ist in jedem Falle zu gefährlich.« Er neigt den Kopf, um so meinen Blick einzufangen.

»In Ordnung«, stimme ich zu. Ich kann es schließlich kaum erwarten, diesen Wald endlich zu verlassen. Vielleicht werde ich mich dann einfach dem nächsten Prävali an den Hals werfen. Sicher sind die meisten Alternativen besser, als weiter hier draußen zu leben.

10

Still streunen wir durch den Wald, der nicht enden zu wollen scheint. Es ist das erste Mal, dass ich realisiere, wie groß die Welt sein muss. Natürlich wusste ich aus Büchern, welche enormen Distanzen die Transportstationen zurücklegen, doch es ist das erste Mal, dass ich einen lebhaften Eindruck dafür bekomme. Das Haus von Cormac ist offenbar mitten im Nirgendwo, denn wir laufen bereits seit vielen Stunden durch undurchdringliche Wälder, ehe wir auch nur auf ein weiteres Haus getroffen sind. Zum Glück habe ich Gwynn und Sloan bei mir, die mit solchen Orientierungsaufgaben im Freien vertraut sind, denn auf mich wirkt es, als würden wir im Kreis laufen.

Der Durst in meiner Kehle wird immer quälender und ich fühle mich dadurch immer schwächer. Vor allem psychisch, denn entweder jammern Gwynn und Sloan nicht darüber, oder sie scheinen dieses quälende Gefühl nicht einmal zu empfinden. Meine Lippen fühlen sich spröde an und jeder Schritt fällt zunehmend schwerer. Auf meiner Sicht liegt ein dunstiger Nebel und ich frage mich, ob er echt ist oder mein eigenes Gehirn ihn erzeugt.

Gerne würde ich Sloan und Gwynn so wie Philo früher fragen, wie lange es noch dauern wird. Doch ich weiß, dass sie ebenso keine Antwort auf die Frage hätten wie ich.

Plötzlich sacken meine Beine ein. Der Aufprall auf dem Boden ist nicht einmal schmerzhaft, im Gegenteil. Zum ersten Mal fühlt sich der stützende Boden unter meinen Händen gar nicht so schlecht an. Wenigstens verlangt es mir so weniger Kraft ab, zu existieren.

»Valerie?«, höre ich Gwynn aufgeregt vor mir, ehe sich mir Schritte nähern.

»Entschuldigt«, bringe ich nur hervor, ehe auch noch einer meiner Arme einsackt. »Ich habe ... nur so einen Durst.«

»Sie hat gestern nichts gegessen«, kommentiert Sloan offenbar an Gwynn gerichtet, auch wenn es mich wundert, dass er nur von mir spricht. Hat Cormac den beiden etwas gegeben, bevor ich eintraf?

Gwynn seufzt über mir, einen Arm umklammert, als wolle sie mich damit zurück auf die Beine heben, auch wenn sie bereits Mühe hat, mich überhaupt zu stabilisieren. »Und was sollen wir jetzt tun?«

»Es geht schon«, fahre ich dazwischen und stütze mich zurück auf die Füße, auch wenn das Kratzen in meinem Hals fast unerträglich ist. »Ich will euch nicht noch mehr aufhalten, ich ...«

»Moment«, unterbricht Sloan mich und wende sich mit angewinkelten Armen ab. Ein paar Schritte läuft er durch das hohe Gestrüpp, ehe er erneut innehält. »In der Richtung klingt es nach Plätschern. Vielleicht ein kleiner Bach.« Dann geht er weiter, ohne sich umzudrehen.

Ich schnaufe. »Macht ihr jetzt wegen mir einen Umweg?«

Gwynn schüttelt lächelnd den Kopf. »Wir müssen auch trinken.« Dann zieht sie mich mit einer Hand um meinen Oberarm mit sich.

Je weiter ich Sloan folge, desto deutlicher kann auch ich es schließlich hören: das Plätschern eines kleinen Baches. Als wir ihn endlich erreichen, falle ich in das flache Wasser, das kaum handbreit hoch ist und sicher alles andere als sauber. Aber es ist Wasser.

Schleimig-klebrige Stückchen verteilen sich in meinem Mund, als ich mit den Händen Wasser aus dem Bach schöpfe und immer mehr trinke. Neben meinen Fingern fliegt eine Mücke weg, Steinchen lösen sich immer mal wieder und werden mit dem sanften Strom mitgezogen. Doch ich kann mich nur noch darauf konzentrieren, endlich meinen Durst zu löschen.

Gwynn und Sloan haben sich in meiner Nähe niedergelassen, doch ich verschwende keine Zeit darauf, sie zu beobachten. Erst, als ich mich nach einigen Minuten schließlich wieder aufrichte, merke ich, dass sie sich auf eine merkwürdige Art und Weise anschweigen. Es ist nicht so, als hätten sie übermäßig viel geredet, seit wir unterwegs sind. Meistens sorgt Sloan für Stille, um besser auf die Umgebung lauschen zu können. Doch so, wie sie sich ansehen, kommt es mir vor, als würden sie ein ganzes Gespräch führen.

»Was ist los?«, frage ich also.

»Nichts«, antwortet Gwynn sofort mit sich überschlagener Stimme, ehe sich beide wieder auf die Beine hieven.

»Stimmte etwas mit dem Wasser nicht?«

»Was sollte damit nicht stimmen?«, fragt Gwynn zurück.

Kurz noch mustere ich die beiden, dann schüttle ich den Kopf. »Nichts, es war nur ... ein Gefühl.« Ich umklammere meine Oberarme, ehe ich ihnen stumm wie zuvor folge.

Verschweigen die beiden mir etwas? Es gibt sicherlich eine Menge, was ich nicht über sie weiß. Aber ich hatte bisher nicht den Eindruck, dass sie etwas bewusst vor mir geheim halten. Warum sollten sie auch? Ich bin doch schließlich keine Bedrohung für sie.

Also versuche ich meine Muskeln wieder zu entspannen, während ich ihnen folge. Vermutlich ist es bloß der Hunger, der mich hektisch werden lässt. Zusätzlich zu den vielen Entscheidungen, die ich in letzter Zeit erwägen musste, auch wenn kaum eine wirklich zur Anwendung kam. Dennoch ist die Angst davor, weitere solcher Entscheidungen treffen zu müssen, weiterhin präsent.

»Wie lange kanntest du Philo eigentlich?«, beginnt Sloan unerwartet ein Gespräch, während er mit einem kurzen Stock die Halme vor sich beiseite schlägt.

»Mein ganzes Leben lang.«

Schlagartig bleiben Gwynn und Sloan stehen und wenden sich zu mir zurück. »So viele Jahre?«, fragt Gwynn.

Ich nicke stumm, auch wenn ich bereits jetzt das Gefühl bekomme, mich mit irgendetwas verquatscht zu haben.

Gwynn kommt einen Schritt näher. »Dann musst du doch wahnsinnig viele Informationen über ihn haben, oder?« Ich schlucke schwer. »Um ehrlich zu sein, sehr viele Informationen habe ich nicht.«

Nun schreitet auch Sloan auf mich zu und ich stolpere zurück. Doch ehe ich echte Distanz aufbauen kann, umgreift er plötzlich mein Handgelenk. »Was weißt du?«

»Lass mich los!«, schreie ich mit aufkeimender Panik.

Gwynn seufzt. »Sloan, komm schon. Jage ihr keine Angst ein.«

»Vielleicht sollte sie Angst bekommen.« Entgegen seiner Worte lässt er mich los und tritt wieder einen Schritt zurück. »Sie könnte immerhin wichtige Informationen für uns haben.«

Ich schlucke schwer. Wann hat das Gespräch denn diese Wendung genommen? »Was für wichtige Informationen?«, frage ich und reibe mir nervös das Handgelenk.

Sloan holt Luft, doch Gwynn fährt dazwischen: »Valerie, wenn du so viele Jahre bei Philo gelebt hast, weißt du sicher viel über Prävalis. Alles, was du uns sagen kannst, könnte uns weiterhelfen.«

Ich reiße die Augen auf und blicke die beiden abwechselnd an. »Weiterhelfen wobei?«

»Uns gegen sie zu verteidigen«, wirft Sloan ein und stemmt die Fäuste in die Seite.

»Valerie, ich weiß, dass du ein guter Mensch bist«, redet nun Gwynn weiter auf mich ein. Sie greift nach meinen Händen und massiert leicht die matschigen, rauen Rückseiten. »Wir wollen nur helfen.«

»Mit Informationen, die ich euch gebe?«, resümiere ich verwirrt.

»Ja!«, antwortet sie jedoch begeistert. »Erst wirst du uns damit helfen und eines Tages vielleicht sogar einer ganzen

Gemeinschaft an Sapiens! Du willst doch sicher dazu beitragen, das Leid von Menschen zu verringern, oder?«

Ich zittere bereits am ganzen Körper und das nicht wegen der Kälte. »Ja, aber ...«

Doch sie unterbricht mich bereits, ihr Griff zwischen meinen Handknöcheln schmerzhaft fest. »Woran erinnerst du dich, Valerie?«

Ich atme schwer. Doch mein Kopf wirkt in diesem Moment wie leergefegt. Der Hunger, die Müdigkeit, der Stress, die Angst – es scheint nichts anderes mehr von mir in diesem Moment in dieser düsteren Schädeldecke zu existieren. Keine einzige Erinnerung. Als wäre mein Leben ausgelöscht.

Bis auf eine Szene, die mir plötzlich in den Kopf schießt.

»Die meisten Tage liefen ziemlich gleich ab«, beginne ich. »Aber es gab einen Vorfall, der vielleicht ... auffällig war.«

»Erzähl weiter«, fordert Gwynn mich auf.

»Philo hatte einmal eine Fehlfunktion an einem wohl zentralen Teil seines Implantats.« Ich sehe zu Gwynn auf, versuche Sloans Raubtierblick auszublenden. »Er konnte nicht einmal das Haus verlassen. Die Störung wurde aber zentral irgendwie erkannt und jemand kam vorbei, um das Implantat an seiner Schläfe zu reparieren. Ich war noch sehr jung und habe daher nicht alles verstanden, was vor sich ging, aber ich kann mich an die Hektik erinnern, die ausbrach.«

»Weißt du, wie es kaputt gegangen ist?«, fragt Gwynn weiter.

Ich schüttle den Kopf. »Nicht genau. Er sagte mir mal, dass die Implantate gegen die meisten Unfälle gesichert seien, also Wasser, Stromentladungen, sowas.« Ich senke den Blick, als mir ein weiterer Gedanke kommt. »Aber eine Vermutung hatte der Techniker damals.«

Interessiert reißt sie die Augenbrauen hoch. »Welche?«

»Bei Gewalteinwirkung sollen die Dinger schonmal kaputt gehen.« Ich schnaufe. »Aber Philo hat weder ihm noch mir Details dazu gegeben.«

»Wann war das genau? Hatte er sichtbare Verletzungen? Hat er irgendwas anderes erzählt?«, fragt Sloan weiter, der nun wieder in mein Sichtfeld getreten ist.

Ich schüttle stumm den Kopf, ringe mich jedoch nicht mehr zu einer Antwort durch.

Dann richtet er mit einem Schlag den Ast auf mich. »Was weißt du noch?«

Plötzlich greift Gwynn nach dem Ast und reißt ihn ihm aus der Hand. »Sloan, es reicht.«

»Es geht hier um Menschenleben«, erinnert er sie scharf.

»Ja.« Gwynn wendet den Kopf zu ihm nach oben, auch wenn sie immer noch meine Hände umfasst. »Aber Valerie ist auch ein Menschenleben.«

Ich atme tief ein, hoffe so, meine Atmung wieder kontrollieren zu können. »Was habt ihr jetzt vor?«, frage ich gegen das unangenehme Hämmern in meiner Brust. »Wollt ihr den Prävalis jetzt den Schädel einschlagen, bis die Implantate kaputtgehen?«

Sofort dreht Gwynn wieder den Kopf zu mir. »Natürlich nicht.«

»Also, was soll all das?« Ich löse mich aus ihrem Griff. »Warum stellt ihr diese Fragen?«

»Das sagte ich dir doch, wir wollen Menschenleben retten«, erwidert sie uneindeutig. »Wir könnten anderen Sapiens helfen und ...«

»Was weißt du noch?«, unterbricht Sloan sie jedoch mit seiner beängstigenden, kalten Hartnäckigkeit abermals.

»Keine Ahnung, ich ...«

»Hat er gelegentlich das Haus verlassen?«, fährt Sloan wie in einem Verhör fort.

Ich zucke mit den Schultern. »Natürlich, aber ...«

»Wohin ist er gegangen?«

»Keine Ahnung.«

»Du weißt es nicht?«

Ich nicke, wobei mein verkrampfter Nacken knackt. »Er war manchmal mehrere Tage weg, aber er hat nie gesagt, wohin.«

Sloan knurrt unzufrieden. »Waren schon mal andere Leute bei euch zu Besuch?«

Ich reibe mir nervös die Hände. »Wie soll euch das zur Verteidigung gegen Sapiens helfen?«

»Antworte!«, fordert Sloan jedoch schroff und dieses Mal fährt auch Gwynn nicht dazwischen, obwohl sie vermutlich noch leidender wirkt als ich.

Ich presse kurz die Lippen aufeinander. »Meistens nicht. Aber da gab es eine Frau ...«, beginne ich gerade in Erinnerung an Adina, als Gwynn plötzlich neben mir aufkeucht. Wir erstarren, ehe sie sich eine Hand auf den Bauch hält. Ihr Blick wird beängstigend leer, dann krümmt sie sich nach vorne, ihr Mund klappt auf und Blut sammelt sich darin.

Es kostet mich einige Sekunden, bis ich realisiere, was passiert. Dass rote Flüssigkeit sich auf Gwynns Kleidung in Magenhöhe ausbreitet und zwischen ihren Fingern herabrinnt. Dass sie offenbar lautlos angeschossen wurde. Dass sie stirbt.

»Gwynn?« Für höchstens eine Sekunde noch klingt Sloans Stimme beherrscht, ehe seine Schwester zusammensackt und er sie auffängt. »Gwynn, nein, nein ...« Er hebt den Kopf und als er eine Stelle in der Ferne fixiert, folge ich seinem Blick. Menschen in Tarnfarben gekleidet nähern sich uns zwischen den Bäumen. Sie halten Gewehre in der Hand, während sie sich fast tonlos durch die Äste auf uns zubewegen, die Waffen immer noch in unsere Richtung erhoben.

Ich stolpere zurück, auch wenn ich weiß, dass ich kaum einen Ort zum Verstecken habe. Dann stürzt Sloan plötzlich auf sie los.

»Sloan, nicht!«, keucht Gwynn noch und streckt die Hand nach ihm aus. Ich stütze sie auf ihrem Weg zum Boden, doch Sloan lässt sich nicht mehr aufhalten.

Die Prävalis legen die Gewehre erneut an, schießen. Ich ducke mich so tief zwischen die Büsche, wie es mir möglich ist, auch wenn Blätter keine tödliche Technik aufhalten werden. Ich höre mein Herz in meinen Ohren schlagen und wage mich zunächst nicht, den Kopf wieder zu heben, so womöglich den nächsten tödlichen Schuss direkt ins Auge zu bekommen.

Doch dann höre ich ein Aufkeuchen, sodass ich mich recke, bis ich über die obersten Blätter linsen kann. Sloan blutet an der Lippe und der Augenbraue, hebt nun mehr beschwichtigend als abwehrend die Hände. »Hört ...«, beginnt er, ehe einer der Männer ihm mit dem Gewehr einen Schlag ins Gesicht versetzt.

»Valerie«, höre ich Gwynn schwach unter mir. »Bitte flüchte. Bring dich in Sicherheit.«

Zitternd mustere ich sie und bemerke erst jetzt, dass ich ihre blutige Hand umklammert halte. »Aber ich ...«

Der erneute Knall eines Schusses unterbricht meinen Satz. Ich hebe den Blick, sehe noch, wie Blätter von Büschen auf und ab schwanken und Sloan sich die Hand in die Seite presst. Dann sackt er in sich zusammen und fällt knisternd ins Laub.

Ich presse mir die Hände auf den Mund, um einen Schrei zu unterdrücken, aber dennoch wenden sich die Gesichter der Männer sofort zu mir. Sie heben die Gewehre, zielen auf mich. Ich kann nicht entkommen.

»Sofort aufhören!«

Der laute Ruf schallt so massiv durch die Wälder, dass er zurückzuschwingen scheint. Ich schaue auf, wage nur zögerlich den Blick über die hohen Halme hinweg. Dann sehe ich ihn dort stehen, auf einem der erhöhten Felsen, die Sonnenbrille auf der Nase, der lange Mantel im Wind wehend: Cormac.

Wie hat er uns gefunden? Das war sicher kein Zufall, mitten im Wald. Konnte er unseren Stimmen oder diesen Schüssen folgen? Oder hat er uns schon die ganze Zeit verfolgt? Doch warum hat er uns dann nicht längst angegriffen oder interveniert? Warum hat niemand von uns ihn bemerkt?

Doch ich bin froh, ihn zu sehen.

»Die drei gehören mir.« Er springt vom Felsen herab und kommt sofort auf Gwynn und mich zu. Sie hat mittlerweile die Augen geschlossen, atmet aber wenigstens noch.

Plötzlich wirft Cormac mir ein schwarzes Päckchen zu. »Mach das auf und leg es auf ihren Bauch.«

Verwirrt mustere ich ihn, doch befolge wortlos die Anweisung. Was auch immer helfen könnte, Gwynns Leben zu retten, werde ich versuchen.

Während ich den Reißverschluss an der Seite öffne, hebt Cormac den Blick wieder und kommt auf die zwei Männer zu. »Ihr habt meine Hausmenschen verletzt.«

»Wir wussten nicht, dass die drei ... wir dachten, das wären freilaufende Sapiens und ...«

»Dann habt ihr euch geirrt«, entgegnet Cormac, dessen Stimme selbst auf die verringerte Distanz zu hallen scheint.

Aus dem Päckchen habe ich mittlerweile einen sich merkwürdig anfühlenden Stoff gezogen, der sich in der Folge immer weiter entfaltet. Ich habe keine Ahnung, was das ist, aber dennoch lege ich es wie befohlen auf Gwynns Bauch.

In dem Moment, wo das Textil die Wunde berührt, scheint es sich automatisch ins Innere zu ziehen. Einige wenige Sekunden vergehen, dann stoppt endlich das Suppen von Blut aus Mund und Bauchwunde, auch wenn Gwynn weiterhin die Augen geschlossen hält.

Ich wage wieder einen Blick zu Cormac empor, der sich offenbar zu Sloan herabgehockt hatte und sich gerade wieder aufrichtet. »Ich werde euch dafür zur Rechenschaft ziehen. Und jetzt verlasst mein Grundstück.«

Moment, »sein« Grundstück?

Sofort wenden sich die Jäger ab, während ich immer noch Gwynn in den Armen halte, die schwach, aber immerhin lebendig ist.

»Bist du verletzt, Valerie?«, fragt Cormac, überraschend gefasst dafür, dass uns gerade zwei sterbende Menschen umgeben.

Ich schüttle den Kopf, denn abgesehen von dem frostigen Schock in mir habe ich nichts abbekommen.

»Dann komm jetzt zu mir.« Er ist einige Meter auf mich zugetreten und streckt die Hand in meine Richtung aus.

»Aber Gwynn ...« Ich schaue zu ihr herab, auch wenn sie sich immer noch nicht rührt.

»Es wird jetzt Fachpersonal hierherkommen, das die beiden in eine Klinik verbringt«, erklärt er. »Du würdest mich und die Einsatzkräfte unterstützen, indem du beiseite trittst.«

In meinen Ohren hallen die Geräusche meines pulsierenden Herzens und meiner schnappatmigen Lunge wieder, als ich Gwynn sanft auf dem Boden ablege und aufstehe. Aus der Ferne höre ich bereits herannahende Schritte und Stimmen, dann entdecke ich eine Gruppe von Menschen, die sich uns nähern. Vermutlich hat Cormac die Leute über die Implantate zu uns beordert.

Also entferne ich mich schweren Herzens von Gwynn und komme auf Cormac zu. Doch entgegen der Erwartung, dass er mir sofort wieder eine Leine umlegt, um mich unter Kontrolle zu halten, drängt er mich nur mit einem Arm um meine Schultern von der Stelle weg. »Du hast genug gesehen, Valerie. Du kannst jetzt nichts mehr ausrichten.«

Ich schaue mit geweiteten Augen zu ihm auf. »Heißt das, sie werden sterben?«

»Sie werden eine gute, medizinische Versorgung bekommen«, antwortet er.

Ich atme tief aus. Obwohl das kaum eine Sicherstellung ihres Überlebens ist, beruhigt mich seine gefasste Stimme. Vielleicht hat er die Situation ja wirklich auf eine Art und

Weise unter Kontrolle, die ich gar nicht verstehen kann? Immerhin ist er auch aus dem Nichts hier aufgetaucht und hat mein Leben gerettet. Ist das nicht ein Grund, ihm zu vertrauen? Auch wenn ich immer noch befürchte, dass er es nur getan hat, um es mir selbst zu nehmen.

Plötzlich ertönt ein Klicken des sich schließenden Leinenclips an meinem Hals, sodass ich zusammenzucke. Ich schaue zu Cormac auf, der gerade die Sonnenbrille wieder von der Nase zieht. »Wir werden die beiden in die Klinik begleiten. Dort gilt gesetzliche Leinenpflicht.«

Überrascht mustere ich ihn. Wieso rechtfertigt er sich?

Dennoch nicke ich nur stumm, während ich den eintreffenden Einsatzkräften bei der Erstversorgung der beiden Schwerverletzten zuschaue.

11

Zum ersten Mal in meinem Leben betrete ich eine Klinik. Gwynn und Sloan sind vor uns hier eingetroffen, sodass Cormac gefasst wie immer neben mir herläuft. Weiße Wände und Böden werden von lebloser Beleuchtung erhellt und die vergleichsweise sehr lebendigen, hektischen Gänge, über die Menschen mit Kranken laufen, machen mich zunehmend nervöser.

Doch entgegen all dieser mich überfordernden Eindrücke führt Cormac mich mit überraschender Ruhe hindurch, ehe er sich mit einem Unterarm auf der Theke der Rezeption abstützt.

Die Frau dahinter hebt sofort den Blick. »Ja bitte?«

»Ich bin wegen den beiden hier, die gerade mit Schussverletzungen eingewiesen wurden«, erklärt er. »Ich wurde gebeten, noch die notwendigen Anamnesedaten zu liefern.«

»Natürlich.« Die Frau greift nach einer Art Pad, das sie Cormac reicht. Er legt kurz seine Hand darauf, ehe sie es wieder zurückzieht. Dann sehe ich, wie ihre Implantate blinken, ehe sie sich wieder an ihn richtet. »Könnten Sie noch einen Moment hier warten? Eventuell brauchen wir Sie noch für weitere Rückfragen.«

»Selbstverständlich.« Der dunkle Schatten löst seinen Arm und dreht sich dann zu mir. »Wir sollten uns setzen.«

Ich nicke stumm, immer noch durcheinander und unter Schock. Cormac geht voran zu einigen Stühlen und wir nehmen nebeneinander auf den pieksauberen, orangenen Plastikoberflächen Platz, nur beschädigt durch einige Kratzer, ehe ich meinen Blick steif auf den glänzenden Boden vor mir richte. Nur quietschenden Schritte von Gummisohlen auf gebohnertem Vinyl sowie leise Gespräche erfüllen die Stille um uns herum.

»Gwynn und Sloan werden durchkommen«, flüstert Cormac mir nach einiger Zeit zu, ehe er sich zurücklehnt, seinen Unterschenkel auf das Knie des anderen Beins legend. Wurde ihm die Info über die Implantate mitgeteilt oder ist es bloß dieselbe grundlose Zuversicht, die er vorhin schon zeigte? Dennoch beruhigt mich die Sicherheit, mit der er das behauptet, sodass ich mich etwas entspanne. »Ich hätte nicht mit ihnen ...«

»Schon gut«, unterbricht er mich, möglicherweise, ehe ich für ihn problematische Details über unsere Flucht ausplaudern kann. »Ich werfe dir das nicht vor.« Sein Blick wandert zu mir und mustert mich abermals intensiv von oben bis unten. »Willst du etwas trinken?«

In mir regt sich immer noch leichter Widerstand, etwas von ihm anzunehmen, nach dem, was er mir angedroht hat. Doch ich wäre sowieso zu ihm zurückgekommen. Außerdem wird mein Hunger immer aufdringlicher, sodass wenigstens Flüssigkeit helfen könnte, das Gefühl einige weitere Sekunden zu ersticken.

Also nicke ich stumm, ehe Cormac aufsteht und zu einem Automaten an der Wand vorangeht. Vermutlich ist die Klinik bereits darauf vorbereitet, dass lange Wartezeiten entstehen, denn es gibt eine Auswahl an Heißgetränken, Drinks und Snacks.

»Such dir etwas aus.«

Ich schlucke schwer, als mein Blick auf die Müsliriegel fällt. Es ist nicht dieselbe Sorte, die Philo immer vorrätig hatte, aber dennoch fällt es mir schwer, den Blick von diesem vertrauten und vor allem nahrhaften Ding zu lösen.

Ehe ich geantwortet habe, richtet sich Cormac plötzlich zu dem Automaten und schmeißt ihn mit wenigen Handbewegungen an. Dann greift er in die Auslagefläche und reicht mir die längliche, knisternde Papierverpackung.

Erstaunt schaue ich zu ihm auf, während ich sie entgegennehme. »Wie konntest du das wissen?«, frage ich überrascht, da ich allmählich Sorge bekomme, ob er Gedanken lesen kann.

Er hebt einen Mundwinkel. »Das Starren hat jeder hier im Raum gesehen. Außerdem weiß ich, wie dein Vorbesitzer seine Sapiens versorgt hat.« Ehe ich Gelegenheit zur Nachfrage bekomme, wendet er sich wieder ab und geht zurück zu unseren Sitzen.

Gierig schiebe ich schon auf dem Rückweg den Riegel aus der Verpackung und beiße hinein, was das Grummeln in meinem Magen für einen Moment lauter werden lässt.

»Gab es draußen nichts Nahrhaftes?«, fragt er lächelnd, als ich mich wieder neben ihn setze. Was meinen Verdacht widerlegt, dass er mich vorhin unterbrochen hat, um sich nicht in Probleme zu bringen. Doch warum hat er es sonst getan? Und warum stört es ihn überhaupt nicht, dass andere von meiner Flucht erfahren könnten? Wirft das kein schlechtes Licht auf ihn?

Ohne auf seine Frage zu antworten – oder vielleicht ist es auch eine stumme Antwort – stopfe ich eilig das letzte Stück Müsliriegel in den Mund, das mir leckerer, aber zugleich auch kleiner vorkam als sonst. Dennoch beendet es das Krampfen meines Magens und lässt ein beruhigendes Gefühl in meinem Körper zurück.

Cormac nimmt mir das Papier aus der Hand und betrachtet mich nachdenklich. Sein Gesichtsausdruck wirkt plötzlich weicher und ich frage mich, ob es an der Beleuchtung liegt oder weil ich ihn mit meinem Verhalten belustige. »Willst du noch einen?«

Obwohl ich immer noch Hunger habe, schüttle ich den Kopf. Ich will nicht noch mehr Aufmerksamkeit auf mich ziehen – weder Cormacs noch jene der Menschen um uns herum, die uns bereits beobachten.

»Wie du meinst.« Er beugt sich zu einem Mülleimer, um das Papier loszuwerden. »Wenn du noch was brauchst, melde dich.«

Ich nicke, auch wenn viel passieren müsste, ehe ich in diesem Raum nochmal meine Stimme erhebe.

Dann springt plötzlich die Tür eines Nebenraumes auf und eine Frau in einem Arztkittel blickt sich suchend um. »Herr Banson?«

Schneller als sonst kommt Cormac auf die Beine und ich folge ihm zur Rezeption. »Gibt es Neuigkeiten?«

»Wir haben die beiden stabilisiert«, erklärt sie, sodass sich ein erheblicher Teil meiner Muskelverspannung löst. »Sie werden noch ein paar Tage hier bleiben müssen, aber beide werden wieder vollständig gesund. Sie haben wirklich sehr geistesgegenwärtig reagiert, Herr Banson, und damit vermutlich zwei Leben gerettet.« Sie lächelt professionell.

Cormac mahlt mit dem Kiefer. »Ist nicht mein erstes Zusammentreffen mit Wilderern gewesen.«

Kurz blinken die Implantate der Ärztin, dann fährt sie fort: »Wie es aussieht, haben wir alle Daten von Ihnen, die wir benötigen. Die Polizei wird allerdings noch auf Sie zukommen.«

Ich zögere. Cormac muss die von ihm angedrohte Anzeige bereits erstattet haben. Schließlich würde für das bloße Beschädigen von Eigentum, das die Hausmenschen nun mal sind, nicht automatisch die Polizei eingeschaltet werden.

»In Ordnung. Und vielen Dank«, erwidert Cormac jedoch nur, ehe er mit mir wieder den Ausgang der Klinik ansteuert.

* * *

Zurück in Cormacs Haus wirkt es plötzlich schrecklich still, nun, wo Gwynns klackendes Spielzeug und Sloans Murren verstummt sind. Oder ist es bloß meine eigene gespannte

Stille in Erwartung dessen, was mir als Nächstes blüht? Immerhin bezweifle ich, dass Cormacs Vorhaben, sich mit mir an Philo zu rächen, plötzlich hinfällig ist.

Dennoch sind wir erst zu seiner Hütte zurückgekehrt. Verschiebt er seinen Plan oder hat er sich tatsächlich umentschieden? Bringt er mich vielleicht sogar zur Auffangstation zurück? Doch warum sind wir dann hier?

»Setz dich.« Cormac deutet auf das Sofa und legt die Leine beiseite, die er mir bereits vor einigen Sekunden abgenommen hat, nachdem wir eintraten. Seitdem habe ich mich noch nicht bewegt.

Nun jedoch lasse ich mich gehorsam auf dem Polster nieder, auch wenn ich den Eindruck habe, mittlerweile genug gesessen zu haben.

Cormac zieht abermals seine Brille von der Nase. Mit zwei Fingern spielt er am Bügel herum, während er die daraus entstehenden Drehungen beobachtet. »Weißt du, warum ich die trage?«

Überrascht über seine Frage zögere ich. »Nicht genau. Ich nehme an, das Ding interagiert irgendwie mit deinen Implantaten.«

»Ja, aber das ist nicht ihre Funktion.« Er klappt die Bügel zusammen und legt sie dann auf dem Küchentisch ab, ehe er eine Hand darauf stützt. »Die Brille überwacht in beide Richtungen, wenn ich sie trage. Normalerweise dient es meinem Schutz und dem Erhalt einiger Zusatzprivilegien, wenn ich mich im Dienst befinde.« Er legt den Kopf schräg. »Aber gerade bin ich das ja nicht.«

Das erklärt, warum er sie gelegentlich abgenommen hat – vermutlich zu jenen Anlässen, die er vor seiner Arbeitsstelle geheim halten wollte. Dennoch bin ich immer noch unsicher, worauf er hinausmöchte.

»Wir hatten keinen guten Start«, fährt er dann fort. Mit einem Griff zieht er sich einen Stuhl vom Tisch und setzt sich mir gegenüber, die Unterarme auf die Oberschenkel gestützt.

»Als du hier ankamst, hattest du ein sehr vertrauensvolles Verhältnis zu Prävalis. Ich wäre ungern derjenige, der das zerstört.«

Ich schlucke schwer. Woher dieser plötzliche Stimmungswandel?

Wieder stützt Cormac seinen Unterschenkel auf dem anderen Knie ab, einen Unterarm legt er über die Rücklehne. »Ich habe nicht vor, dir wehzutun.«

Ich schlucke. »Aber du schließt es nicht aus.«

Er hebt den Blick, als würde er an der Wand in eine beruhigende Ferne starren. »Betrachte mich nicht als Feind.« Wieder lehnt er sich nach vorne, sodass mich seine Augen aus nächster Nähe fixieren. »Ich arbeite im Sapienschutz und habe diese Pflegestelle. Wirkt das, als würde ich Wesen wie dich verabscheuen?«

»Ich bin mir nicht sicher«, gestehe ich.

Er verschränkt die Arme vor der Brust. »Normalerweise rechtfertige ich mich nicht vor meinen Hausmenschen, aber für dich mache ich eine Ausnahme. Ich denke, ich muss da noch etwas aufklären.«

Meine Zähne knabbern an meiner Unterlippe. Obwohl mich seine Andeutung beruhigen sollte, spüre ich noch nichts von der Entspannung.

Doch dann setzt er fort: »Als ich davon sprach, Philos Herz brechen zu wollen, bedeutete das nicht, dir dafür etwas anzutun.«

»Sondern?«

»Ich wollte ihn besuchen. Mit dir.«

Mir versiegt die Spucke im Mund. »Was? Ehrlich?«

»Ehrlich«, bestätigt er. »Denn ich weiß, dass es Philos Herz brechen wird, dich in einer anderen Pflegestelle zu sehen. Ohne ihn. Wie du ihn vermisst und dass du ... ausgerechnet bei mir gelandet bist.«

Das muss eine Falle sein.»Warum hast du mir das nicht gleich gesagt? Dann wäre ich sofort mitgekommen, ich meine ... ich will Philo doch wiedersehen, mit ihm sprechen, ihm versichern, dass ... dass ...«

»... alles in Ordnung ist?«, komplementiert Cormac meinen Satz.

Ich mustere ihn mit großen Augen.»Ist es das denn?«

Er schmunzelt.»Wie ich schon sagte, Valerie, ich bin nicht dein Feind.« Dann richtet er sich wieder auf und greift nach der Leine.»Also lass uns deinem geliebten Philo einen Besuch abstatten.«

12

Als wir auf der Transportplattform rematerialisieren, sehe ich abermals einen vollkommen fremden Ort um mich herum. Die Halle klingt leer, so heftig hallt jeder Schritt an den weiß-grauen Wänden wieder. Nur wenige Menschen spazieren über die Gänge, die meisten von ihnen in gleichfarbigen Hemden und Hosen, vermutlich Arbeitskleidung.

Cormac läuft mit der lockeren Leine voran und ich folge ihm, direkt auf eine weiße Schleuse zu, verlassen und nur gesteuert von Technologie.

»Was ist Ihr Anliegen?«, ertönt eine computergenerierte Stimme, als Cormac davor steht.

»Ich möchte Philo Marx besuchen«, erklärt Cormac, das Gesicht in eine Kamera schräg vor ihm gerichtet.

»Bitte identifizieren Sie sich.«

Er drückt eine Hand auf eine Ablagefläche. »Ich habe mich bereits angemeldet.«

Eine kurze Zeit der Stille, dann ertönt es: »Besuchsanmeldung für Cormac Banson bestätigt. Sie dürfen eintreten. Bitte bereiten Sie sich auf die Durchsuchung vor.«

Ein Surren ertönt und Cormac stößt die Tür auf, die sich nach uns direkt wieder kraftvoll schließt. Der Raum dahinter ist ebenso grau-weiß wie dieses ganze Gebäude, doch dieses Mal kommen uns uniformierte Menschen entgegen.

»Durchsuchung«, erklärt der Mann vorne, ehe sein Blick auf mich fällt. »Sapiens sind hier nicht erlaubt.«

»Ich habe eine Sondergenehmigung«, erklärt Cormac jedoch und tippt gegen den Bügel seiner Brille.

Der Mann hält kurz mit blinkenden Implantaten inne, ehe er nickt. »Irgendetwas dabei? Waffen, Messer, ...?«

»Nichts«, erwidert Cormac und streckt die Arme aus, was ich ihm gleich tue.

Eine Frau eilt von hinten heran, die mich am ganzen Körper abtastet, ebenso wie der Mann Cormac vor mir. Prüfend huschen ihre Augen über uns, während sie uns offenbar abscannen, ehe der Mann verkündet:»Hier entlang.«

Wir treten durch einige leere Flure bis zu einem weiteren Raum, dessen Türen und Wände mir bombensicher erscheinen, so dick sind sie. Der Mann bedeutet Cormac, sich auf die eine Seite des Tisches zu setzen, ich bleibe dahinter stehen.»Er ist gleich da«, erklärt der Mann, ehe er die Tür wieder schließt.

Cormac legt einen Arm über den Stuhl, während er mit der anderen abermals seine Brille von der Nase zieht und sie in seinem Mantel verschwinden lässt. Mit halb nach hinten gedrehtem Kopf betrachtet er mich. Ich spüre, dass ihm eine Frage auf den Lippen liegt, doch er spricht sie nicht aus.

»Ist das hier ein Gefängnis für Prävalis?«, frage ich also stattdessen.

Cormac nickt.»Dein Philo hat immerhin schwere Straftaten begangen ... vermeintlich.« Er dreht sich wieder nach vorne, eine Hand jedoch weiter auf der Stuhllehne.

Dann öffnet sich bereits die Tür und sofort starre ich auf den Eingang, durch den Philo hereingeführt wird. Sofort breitet sich vertraute Wärme in mir aus, auch wenn seine Augen eingefallen und glanzlos wirken. Jedenfalls noch für einen Moment, bis er mich entdeckt.

»Sonnenschein?«, haucht er, ehe sein Blick auf Cormac fällt.»Was machst du hier?«

»Hinsetzen!«, befiehlt ihm einer der Wärter hinter ihm und platziert ihn auf den Stuhl gegenüber von uns.

»Ich wollte meinem alten Freund einen Besuch abstatten.« Cormac rutscht ein Stück vom Tisch weg, um erneut sein Bein auf den Oberschenkel des anderen zu legen.»Du bist schließlich in einer abstrus brenzligen Situation.«

Philo schüttelt leicht den Kopf, dann blickt er erneut zu mir. »Valerie ...«

»Ist es wahr?«, unterbreche ich ihn jedoch, da es jene Frage ist, die mich am meisten beschäftigt, seit Cormac mir von Philos Anklage berichtete. »Hast du wirklich Menschen verletzt? Andere Prävalis?«

Philo öffnet den Mund, schließt ihn jedoch stumm wieder. Dann richtet er sich an Cormac. »Warum ist sie bei dir?«

»Weil ich so freundlich war, deine Hausmenschen bei mir aufzunehmen, solange du verhindert bist.« Er lächelt schräg. »Du freust dich ja gar nicht.«

»Und warum hast du sie mitgebracht?«

Cormac zuckt mit den Schultern. »Sie wollte dich unbedingt sehen.« Sein Blick fällt über die Schulter zurück zu mir.

Doch ich starre immer noch unverändert Philo an. Warum ist er so abweisend, so reserviert? Weil er mir nicht die Wahrheit sagen will? Oder kann? Dennoch wirkt er gerade so, als wollte er mich nicht einmal sehen.

Mein Herz krampft und es fällt mir schwer, mir nichts anmerken zu lassen. Wusste der dunkle Schatten, dass es genauso ablaufen würde? Doch wie konnte er das ahnen?

»Deswegen bist du also hier, Cormac«, erklärt Philo nun, dessen Augen immer kälter geworden sind, seit er sie auf ihn richtet. »Du willst dich rächen.«

»Meine generöse Hilfe erachtest du als Rache? Du bist wirklich undankbar, alter Freund.« Cormac stellt seine Füße wieder nebeneinander auf den Boden und rutscht auf seinem Stuhl nach vorne. Dann setzt er zischend fort: »Das hier ist allein dein Werk. Du bist dafür verantwortlich. Aber ich werde mit Freude dabei zusehen, wie dein Leben in kleinste Splitter zerberstet.« Er richtet sich wieder auf und zeigt nun demonstrativ die Leine um meinen Hals. »Solange werde ich mich deiner Tradition angemessen um Valerie kümmern.«

Plötzlich springt Philo auf, stützt seine Hände auf die Tischplatte und lehnt sich nach vorne. Sofort greift einer der

Wächter nach ihm und drückt ihn zurück auf den Stuhl, doch sein wilder, aggressiver Blick bleibt bestehen. Ein Ausdruck, den ich noch nie bei ihm gesehen habe. »Wenn du Valerie oder einem der anderen Sapiens nur ein Haar krümmst ...«, knurrt er.

Doch Cormac hebt bloß einen Mundwinkel. »Was dann, Philo Marx? Was willst du tun?«

Plötzlich richtet sich Philo an mich. »Sonnenschein, glaub ihm nicht, was er dir erzählt.«

»Was habe ich ihr denn erzählt?«, fragt Cormac jedoch provokativ, sich seiner Sache offenbar so sicher, als ob Philo nichts gegen ihn ausrichten könnte. Was mich gerade am meisten beunruhigt.

»Ich weiß, dass ich als Terrorist durch die Nachrichten gehe«, beginnt Philo nun und seine Augen bekommen wieder die vertraute Weichheit, die mich einige Schritte auf ihn zugehen lässt. »Aber das ist so nicht wahr.«

»Verrate hier lieber nichts, was dich in Schwierigkeiten bringen könnte, alter Freund«, fährt Cormac dazwischen.

Doch Philo scheint gar nicht mehr auf ihn zu achten. »Valerie, ich habe bloß versucht, dich und deinesgleichen zu schützen.«

»Indem du Prävali verletzt hast«, ergänzt der dunkle Schatten.

»Ich habe sie nicht ermordet«, korrigiert Philo. »Aber ich habe alles getan, was nötig war, um Sapiens aus der Gefangenschaft, aus echten Folterkellern zu befreien. Und dafür werde ich mich ganz sicher nicht entschuldigen.«

»Ihr seid extremistisch vorgegangen«, stellt Cormac ruhig fest. »Es hätte andere Wege gegeben.«

»Die gab es nicht!« Aufgebracht schlägt Philo mit der Faust auf den Tisch. »Die Behörden haben doch Ewigkeiten gebraucht, ehe sie einen Fall überhaupt geprüft haben. Das müsstest doch gerade du wissen, Cormac. Wir waren mal Teil genau dieser Behörde.«

»Oder sind es immer noch«, korrigiert dieser. »Es läuft sicher nicht alles optimal, aber wir bieten legale und nachhaltige Hilfe. Doch du hast dich entschieden, mit Kriminellen vermummt und gewaltsam in Gebäude einzudringen und Sapiens in die Wildnis zu entlassen, wo sie grausam verenden oder dem nächsten Wilderer in die Hände fallen.« Seine Hand schließt sich fast unmerklich fester um die Leine.

»Selbst wenn das so wahr wäre«, Philo senkt den Blick, »wäre das immer noch besser als das, was diesen Sapiens bei ihren alten Besitzern drohte.«

»Hast du es deswegen riskiert?«, wende ich nun ein, was Philo den Kopf wieder heben lässt. »Hast du deswegen riskiert, mich alleine zu lassen? Dass du ins Gefängnis musst und ... all das hier passiert?« Ich schlucke schwer, denn mein Halsband kommt mir plötzlich eng und beklemmend vor. »Waren die anderen Sapiens so viel wichtiger als ich?«

»Sonnenschein ...«, beginnt Philo und greift nun über den Tisch hinweg nach meiner Hand, was die Wachen überraschenderweise zulassen. »Diesen Sapiens ging es schlecht. Irgendwer musste ihnen helfen.«

»Und das musstest du sein?« Ich komme mir unendlich egoistisch mit meinen Gedanken vor, doch ich kann sie nicht abschütteln. »Gab es keine anderen Prävalis, die das hätten tun können? Die nicht riskieren mussten, einem von ihnen abhängigen Hausmenschen damit zu schaden?«

Philo schließt schmerzerfüllt die Augen und ich befürchte, dass es genau die Art von Konfrontation ist, auf die Cormac gehofft hatte. »Wenn ich diese Wege nicht beschritten hätte, wärst du niemals bei mir gelandet.«

Überrascht mustere ich ihn. »Aber du sagtest, du hättest mich aus einer Auffangstation.«

Er beißt sich auf die Lippe. »Das ist nicht exakt das, was ich sagte.«

»Die Besuchszeit ist fast vorbei«, wirft plötzlich einer der Wärter ein und greift nach Philos Arm.

Doch Cormac macht eine abweisende Handbewegung. »Bei der Beichte wäre ich gerne noch dabei. Geben Sie uns bitte noch ein paar Minuten?« Sein kalter, dominanter Blick lässt die Wachen tatsächlich ausharren.

Ich schaue erst zu Cormac, dann zurück zu Philo. »Was hast du mir so Wichtiges verheimlicht?«

Philo atmet tief durch, dann ringt er sich schließlich zu Worten durch: »Valerie, du bist nicht bloß ein Sapien, den ich von einer Auffangstation adoptiert habe. Du bist mein Kind. Mein leibliches Kind.«

Meine Kinnlade klappt herab, auch wenn mir selbst die Geste nicht genug Luft zum Atmen verschafft. »Aber ... heißt das, ich bin ... gar kein Sapien?«

»Doch, bist du«, setzt Philo fort. »Ein Sapien definiert sich ausschließlich über die fehlende Fähigkeit, Implantate anzunehmen. Und du hast nun mal keine.«

Ich schlucke schwer. »Aber das heißt, du bist ...« Ich schaue zitternd zu Philo auf. »... mein echter Vater?«

Er nickt verkrampft. »Du gehörtest zu der ersten Aktion meiner Organisation, Sonnenschein. Meistens wird den Eltern ihr Kind entzogen, wenn es nach der Geburt die Implantate nicht annimmt. Oft werden solche Sapien-Nachkömmlinge in den Kliniken dann ... vernichtet.« Seine Stirn zieht sich krampfhaft zusammen. »Aber mir war klar, dass ich das nicht zulassen würde. Also haben wir dich und ein paar andere Kinder deines Schicksals von dort befreit. Im Anschluss habe ich mich entschieden, dich als meinen Hausmenschen aufzuziehen, sodass wir wenigstens so eine Art Familie sein konnten.« Er fährt sich mit der Hand durch die Haare und senkt den Blick, während ich noch damit zu kämpfen habe, die auf mich einprasselnden Informationen zu verarbeiten.

Tatsächlich scheint es wahr zu sein, worauf Gwynn beharrte. Es gibt keinen echten Unterschied zwischen Prävalis und Sapiens. Es geht nur um die Reaktion auf Implantate.

Selbst Cormac ist mittlerweile verstummt, betrachtet Philo jedoch mit einer Mischung aus Abscheu und Neugierde.

»Nach deiner Geburt ist mir klargeworden, wie gefährlich diese Welt für Sapiens ist«, fährt Philo fort. »Daher habe ich meinen Job bei der Behörde gekündigt und mich vollständig der Organisation gewidmet. Meine gelegentliche, längere Abwesenheit war unseren Befreiungsaktionen geschuldet, die zunehmend mehr zu einem Medienereignis wurden. So konnten wir uns schon nach kurzer Zeit aus Spenden finanzieren, aber ich hätte für das Vorhaben auch gehungert. Ich will erreichen, dass die Grausamkeiten gegenüber Sapiens endlich enden, damit diese Welt eines Tages sicher für dich ist, Sonnenschein.«

Nahezu regungslos starre ich ihn an. Ich verstehe, dass Philo sich dafür entschieden hat, mich als Sapien bei sich aufwachsen zu lassen, denn wir hatten keine andere Wahl. Doch was mich schockiert, ist, wie lange er mir die Wahrheit verheimlicht hat. Er hat mich nie angelogen – ich habe nie nach meinen echten Eltern gefragt, weil Philo sich schon immer wie Familie anfühlte – aber dennoch finde ich, dass er mich früher hätte aufklären müssen. Meine ganze Existenz fühlt sich plötzlich unwirklich an und das Schmerzhafteste ist, die Wahrheit hier im Gefängnis in Anwesenheit so vieler Fremder zu erfahren.

»Die Besuchszeit ist jetzt wirklich vorbei«, erklärt einer der Wächter erneut. Dieses Mal wendet Cormac nichts ein, als Philo gegen seinen Widerstand zur Tür geführt wird.

»Es tut mir leid, Sonnenschein«, wiederholt er noch. »Du bist das Wichtigste in meinem Leben. Vergiss das nie.« Und dann verlässt er den Raum, als wäre es das letzte Mal, dass wir uns sehen. Eine Verabschiedung, auf die ich nicht vorbereitet bin und die schmerzhafter kaum sein könnte.

13

Während ich Cormac zurück durch die Sicherheitsschleusen bis zur Transportstation und schließlich durch den Wald zu seine Hütte folge, ist es absolut still zwischen uns. Vermutlich genießt er den Triumph, den er aus Philos Schmerz und den vielen neuen belastenden Informationen zieht, die er nur wegen mir geliefert hat. Nicht zuletzt hat Philo gestanden, dass die Anklage stimmt. Er mag gute Gründe für seine Handlungen gehabt haben, aber dennoch hat er Menschen geschadet und bewirkt, dass wir getrennt wurden. Was bedeutet, dass ich mich zumindest für die nächsten Jahre, vielleicht sogar für den Rest meiner Existenz, auf ein Leben ohne ihn einstellen muss. Dafür bin ich bei einem Prävali, der mich nur behält, um Philo leiden zu lassen.

Kurz vor der Hütte stoppt Cormac plötzlich und wendet sich zu mir. Eine Hand hat er gegen die Tür gestützt, ehe er ungewohnt ruckhaft die Sonnenbrille herabzieht. »Falls es dich beruhigt, ich wusste es auch nicht.«

»Dass ich seine Tochter bin?«

»Dass so etwas überhaupt möglich ist.« Sein Blick schweift durch den Wald. »Ich war überzeugt, Sapiens würden über Generationen als solche geboren werden. Offenbar ist das nicht so.« Er seufzt. »Sicher macht mich das Stück Technik mächtiger, doch nur, solange ich mich im Besitz und der Befähigung zur Benutzung dessen befinde. Was sagt das über die Überlegenheit meiner Art aus?«

Obwohl er eine Frage gestellt hat, wirkt er nicht so, als würde er eine Antwort von mir erwarten, die ich ohnehin nicht hätte.

Dann hebt er plötzlich die Leine in seiner Hand, doch erklärt nur: »Das hier kommt mir jetzt falsch vor.«

Ich schaue mit großen Augen zu ihm auf.»Philo hat das auch jahrelang gemacht.«

»Ich bin nicht Philo«, erwidert Cormac scharf, dann streckt er die Finger zu meinem Halsband aus. Ich zucke bereits zusammen, ehe ich spüre, wie er den Clip davon löst.»Ich führe doch keine Frau an der Leine spazieren.«

Ich runzle die Stirn.»Aber kannst du dafür nicht in Probleme kommen?«, hake ich weiter nach, denn ich kann diesem vermeindlichen Frieden immer noch kein Vertrauen schenken.

»Ich bin nicht bereit, gegen meine moralischen Überzeugungen zu verstoßen, um meinem Job oder dem Gesetz Genüge zu tun.« Er legt den Kopf schräg.»Vermutlich dachte Philo genauso.« Ohne seine Antwort auszuführen, stößt er die Tür auf und tritt ins Innere.

Versteinert bleibe ich stehen, greife mir erneut an den Hals, an dem noch das Halsband zu spüren ist, doch die Leine fehlt. Ich bin nun frei. Ich könnte flüchten. Doch wenn Cormac mir diese Freiheiten eingesteht, muss ich dann überhaupt noch fliehen?

»Kommst du?«, höre ich ihn plötzlich aus dem Inneren, als wäre es eine ernstgemeinte Frage.

Ich schaue mich noch kurz im Wald um, dann trete ich zögerlich ein. Cormac verschließt hinter mir die Tür, dann stützt er sich mit den Händen auf seinem Küchentisch ab und schließt die Augen, als hätte er Schmerzen.

»Alles in Ordnung?«, frage ich vorsichtig.

Cormac seufzt.»Ich habe mich nun seit Jahrzehnten für die Rechte von Sapiens eingesetzt, doch nun beginne ich mich mit jener Frage auseinanderzusetzen, die du mir vor Kurzem stelltest.« Er richtet sich auf und betrachtet mich musternd. »Wie groß ist der Unterschied zwischen Prävalis und Sapiens wirklich? Geht es nur um diese Implantate?« Er deutet auf die blinkenden Lichter an seiner Schläfe.»Dann hätte es mich ebenso gut treffen können wie dich.«

»Also hat Philo doch etwas bewirkt«, stelle ich fest.

Cormac hebt einen Mundwinkel. »Selbst wenn es so wäre, würde ich das niemals eingestehen. Doch letztendlich warst du es. Schließlich hättest du ebenso gut ein Prävali werden können, wären die Dinge etwas anders verlaufen.« Sein Blick wandert kurz an mir herab, dann wendet er sich ab zur Glasfront.

Ich umklammere meine Oberarme und trete näher, wenn auch immer noch einen Sicherheitsabstand einhaltend. »Wie geht es jetzt weiter?«

Cormac reckt das Kinn. »Ich weiß es noch nicht. Ich ...« Plötzlich blinken seine Implantate auf, sodass er seinen Satz unterbricht. Dann erklärt er an mich gewandt: »Der Job. Ich bin eigentlich gerade nicht im Bereitschaftsdienst, aber sie brauchen wohl dringend Unterstützung.« Langsam zieht er seine Sonnenbrille aus dem Mantel hervor und fährt die Bügel mit den Fingern entlang, mich die ganze Zeit im Blick behaltend. »Möchtest du mich begleiten?«

Ich reiße die Augen auf. »Du willst, dass ich mitkomme? Wieso?«

»Ein Grund ist, dass ich dich in deinem Zustand ungern alleine lassen würde ... mit den belastenden Informationen und Erlebnissen des heutigen Tages.« Er stützt eine Hand an der Wand ab und mustert mich spürbar intensiv. »Außerdem handelt es sich offenbar um eine zahlreiche Gruppe verstörter Sapiens. Der Umgang mit ihnen ist im Allgemeinen problematisch, da sie auf Prävalis sehr feindselig reagieren. Du hast dich als vertrauenswürdig und vernünftig erwiesen, daher würde ich gerne testen, ob du als Gleichartige besseren Einfluss auf sie nehmen kannst.«

Ich stocke. »Ich soll dich bei deiner Arbeit unterstützen?«

»Du musst das nicht tun«, erwidert er sofort. »Aber wenn du bereit dazu bist, könntest du durchaus hilfreich sein.«

Ich streiche mir eine Strähne hinters Ohr. So, wie er das sagt, klingt es, als wäre ich ihm persönlich hilfreich und nicht der Behörde.

»Allerdings könntest du Bilder sehen, die du nicht vergessen kannst.« Seine Augen zwinkern nicht einmal, als er mich fixiert. »Ein Sapienschmuggelring ist aufgeflogen. Sie wollten gerade einige Menschen über die Grenze bringen. Frag besser nicht wofür.« Er atmet tief durch. »Wir haben eine ganze Weile schon Druck auf den Ring ausgeübt und dadurch sind sie offenbar unvorsichtig geworden. Polizei und Zoll kümmern sich bereits um die Straftäter, wir müssen die Sapiens betreuen.«

»Das klingt ... heftig«, erwidere ich.

»Alle Fälle, die in meiner Abteilung landen, sind heftig«, antwortet Cormac. »Es gibt Angestellte in der Behörde, die sich mit Rückfragen von Bürgern bezüglich der richtigen Haltung von Hausmenschen oder mit kleineren Verstößen und Kontrollen beschäftigen. Doch bei meinem Job geht es immer um die notfallmäßige Entziehung von Sapiens, gelegentlich in schwerwiegenden Fällen.« Er schüttelt langsam den Kopf. »Du bist noch so gutgläubig, dass es dich verstören könnte.«

Ich schnaube. Dass ausgerechnet Cormac sich darum schert, was mich verstören könnte ...

»Das heißt, ich werde dich weder dazu zwingen noch dich dazu überreden«, fährt er fort. »Aber wie ich bereits sagte, du könntest dich als hilfreich erweisen. Also, begleitest du mich?«

Die Vorstellung, mich mit Cormac auf einen Job zu begeben, ist befremdlich. Doch es ist besser, als in Langeweile auszuharren, allein mit meinen Gedanken. Darüber zu grübeln, was Philo erzählt hat, wie mein Leben zukünftig aussehen könnte. Sinnlose, quälende Gedanken, die ich durch Ablenkung zumindest vorübergehend verdrängen kann.

Ich weiß nicht, ob Cormac eine Gefahr für mich ist. Doch er wird keine geringere dadurch, dass ich hier bleibe und auf seine Rückkehr warte.

»In Ordnung«, erkläre ich also. »Ich komme mit.«

Cormac nickt stumm, dann zieht er die Brille über und verlässt die Hütte. Ich zögere noch kurz, greife mir wie zur Bestätigung erneut an den Hals, doch er hat mir tatsächlich die Leine nicht wieder angelegt.

Darf er das einfach so? Vermutlich nicht, oder?

Dennoch folge ich ihm eilig, kann kaum mit seiner Geschwindigkeit Schritt halten, während er zielstrebig auf die Transportplattform zusteuert. Geduldig wartet er dort auf mich und als ich dazu gestiegen bin, spüre ich plötzlich, wie er seine Finger um meine Hand schließt. Kurz noch sehe ich ein schelmisches Lächeln auf seinen Lippen, bevor sich das Bild vor meinen Augen auflöst.

* * *

Als wir am Zielort rematerialisieren, lässt Cormac meine Hand wieder los, ehe er wie gewohnt vorangeht. Um uns herum herrscht Chaos: Menschen schreiten über hallenden Flure, von allen Seiten ertönen Gespräche und Rufe und vor uns flattern grelle Absperrbänder.

»Kein Zutritt.« Eine Frau, die auf ihrer Uniform den Schriftzug »Zoll« trägt, ist direkt vor uns getreten.

»Cormac Banson, Sapienschutz«, erklärt Cormac jedoch und tippt einige Male gegen den Bügel seiner Sonnenbrille. »Ich wurde gerufen.«

»Herr Banson«, stellt die Frau fest, dann tritt sie beiseite und hebt das Absperrband. »Sie werden tatsächlich bereits erwartet.«

Cormac tritt mit mir unter dem Band hindurch, dann marschiert er voran, als wüsste er genau, wo wir hin müssen, während mich die vielen, hektisch sprechenden und laufenden Menschen immer noch so überfordern, dass mir schwindelig wird.

Ich bemerke erst, dass ich stehen geblieben sein muss, als Cormac sich zu mir umdreht. »Hast du Angst?«

»Es ist ... nur so viel«, erkläre ich, als er auf mich zukommt und seine Hand auf meine Schulter legt.

»Konzentriere dich nur auf mich und folge mir«, flüstert er, ehe er mich an der Schulter zu einer eng beieinanderstehenden Gruppe mitzieht.

»Cormac.« Eine Frau aus der Gruppe dreht sich um. »Gut, dass du da bist. Entschuldige, dass wir dich rufen mussten, aber es sind wirklich jede Menge Sapiens und ...« Plötzlich fällt ihr Blick auf mich. »Warum hast du sie mitgebracht? Ohne Leine? Du weißt doch, dass ...«

»Valerie ist gehorsam, sie benötigt keine«, erklärt er, als wäre diese Begründung ausreichend und unser Auftreten kein Verstoß gegen eine gesetzliche Vorgabe. »Sie ist erst seit Kurzem bei mir, aber sie hat eine ungewöhnlich positive Ausstrahlung. Ich denke, dass sie einen beruhigenden Effekt auf verstörte Sapiens haben könnte.«

Ich bin so verblüfft über seine Worte, dass ich einen überraschten Laut ausstoße. Denkt er tatsächlich so?

Seine Kollegin hingegen zuckt desinteressiert mit den Schultern. »Wenn du das im Griff hast, von mir aus, probieren wir es halt.« Sie deutet auf einen großen Container mit Rädern darunter. »Wir müssen die armen Geschöpfe Stück für Stück in verschiedenen Auffangstationen verteilen, aber sie sind offenbar traumatisiert. Vor allem an vorderster Front ist ein Männchen, das höchst aggressiv ist. Wir wollten es betäuben, aber wenn wir anschließend alle nacheinander abtransportieren, brauchen wir viele Leute. Das ist zeitkritisch wegen der Betäubungsdauer, du weißt schon.«

Cormac macht eine abwimmelnde Handbewegung. »Lass mich und Valerie zunächst versuchen, ob wir eine andere Lösung finden.« Dann geht er voran und ich folge ihm in Richtung des Containers.

Mein Herz klopft immer heftiger, während ich lautes Gepolter und Gebrüll aus dem Inneren höre. Nur allein Cormacs Ruhe, der vor mir läuft wie eine schützende Mauer, lässt auch mich gefasst weitergehen.

Er führt mich zu der Rückseite, wo dicke, enge Metallstäbe angebracht sind, durch die einige der Menschen ihre Hände nach draußen strecken. »Wir werden euch töten! Wir werden euch alle töten!«, schreit ein Mann ganz vorne, an den Metallstäben ratternd, die Zähne schief und krumm, während er sie fletscht.

Plötzlich spüre ich ein Kitzeln an meiner Wange, dann höre ich Cormacs Stimme ganz nahe an meinem Ohr flüstern: »Keine Angst, Valerie, ich bleibe bei dir.«

Ich nicke kurz geistesabwesend, dann gehe ich mit heftig klopfendem Herzen auf die Menschen zu. Ich weiß gar nicht, was ich hier tue. Ich bin weder wortgewandt noch charismatisch, mein Kopf völlig vernebelt, was mit jeder Sekunde meiner Existenz schlimmer zu werden scheint. Es gibt nichts, was mich für diese Aufgabe qualifiziert, ausgenommen der Tatsache, dass auch ich ein Sapien bin.

»Bitte, hört mir einen Moment zu«, beginne ich, während ich näher auf den Container zutrete.

Der wütende Blick des Mannes fällt auf mich. »Was willst du?«, faucht er.

»Ich bin wie ihr«, äußere ich das einzige Argument, dass ich hervorzubringen habe, und deute auf meine Schläfe. »Ich bin auch ein Sapien.«

»Das sehe ich«, schießt er zurück. »Also, lass uns hier heraus oder verschwinde zu deinen Prävali-Freunden.« Sein Blick hebt sich voller Wut zu den Menschen hinter mir.

»Sie wollen euch ja herauslassen«, erkläre ich. »Aber das können sie nicht, solange ihr eine Gefahr für sie darstellt.«

»Sie waren es, die uns angegriffen haben!«, brüllt er mich an.

»Weißt du, was du da tust?«, höre ich nun die Frau von vorhin.

Ich blicke mich um und sehe, wie sie neben Cormac getreten ist, der die Hände in die Manteltaschen geschoben hat.

»Gib ihr etwas Zeit«, erwidert er selbstbewusst.

Ich wende mich wieder nach vorne, zunehmend sicher, dass ich seine Zuversicht enttäuschen werde. »Es gibt Prävalis, die eine Gefahr sind«, fahre ich fort, »aber diese hier sind da, um euch zu helfen.«

»Indem sie uns wieder einsperren«, erklärt der Mann gedämpft. Irgendwie erinnert er mich an Gwynn. Ob alle Sapiens so sind, die von Prävalis misshandelt wurden? »Wir wollen uns nicht mehr einsperren lassen!«

Vorsichtig wage ich einen weiteren Schritt auf ihn zu, hoffe so Vertrauen vorzuspielen, denn ich bin nun nahe genug, dass er nach mir greifen könnte. »Das verstehe ich. Doch euer Leben könnte sehr viel besser sein, wenn ihr euch nicht so aggressiv zeigt.« Ich wende den Blick über die Schulter zurück zu den vielen Prävalis, die in Lauerstellung hinter mir warten. »Sie werden euch hier sowieso herausbekommen, auf die eine oder andere Weise. Aber erfahrungsgemäß ist es besser, mit ihnen zu kooperieren.«

»Hast du deswegen aufgehört, gegen sie zu kämpfen?«, fährt mich der Mann nun an. »Bist du deswegen ein kleines, dreckiges Prävali-Spielzeug? Um ein bequemes Leben in Gefangenschaft zu führen?« Plötzlich greift er durch die Gitter hindurch nach dem Kragen meines Kleides und zieht mich damit zu sich heran, bis ich gegen die Metallstäbe knalle. »Nur wegen Sapiens wie dir sind wir immer noch ...«

Plötzlich wird der Mann zurückgeschleudert und ich dadurch vom Container gelöst. Cormac tritt dazwischen und senkt die Hand, mit der er den Mann zurückgestoßen haben muss. Dann drückt er mich sanft zurück und greift seinerseits nach den Metallstäben, an denen er sich hochzieht, bis er auf der leicht erhöhten Platte des Containers auf Augenhöhe mit den Sapiens ist.»Wir sind nicht hier, um euch zu schaden. Aber wir können euer Leben auch nicht besser machen, als es die Situation erlaubt. Also hör dir ihre Worte an oder lass es. Aber wage es nicht noch einmal, sie anzufassen.« Fast geräuschlos springt er wieder von dem Container herunter, dann richtet er seinen Mantel und wendet sich ab.

Verwirrt blicke ich ihm nach, bis der Mann vor mir erneut meine Aufmerksamkeit erregt, der zurück zu den Gitterstäben nach vorne gekommen ist.»Und du willst mir erzählen, dass diese Leute nicht böse sind?«

»Keine Ahnung«, erwidere ich ehrlich.»Aber sich den Wohlwollenderen von ihnen anzuschließen, ist besser, als sich gegen sie alle zu wehren.«

»Was wird also passieren, wenn wir uns ›den Wohlwollenderen‹ anschließen?«, fragt der Mann weiter.

Ich atme tief durch.»Ihr werdet auf eine Auffangstation kommen. Dort werdet ihr einen ruhigen Ort zum Schlafen haben, gesicherte Nahrung und einige von euch werden vielleicht adoptiert werden, wo ihr eine noch bessere Versorgung bekommt.« Abermals trete ich einen Schritt auf ihn zu.»Ich will euch nicht anlügen. Es wird ein Leben in Gefangenschaft und als unterlegene Art bleiben. Aber es ist sicher besser als das, was ihr bisher erlebt habt.«

Der Mann schließt kurz die Augen, dann nickt er und tritt vom Gitter zurück.»So, wie das klingt, haben wir sowieso keine Wahl.«

Ich nicke gedämpft.»Es ist gar nicht so übel, wenn man sich darauf einlässt«, setze ich nach.»Viele von ihnen meinen es wirklich gut.« Instinktiv schwankt mein Blick zurück zu Cormac, der mit breitem Stand mit den Händen in den Manteltaschen hinter mir steht.

»Bleibt uns wohl nichts anderes übrig, als dir zu glauben«, ergänzt der Mann vor mir. Dann hebt er kapitulierend die

Hände, ebenso wie die anderen Menschen hinter ihm kurz darauf.

Ich tapse zurück, bis ich den überraschten Gesichtsausdruck von Cormacs Kollegin sehe. »Das hat tatsächlich funktioniert?«

»Offensichtlich.« Erneut steigt er auf den Container, ehe er ihn ohne zu zögern öffnet. Als müsste er sich nicht mehr sorgen, dass diese Menschen angreifen.

Vertraut er meinen Fähigkeiten so sehr?

Als er wieder rücklings abspringt und zurücktritt, kommen die Sapiens lauernd, aber ruhig aus dem Container heraus.

Doch als Cormac die Hand hebt, um dem Vordersten die Leine anzulegen, schreckt er zurück und baut sich vor ihm auf. »Nicht das Folterinstrument!«, brüllt er.

Cormac hebt beschwichtigend die Hände. »Bleibt ihr denn kontrollierbar, wenn wir es nicht tun?«

Der Mann zögert, dann nickt er.

»Schön, dann kommt mit.« Auf der Stelle wendet er sich um, dann tritt er los in Richtung der Transportplattform.

Doch seine Kollegin hält ihn am Oberarm zurück. »Cormac, das kann nicht dein Ernst sein! Das sind aggressive, verstörte Sapiens. Wir haben keine Ahnung, wie sie reagieren. Und du willst sie einfach ohne Sicherung verlegen?«

»Du sagst es«, antwortet Cormac ruhig. »Wir haben keine Ahnung, wie sie reagieren. Also wollen wir ihnen nicht erst einmal die Chance lassen, artig zu sein?« Sein Blick huscht zu mir, als müsste ich diese Frage beantworten.

»Das ist ein großes Risiko für uns. Für dich«, erwidert die Frau.

»Ich erachte es nicht als geringeres Risiko, ihnen die Leinen aufzuzwingen, vor denen sie offenbar Panik haben.« Demonstrativ faltet er das Stück Stoff in seinen Händen zusammen. »Ich denke, wir haben auch so genug Optionen, uns zu verteidigen, wenn es nötig ist. Aber vielleicht wird es gar nicht nötig.« Dann dreht er sich wieder nach vorne und schreitet weiter auf die Transportplattform zu. Wie dem Rattenfänger von Hameln folgen sie ihm, sogar ohne eine Flöte als Hilfsmittel.

Die Frau schaut ihm fassungslos hinterher, ebenso wie ich, während die Sapiens an uns vorbeiziehen, flankiert von einigen Mitarbeitern, um sie wenigstens wie eine Herde zusammenzutreiben. Dann ruft Cormac plötzlich:»Jetzt komm, Valerie.«

Schlagartig löse ich mich aus meiner Starre und hole zu ihm auf.

»Ich übernehme das erste Viertel«, erklärt Cormac.»Ihr kümmert euch um den Rest.« Mit ausgestreckten Armen lotst er einige Sapiens auf die Transportstation, ehe ich und er uns dazuquetschen.

14

Mit überraschender Ruhe und Ordnung schafft Cormac es, die mitgebrachten Sapiens bei einer Auffangstation ohne weitere Zwischenfälle unterzubringen. Die Individuen werden registriert, die beiden Prävalis tauschen einige Worte aus und dann verschwinden wir bereits wieder.

Als wäre das der normalste Tag seines Lebens. Dabei bin ich mir spätestens nach den Worten seiner Kollegin sicher, dass er etwas in der Art noch nie gemacht hat.

»Gute Arbeit.« Cormac hat seine Hand auf meine Schulter gelegt, während wir auf die Transportstation zulaufen. Noch immer hat er meine Leine verstaut in seiner Manteltasche. Ich weiß nicht, ob es an der Aufregung um die verstörten Sapiens oder an seiner Position in der Behörde liegt, aber seither hat ihn niemand mehr darauf hingewiesen, mir das Teil anzulegen.

»Ich habe nicht viel gemacht«, erkläre ich, immer noch durcheinander von dem, was passiert ist.

»Das sehe ich anders«, erwidert Cormac und zieht abermals die Brille von seiner Nase. »Ich habe den Eindruck, dass wir gut zusammenarbeiten.«

Ich schnappe nach Luft. »Zusammenarbeiten?«

Abrupt stoppt er und mustert mich. »Wir haben viel erreicht, Valerie. Vermutlich ist dir nicht einmal bewusst, was für eine Nachwirkung dein vorbildliches Verhalten haben wird. Aber ich bin wirklich stolz auf dich.« Dann löst er seine Hand von mir und überwindet die letzten Schritte zur Transportstation.

Sprachlos folge ich ihm, ehe wir kurz darauf wieder den Wald bei Cormacs Hütte erreichen. Gerne würde ich weiter nachfragen, was er damit meint, doch da setzt er bereits nach:

»Wenn du ehrlich bist, musst du eingestehen, dass du mich auch zu mögen beginnst.«

»Wie kommst du darauf?«

»Du bist immer noch da.« Er tritt wieder los, wartet nicht einmal darauf, ob ich ihm folge, obwohl ich es tue. »Du hast nicht mehr versucht, zu flüchten, obwohl du es jetzt könntest.«

»Du weißt, warum es das letzte Mal passiert ist.«

»Ich weiß es sogar besser als du.« Trotz der uneindeutigen Aussage scheint er nicht vorzuhaben, sie auszuführen, stampft nur weiter voran durch das Waldgestrüpp. »Hast du mich eigentlich damals angelogen?«

Obwohl ich ihn noch nie angelogen habe, frage ich: »Wann?«

»Als du mir sagtest, dass nichts zwischen dir und Philo lief.« Er spielt mit den Brillenbügeln herum, die er immer noch zwischen seinen Fingern hält. »Nach den neusten Erkenntnissen gehe ich nicht davon aus, dass er sich an dir vergriffen hat, aber du könntest ja trotzdem etwas für ihn empfunden haben.« Über die Schulter schaut er zu mir zurück. »Wäre nicht verwerflich.«

»Nein!«, beharre ich. »Er war wirklich schon immer wie ein Vater für mich. Das heißt ... auch, als ich noch nicht wusste, dass er das wirklich ist.«

Cormac nickt und lotst mich zurück in die Hütte. »Es wäre nur natürlich, wenn du gerne mal einem Mann oder eine Frau auf romantische Weise nähergekommen wärst«, setzt er fort, während er seine Brille langsam auf dem Küchentisch ablegt. »Aber es geht mich natürlich nichts an.« Dann stolziert er auf seinen Kühlschrank zu. »Ich werde mal schauen, was ich dir zum Essen anbieten kann.«

»Da war niemand«, erkläre ich, was ihn ruckhaft den Kopf zu mir wenden lässt. »Es gab nie jemanden, dem ich näherkommen wollte.«

»Tatsächlich?« Cormac lässt die Kühlschranktür wieder zufallen. »Ich meine, du bist immerhin ... zwanzig oder sowas?«

»Einundzwanzig«, erwidere ich und bemühe mich um ein Lächeln.

Doch es bleibt unerwidert. »Vergiss, dass ich fragte. Es geht mich nichts an.« Wieder wendet er sich ab.

»Aber immerhin sieht es so aus, als würde ich jetzt eine längere Zeit hier verbringen«, erwidere ich. »Dann könnten wir uns doch besser kennenlernen, oder?«

Obwohl ich erneut lächle, betrachtet mich Cormac nicht einmal. Stattdessen starrt er die Dielen vor dem Kühlschrank an, als hätte er Ungeziefer entdeckt. »Das ist so nicht wahr.«

»Wie meinst du das?«

»Du weißt, dass das hier nur eine Pflegestelle ist«, erläutert er und schaut langsam wieder zu mir auf. »Das heißt, sobald es Interessenten für dich gibt oder Umstrukturierungen oder Ähnliches, könntest du woanders landen.«

»Außer, du adoptierst mich«, werfe ich in den Raum. Ich habe keine Ahnung, woher der Gedanke kommt. Doch er ist plötzlich überraschend präsent in meinem Kopf. »So, wie Philo Gwynn vor ein paar Tagen.«

Cormac lacht bitter auf. »Das klingt plötzlich ... merkwürdig.« Er kommt auf mich zu, bis er direkt vor mir steht, und schaut auf mich herab. »Wie kann ich dich in Besitz nehmen, deinen Körper und deine Seele, wenn du ein eigenständiges Individuum bist?« Plötzlich hebt er die Hand und legt sie unter mein Kinn. »Wie können wir Sapiens weiterhin als etwas Niederes betrachten, wenn sie in Wahrheit genauso denken und fühlen wie wir?« Er schluckt schwer. »Und allen voran, wenn ich nicht einmal weiß, ob du einer bist?«

Ich betrachte seine Augen, die mich intensiv mustern. Seine Ansprache wirkt merkwürdig vertraut, als wolle er noch mehr damit ausdrücken als das, was er tatsächlich sagt.

»Ich habe die Implantate nicht vertragen, also bin ich ein Sapien«, erwidere ich. »Ich weiß, dass ich ursprünglich kein großer Fan von dir war, aber wenn du mich adoptierst, wäre immerhin sicher, dass ich hier bleiben könnte. Also, im Rahmen der Möglichkeiten, wie so etwas sicher sein kann.« Meine Gedanken springen kurz zu Philo.

Cormac mahlt mit dem Kiefer, dann lässt er die Hand wieder von meinem Kinn sinken. »Möchtest du denn auf ewig ein Leben in Gefangenschaft führen?«

»Wäre das hier denn ein Leben in Gefangenschaft?«, frage ich. »Denn bei Philo hat es sich nie so angefühlt.«

»Mag sein, dass es sich nicht so angefühlt hat«, gibt er zurück. »Aber dennoch kann ich dir keinen freien Willen schenken. Ich bestimme dann über dich, über jeden Aspekt deines Lebens. Und solltest du dich eines Tages nicht mehr hier aufhalten wollen, wäre es nicht deine Entscheidung, zu gehen, sondern meine, dich gehen zu lassen.« Plötzlich wendet er sich ab. »Es gibt dort draußen auch andere, nette Prävalis. Ich sollte meine Zeit lieber darin investieren, einen solchen, geeigneten Platz für dich zu finden.«

Mit gerunzelter Stirn betrachte ich ihn. »Wieso willst du mich plötzlich loswerden? Ist es wegen Philo? Oder was hast du gegen mich?«

Cormac dreht sich wieder zu mir und fixiert mich. »Ich habe nichts gegen dich, Valerie. Ich habe zu viel für dich.«

Mit geweiteten Augen mustere ich ihn. »Was meinst du damit?«

Ich erwarte gerade, dass er zu einer Erklärung ansetzt, als er plötzlich seine Hände um meinen Kopf legt und mich zu sich heraufzieht. Dann spüre ich seine Lippen auf meinen, einen erobernden Kuss, so dominant und beherrschend wie sein ganzes Auftreten. Ich schließe die Augen, doch ehe ich dazu komme, seine warme Haut auf meiner zu genießen, löst er sich bereits wieder. »Verstehst du jetzt, was ich meine?«

Ich blinzle einige Male, doch Cormac hat sich bereits wieder abgewendet, ohne eine Antwort abzuwarten. Ich folge mit den Augen seinen Schritten über dem Holz, noch unfähig zu begreifen, was gerade passiert ist. Auch wenn mein logisches Denken es längst analytisch verstanden hat, so schaffe ich es nicht, all das in einen Kontext zu bringen, der mich begreifen lässt. Erst langsam spüre ich, wie ich meine erhobenen Hände sinken lasse, während ich immer noch Cormacs Lippen auf meinen spüre, als hätte er sich nie von mir gelöst.

»Ich hätte dich nie bei mir aufnehmen dürfen. Das war ein großer Fehler.« Er richtet den Blick zur Glasfront, den Rücken zu mir gewandt. Dennoch bemerke ich, wie er schwer atmet, als hätte er eine Verfolgungsjagd hinter sich. »Ich bin nicht besser als diese widerwärtigen Kreaturen, die sich an den eigenen Sapiens vergehen.«

»Cormac«, wende ich nun ein, endlich zurück in meinem Körper. »Du hast doch nichts Falsches getan.«

»Du irrst dich, Valerie.« Langsam wendet er sich wieder zu mir. »Ich habe Gefühle für meinen Sapien entwickelt. Für einen Pflege-Sapien.«

»Aber ... du hast nicht gegen meinen Willen gehandelt, ich meine ...« Meine Stimme versagt, als ich vorsichtig auf ihn zupirsche, bis ich meine Hand auf seine Schulter legen kann.

Doch er weicht meiner Bewegung aus, ehe ich ihn erreiche. »Ich weiß, dass du das nicht wolltest, dass du es gar nicht wollen kannst, und dass ich bloß meine Position missbrauche, weil du gegen mich machtlos bist.« Abermals wendet er den Blick ab.

Nachdenklich beobachte ich ihn. Es ist nicht so, als hätte ich diese Art von Gedanken und Gefühlen davor schon für Cormac übrig gehabt. Aber er ist mir immer sympathischer geworden. Er hat mich nie verletzt, sondern mich stets beschützt. Und dieser dominante, wenn auch nur kurze Kuss fühlte sich absolut berauschend an. Gerade so, dass ich mehr davon möchte.

Dennoch befürchte ich, dass Cormac recht haben könnte. Im Eigentum eines Prävali zu sein, versetzt mich in eine ausgelieferte Position. Er wird immer der Stärkere von uns beiden sein. Aufgrund seines Status' als Prävali, seines Besitzanspruchs, mit seinen Rechten, seinen Implantaten, seiner daraus resultierenden Macht.

Dennoch kann ich mir nicht vorstellen, noch einen Besitzwechsel zu verkraften. Außerdem sehe ich nicht einmal eine Chance darauf, in einem anderen, vernünftigen Zuhause zu landen. Die Leiterin der Auffangstation hatte es bereits angekündigt: In meinem Alter wird eine Vermittlung schwierig. Was sollte Cormac trotz seiner übermenschlichen Fähigkeiten daran ändern können?

Ich habe nur zwei Alternativen: hier leben oder in der Auffangstation. Und beides womöglich bis zum Ende meines Lebens.

»Vielleicht sollten wir für heute die Entscheidung ruhen lassen«, erkläre ich schließlich, was Cormac immerhin zu einem Kopfnicken bewegt.

»Wenn du dich von mir absondern und draußen schlafen willst«, beginnt er dann, den Blick immer noch abgewandt, »ich habe noch Decken und Schlafsäcke.«

Doch ich schüttle den Kopf. »Ich bin für ein Leben da draußen nicht geschaffen.«

Cormac nickt erneut, dann schiebt er sich an mir vorbei, immer noch ohne mich anzusehen. Mit der geöffneten Kühlschranktür verdeckt er schließlich gänzlich die Sicht auf mich. »Ich werde mich dann um das Essen kümmern.«

»In Ordnung.« Ich habe das Gefühl, Cormac irgendwie im Weg zu stehen, also ergänze ich: »Ich schnappe draußen etwas Luft.«

»Ja, bitte«, erwidert Cormac gepresst, ehe ich die Hütte verlasse.

* * *

Unkoordiniert stolpere ich durch die Kälte und herabfallende Dunkelheit durch das Laub. Nach ein paar Metern schon lasse ich mich auf den Boden rutschen, ziehe die Beine an und schließe die Augen, während ich meinen Hinterkopf an einen Baumstamm lehne. Ich bin immer noch verwirrt und meine Gedanken rasen.

Wenn ich es schaffe, Cormac zu meiner Adoption zu überreden, bin ich faktisch sein Besitz. Er ist der einzige, der wieder etwas daran ändern könnte, ebenso, wie es für jeden anderen Prävali auch gelten würde.

Machen seine Gefühle mir gegenüber überhaupt einen Unterschied? Immerhin weiß ich mittlerweile, dass jeder andere den Besitzstatus ebenso boshaft ausnutzen könnte. Cormac hingegen schien bisher verstandesbetont zu handeln. Würde er seine Macht tatsächlich zu meinem Nachteil einsetzen oder hat er nur selbst Sorge davor? Würde er mich gegen meinen Willen behalten oder sich doch dazu bereit erklären, mich abzugeben, wenn ich das eines Tages wünsche?

Ich kann mir einfach nicht vorstellen, das Leben in einer Auffangstation durchzustehen, wenn ich an die Flucht mit Gwynn und Sloan zurückdenke. Ich bin nicht so stark wie andere Sapiens. Außerdem wäre es ein Leben mit geringem sozialen Kontakt oder höchstens mit einem Sapien, den sie mir hereinsetzen, weil es ihnen an Platz mangelt. Den ich mir nicht aussuchen kann und mit dem ich zurechtzukommen hätte. Und mit unendlicher Langeweile. Gwynn sagte, ein Ast und ein Stock gelten als ausreichend. Würde ich mehr bekommen, tagein, tagaus, für Jahre?

Eigentlich überraschend, dass sie das mit annehmbarer psychischer Gesundheit durchgestanden hat.

Ich fahre mir durch die Haare, da es mir schwerfällt, meine Gedanken von dem Kuss abzulenken. Dieser beherrschende Kuss, der nicht nur meinen Körper, sondern auch meinen Geist leitete, ehe er viel zu früh endete.

Basiert mein Wunsch zu bleiben bloß auf der emotionsgeleiteten Hoffnung, mehr davon zu bekommen? Mehr von dem Kuss? Mehr von dem echten Cormac?

Ich knalle meinen Hinterkopf gegen den Stamm, in der Hoffnung, dadurch wieder einen klaren Gedanken fassen zu können. Auf keinen Fall darf ich mich jetzt durch solche Motive leiten lassen. Das ist schließlich wieder einer dieser schwierigen Entscheidungen, die ich zu treffen habe. Doch ist es überhaupt meine Entscheidung? Ich kann versuchen, Cormac zu einer Adoption zu überreden, oder ich kann fliehen. Doch weder ist einer der beiden Optionen erfolgsversprechend, noch habe ich andere Möglichkeiten, Einfluss zu nehmen.

»Valerie?«, höre ich plötzlich Cormacs Stimme durch den Wald hallen, was erneut mein Herz viel zu heftig schlagen lässt. »Du kannst zum Essen kommen, wenn du magst.«

Als ich die Hütte betrete, zieht bereits ein wohlig warmer Geruch in meine Nase. Ich trete voran zur Küchenecke, wo Cormac mit gesenktem Kopf an einer Theke steht.

»Ich kenne deine Essensvorlieben nicht.« Er hebt einen Teller an und stellt ihn auf dem Küchentisch ab, ohne aufzusehen. »Aber das dürfte am nächsten an Philos Angebot herankommen und hat bisher allen Sapiens geschmeckt.« Er macht eine merkwürdig abwimmelnde Handbewegung in der Luft. »Ich werde schlafen gehen. Wenn du fertig bist, stell die Sachen einfach auf der Küchentheke ab. Einen Teil deiner alten Kleidung und alles Nötige zum Schlafen findest du im Nebenzimmer.« Dann geht er zielstrebig auf jenen Raum zu, den ich bisher als einziges noch nicht gesehen habe.

»Aber ...«, beginne ich. Doch als er sich nochmal zu mir umdreht, bemerke ich, dass in meinem Kopf der Rest des Satzes nie existierte, also schweige ich.

»Wenn du etwas brauchst, kannst du dich natürlich melden«, erklärt Cormac ruhig, dann wendet er sich abermals ab und verschwindet endgültig in dem fremden Zimmer.

Mit einem krampfenden Gefühl im Brustkorb wende ich mich wieder dem Essen zu. Doch obwohl die Spaghetti mit der Tomatensoße sicher gut schmecken würden, sind meine Gedanken so überfordernd, dass ich nicht einen von ihnen zu Ende bringen kann, ehe der nächste übermächtig wird.

Unter normalen Umständen würde ich mich wagen, das hier als den schlimmsten Tag meines Lebens zu bezeichnen. Doch wenn Cormac mich tatsächlich zur Auffangstation zurückbringt und ich bei jemand anderem lande, dann bin ich möglicherweise noch weit von einer angemessen Klassifizierung des »schlimmsten Tags meines Lebens« entfernt.

15

Als ich am nächsten Morgen durch leise Schritte geweckt werde, will ich für einen Moment glauben, dass alles beim Alten ist. Dass die letzten Tage ein böser Albtraum waren und nichts davon der Realität entsprach. Doch als ich die Augen aufschlage und die abgeblätterte, leicht pinke Tapete sehe, zerfließt die Hoffnung schneller, als ich sie festhalten kann.

Zögerlich richte ich mich von der Matratze auf die Beine. Nach dem, was gestern passiert ist, weiß ich nicht so recht mit Cormac umzugehen. Andererseits war er derjenige, der überhaupt erst ein Problem daraus gemacht hat, oder?

Ich befürchte, dass ich seine Entscheidungen sowieso nicht beeinflussen kann. Also sollte ich mich auch nicht allzu sehr damit belasten.

Also gehe ich zu dem Kleiderschrank hinüber und bin überrascht, tatsächlich einen Teil meiner alten Kleider und Unterwäsche darin zu sehen. Offenbar stand ihm mit der Übernahme der Pflege auch zu, diese Sachen an sich zu nehmen.

Ich ziehe ein paar Teile heraus und trete dann vorsichtig durch die unverschlossene Tür hinaus. Cormac steht mit einer Kaffeetasse in der Hand gegen seine Küchentheke gelehnt da, bereits in seiner typischen Kombination aus schwarzem Hemd und gleichfarbiger Anzugweste gekleidet.

»Guten Morgen«, eröffnet er das Wort, doch die wenigen Laute offenbaren mir noch nicht, wie die Stimmung zwischen uns ist.

Ich mache mir doch Gedanken darüber.

»Das Bad ist offen, wenn du dich duschen willst«, erklärt er dann und deutet hinaus.

»Danke«, erwidere ich zögerlich und verlasse geradezu fluchtartig die Hütte. Allein sein Anblick beschleunigt meinen Puls, dabei wäre es besser, wenn sich die Situation vom Vorabend nicht wiederholen würde.

Und doch kann ich diesen blöden, kurzen Kuss nicht vergessen.

Während ich mich frisch geduscht in den neuen Satz Kleidung zwänge, treffe ich also mal wieder eine dieser unliebsamen Entscheidungen. Ich kann das Problem nicht wegignorieren. Ich will es nicht einmal. Ich will nicht, dass Cormac mich los wird. Also werde ich mit ihm reden.

Mit dem wenigen, zusammengekratzten Mut, den ich finden konnte, steige ich zurück in die Hütte. Cormac hat die Kaffeetasse mittlerweile abgestellt, lehnt aber sonst unverändert an der Küchentheke.

Also baue ich mich vor ihm auf, was ihm bereits ein Lächeln entlockt, als würde er sich über mich lustig machen. Dann beginne ich:»Was gestern passiert ist ...«

»Valerie, nicht«, versucht er mich zu unterbrechen.

Doch ich rede weiter:»... hat nichts an meinem Wunsch geändert.«

Cormac schließt kurz die Augen und legt den Kopf schräg, als würde er den Nacken knacken lassen.»Ich kann das nicht tun. Das hier ist nicht richtig.«

»Weil ich ein Sapien bin?«, frage ich und hebe die Hand zu einem Implantat an seiner Schläfe.

Ehe ich ihn berühren kann, hält er meine Hand fest.»Es geht nicht darum, ob du zu irgendeiner Art gehörst. Ich trage die Verantwortung für dich und ich lasse für gewöhnlich nicht zu, dass jemand unter meiner Obhut verletzt wird. Mit Gwynn und Sloan ist schon zu viel passiert.« Erst jetzt lässt er meine Hand los, lenkt sie jedoch zeitgleich ab.

»Geht es dir um die Bestrafung, die dir drohen könnte?«

»Nein, gesetzliche Konstrukte sollen nur für ein gleiches Verständnis von Moral sorgen«, erwidert er.»Doch genau das ist das Problem. Es ist unmoralisch, mich auf diese Art der Verbindung einzulassen, wenn du mir auf jede erdenkliche Weise unterlegen bist.« Er klammert die Hände um die Theke hinter sich, als würde nur das ihn davon abhalten, nach mir zu greifen.

Ich zucke mit den Schultern. »Ist es denn unbedingt notwendig, dass wir gleichberechtigt sind? Vielleicht ist es ja okay für mich, dass du der Stärkere bist, solange du es nicht zu meinem Nachteil ausnutzt. Vielleicht mag ich es, schwierige Entscheidungen an dich abgeben zu können. Vielleicht beruhigt es mich, wenn ich mich dir unterordne und du mich dafür beschützt.«

Cormac reckt den Kopf, als hätte ich ihm einen Ast ins Herz gerammt. »Du weißt nicht, was du da sagst.«

»Warum bist du dir da so sicher? Weil ich nicht die einzige, für mich notwendige Entscheidung treffen kann, bei dir bleiben zu wollen?« Ich lege meine Hände auf seine Brust und sehe ihn mit großen Augen an.

Langsam, fast unwillentlich löst er sich von der Theke und umgreift meine Hüfte. Dann fährt er mit den Händen hinab bis zum Ende meines Kleides, ehe seine warmen Finger wie ein Hauch über meinen Oberschenkel wieder emporstreichen. »Du sagst zu viele von den Worten, die ich hören möchte, aber nicht sollte.« Plötzlich zieht er mich an sich und umschließt meine Lippen mit seinen. In einer wiegenden Bewegung dreht Cormac mich herum und hebt mich auf die Ablage, dann umfasst er mit einer Hand meinen Hinterkopf, sodass er mich in seinem Kuss fixiert.

Ich fahre mit den Fingern über sein Gesicht, seinen Hals, seine Kleidung. Doch als ich meine Unterschenkel um ihn schlinge, keucht er auf und löst sich von mir. »Ich dachte, wir gelten als die kontrollierte Art«, flüstert er. »Aber so fühle ich mich gerade nicht.« Dann drückt er seine Nase seitlich an meinen Hals und ich spüre seine Worte, noch ehe ich sie höre. »Ich wünschte so sehr, dass ich das hier nicht nur tun kann, weil du keine andere Wahl hast.«

»Aber ich habe eine«, protestiere ich. »Ich will das auch, ich ...«

»Du weißt gar nicht, was du da sagst«, wiederholt er. Dann schließt er kurz die Augen und legt den Kopf in den Nacken. »Ich weiß nicht einmal, was ich da sage.« Nun löst Cormac die Hände von mir, stemmt sie links und rechts von mir gegen den Schrank und sieht mich aus kurzer Entfernung an. Sein Mund ist leicht geöffnet, sodass ich meinen Blick nur noch an diese Lippen heften kann.

»Ich kenne meine Situation, Cormac«, beginne ich und umschließe mit meinen Händen sein Gesicht. »Ich werde immer bloß Besitz sein. Egal, wo ich bin. Ich weiß nicht, wann Philo wiederkommen wird, ob er in meiner Lebenszeit überhaupt wieder aus dem Gefängnis kommt.« Ich halte einen Moment inne, doch Cormac widerspricht nicht. Also setze ich fort: »Ich werde kein anderes Zuhause mehr finden, ich würde in einer Auffangstation landen. Aber ich glaube, du würdest dich gut um mich kümmern.«

Er schnauft tief durch. »Das ist genau das Problem. Du lässt das über dich ergehen, damit du hier bleiben kannst.« Er löst sich von meinen Händen und umgreift sie mit seinen. »Ich will nicht deine hilflose Position ausnutzen. Nicht wie ...« Cormac stockt, bricht den Satz schließlich ab.

Als er auch nach einigen Momenten immer noch nichts sagt, frage ich: »Nicht wie wer?«

Er zögert kurz, dann antwortet er gepresst: »Wie Philo.« Mit einem Ruck löst er sich von mir und wendet das Gesicht ab.

Atemlos springe ich von der Küchentheke herab und mustere ihn. »Wie meinst du das?«

Cormac senkt den Kopf und beginnt zu erzählen: »Ich habe diese Pflegestelle schon seit einigen Jahren. Direkt zu Beginn nahm ich ein Mädchen auf, sie war damals gerade eine pubertierende Jugendliche.« Er lacht bitter auf. »Sapiens über zehn Jahren sind praktisch nicht vermittelbar, vor allem, wenn sie in einer Pflegestelle sitzen. Daher war sie über viele Jahre bei mir.« Seine Kiefermuskeln arbeiten. »Ich habe sie wahnsinnig geliebt. Also, nicht auf dieser Ebene«, er deutet mit dem Zeigefinger zwischen uns hin und her, »sondern wie ein Familienmitglied, wie ... eine Tochter.« Er schaut auf und ich glaube kurz in seinen Augen einen Glanz von Philo zu sehen. »Daher adoptierte ich sie schließlich und dachte damit, sie würde bis zu ihrem Ende bei mir bleiben. Offensichtlich habe ich mich geirrt.«

Obwohl ich noch keine Details kenne, fühlt sich mein Herz bereits wie ein Massivstein an. »Was ist passiert?«

»Ich habe, nachdem ich bei der Behörde anfing, mit Philo Bekanntschaft gemacht«, beginnt er und wendet den Blick ab. »Gelegentlich kam er mich besuchen und hat da auch meinen Sapien kennengelernt. Er war ganz begeistert von ihr, doch wie hätte ich ihm das verübeln können?« Seine Mimik verkrampft sich. »Die beiden haben sich wirklich ausgezeichnet verstanden. Ich nahm an, dass dies der Grund für sein Angebot war, sie für eine Nacht bei sich aufzunehmen, als ich für einen längeren Einsatz eingeplant wurde. Ich dachte tatsächlich, er wollte mir einen Gefallen tun.« Schlagartig richtet sich sein Blick zu mir, durchdringend, kalt, voller Hass. »Stattdessen hat er sich an ihr vergangen.«

Übelkeit steigt in mir auf und ich muss mich an einer Theke abstützen. Philo soll einen Sapien, eine Frau zu etwas gezwungen haben, was sie nicht wollte? Früher hätte ich das für unmöglich gehalten. Doch ich hätte auch nie gedacht, dass er in terroristische Aktivitäten verstrickt ist. Also kann ich es wohl nicht mehr ausschließen, oder?

»Das Grausamste daran ist, dass er sie manipuliert, ihr schöne Aussichten gemalt hat. Daher wollte sie nach meiner Rückkehr weiterhin Zeit mit ihm verbringen«, fährt Cormac fort, was wenigstens einen Teil meiner Übelkeit besiegt.

»Aber heißt das nicht, dass es freiwillig war – auch von ihrer Seite?«, werfe ich ein.

Er lacht bitter auf.»Ich will hoffen, dass er ihr nicht gerade Gewalt angetan hat. Dennoch bin ich der Überzeugung, dass eine solche Verbindung zwischen zwei so ungleichen Partnern nie ganz freiwillig bleiben kann.« Sein Blick fährt zur Glasfront und dem dahinterliegenden Wald.»Deshalb wollte ich Philo nicht länger an sie heranlassen. Daraufhin fing mein Hausmensch an, sich gegen mich aufzulehnen. Ich hatte nur noch Probleme mit ihr und jegliches Vertrauen, das wir aufgebaut hatten, wurde innerhalb weniger Tage komplett vernichtet.«

»Was ist mit ihr passiert?«, wage ich mich zu fragen.

Cormac schließt mit zitternden Lidern die Augen.»An einem Abend brach sie aus und rannte hinaus. Sie war vorbereitet, vermutlich hatte ihr Philo alles erzählt. Ihr Tracing-Chip war zerstört und sie war unauffindbar.«

Ich runzle die Stirn.»Tracing-Chip?«

Sein Mundwinkel zuckt.»Eine Platine knapp unter der Haut, die Pflicht ist bei Sapiens. Dort ist auch eure Identifikationsnummer hinterlegt und ihr könnt damit geortet werden. So habe ich dich im Wald nach deiner Flucht gefunden.«

Ich zögere. Wenn er mich darüber die ganze Zeit finden konnte, warum hat er dann solange gewartet, ehe er sich gezeigt hat?

Doch ehe ich den Gedankengang weiterverfolgen kann, setzt er fort:»Nachdem sie sich den Chip entfernt hatte, war es praktisch unmöglich, sie zu finden. Natürlich habe ich sie überall gesucht, als erstes bei Philo, doch da war sie nicht. Zunächst dachte ich noch, er würde sie vor mir verstecken, doch selbst eine behördliche Untersuchung hat sie dort nicht gefunden und auch sonst nirgendwo. Bis zum heutigen Tag.« Er schüttelt den Kopf.»Irgendwann habe ich die Realität akzeptiert. Sie ist vermutlich tot. Das wäre noch die bessere Variante, verglichen damit, dass sie bei irgendwelchen widerwärtigen Kreaturen gelandet sein könnte.« Aus dem

Augenwinkel schaut er zu mir auf.»Ich verachte Philo für etwas, was ich selbst beinahe getan hätte.«

Ich umklammere meine Oberarme. Immerhin erklärt das den Hass, den Cormac auf Philo hat – auch wenn ich ihn, aus meiner Perspektive, immer noch nicht für schuldig erachte. Immerhin klingt das so, als hätten die beiden sich verliebt. Ist es dann so widersinnig, zusammen sein zu wollen – egal, welche Grenzen einen trennen?

»Ich kann das nicht tun«, wiederholt Cormac nun, den Oberkörper vorwärts auf dem Tisch abgestemmt.»Es scheint geradezu die perfekte Rache für ihn zu sein, aber du hast das nicht verdient.«

»Du tust mir damit nichts an, was ich nicht möchte«, wiederhole ich vorsichtig und gehe einige Schritte auf ihn zu, stoppe jedoch, bevor ich ihn erreiche.»Und vielleicht hat Philo deinem Sapien auch nichts angetan, was sie nicht wollte.«

Cormac schließt die Augen.»Dennoch er ist dafür verantwortlich, dass sie jetzt weg ist. Wenn die beiden sich nie begegnet wären ...« Er stützt sich wieder hoch.»Ich schätze, in Wahrheit ist es Wut auf mich selbst. Ich hätte es niemals soweit kommen lassen dürfen, dann wäre Adina noch bei mir.«

Bei der Aussprache des Namens zucke ich zusammen. »Adina?«, wiederhole ich, was Cormac schlagartig aufblicken und nicken lässt.»Ich kenne sie.«

Wie ein Tiger pirscht er sich an mich heran.»Rede weiter.«

»Sie hat uns gelegentlich besucht«, erkläre ich in einer Mischung aus Vorsicht und Neugierde.»Sie war eine Freundin von Philo. Ich habe mir nicht allzu viele Gedanken darüber gemacht, aber ich hatte ja keine Ahnung, dass sie ...« Ich stocke und breche den Satz ab. Dann fasse ich mir an den Hals.»Sie trug immer so einen dicken Lederschal.«

Er verengt die Augen.»Was weißt du noch?«

Einen Moment lang wäge ich ab, ob ich ihm die Infos überhaupt geben sollte, schließlich haben Adina und Philo ihren Aufenthaltsort sicher nicht umsonst vor ihm geheim gehalten. Doch bisher hat er nie jemandem geschadet und irgendwie kann ich seine Sorgen ja verstehen. Wäre er bereit, Philo sogar zu verzeihen, wenn ich ihm Beruhigung verschaffen könnte?

Also entscheide ich mich dazu, ihm die ganze Wahrheit zu erzählen:»Sie war noch am Tag, an dem wir Gwynn adoptiert haben, bei uns. Sie lebt also noch. Zweimal waren wir sie sogar besuchen.«

Plötzlich umfasst Cormac meine Oberarme.»Wo wohnt sie?«

Mein Blick schweift zur Tür der Hütte.»Es war eine schäbige Gegend mit vielen Hochhäusern und Menschen und Gedränge ...«

»Die Innenstadt womöglich, wenn sie in der Nähe von Philo geblieben ist«, stellt er fest, auch wenn das unmöglich genug Beschreibungen gewesen sein können.»Kannst du mich zu ihrer Wohnung führen, wenn ich dich da hinbringe?«

Ich atme tief ein.»Was wirst du denn tun, wenn du sie wiedertriffst?«

Schlagartig löst sich Cormac von mir und tritt einen Schritt zurück. Kurz setzt er zu einer Antwort an, so postwendend, als gäbe es nur eine richtige Reaktion. Doch dann stockt er.»Ich weiß es nicht«, erwidert er schließlich.»Dass Adina noch am Leben und unbeschadet sein könnte, erscheint mir wie ein Wunder. Wenn ich das vor wenigen Tagen erfahren hätte, hätte ich sie sofort mit nach Hause geschleift. Aber die Dinge haben sich geändert.« Er seufzt.»Ich wüsste gerne, wie es ihr geht, und möchte mit ihr reden. Ich möchte wissen, wie sie es schafft, zu überleben, als Sapien ohne Besitzer. Falls sie ohne Besitzer ist. Nicht, dass Philo ...« Sein Schnauben wird wütender.»Lass uns gehen, Valerie.« Dominant umklammert er meine Hand, ehe er mit mir zur Transportstation marschiert.

16

Nur eine Rematerialisierung später befinden wir uns auf der mir bekannten, belebten Straße mit einigen Hochhäusern daran wieder. Die vielen Menschen, die vor uns auf und ab laufen, vernebeln meinen Verstand und lösen bereits Stress aus.

»Wohin müssen wir?«, reißt Cormac meine Aufmerksamkeit wieder an sich. Seine Präsenz ist so dominant, dass er mich alles um ihn herum ausblenden lässt.

»Da lang«, antworte ich und deute in eine Richtung.

Dann greift Cormac wieder nach meiner Hand und drängt sich durch das Getümmel, das mir für einen Moment die Luft zu stehlen scheint. Doch ich folge dem dunklen Schatten hindurch, bis wir schließlich jenes Hochhaus erreichen, das wir suchen.

»Hier«, stoppe ich ihn. Als Cormac sich zu mir dreht, deute ich auf die Tür, auf die er postwendend zugeht.

Er starrt auf die digitale Klingel, bloß repräsentiert durch eine Art Strichcode, dann schüttelt er langsam den Kopf. »Adina Matus heißt du jetzt also«, redet er vor sich hin. Dann sehe ich, wie seine Implantate blinken, ehe er beginnt: »Ja, ich bin es. Darf ich reinkommen? Ich will nur mit dir reden.«

Für einen Moment noch herrscht Stille, dann surrt plötzlich die Tür. Als wäre er Teil eines Sondereinsatzkommandos, stürmt Cormac mit mir an der Hand durch die Tür in den nächsten Aufzug, der wenige Momente später emporrast.

Als sich die Aufzugtüren wieder auseinanderschieben, begrüßt uns eine offene Wohnungstür. Adina steht im Rahmen und zum ersten Mal mustere ich ihre typische Prävali-Erscheinung intensiver. Ein leichtes Glitzern ist unter den

Bügeln ihrer Brille erkennbar, von dem ich bisher annahm, es seien ihre Implantate. Abermals trägt sie den für sie typischen, dicken Lederschal, den sie offenbar nutzt, um das Halsband zu verdecken. Alle anderen Teile ihres Gesichts sind von ihren Haaren verdeckt.

»Hallo, Mac«, beginnt sie, doch obwohl Spannung in ihrer Stimme liegt, beruhigt mich ihr Auftritt ein wenig. Immerhin hätte sie die Tür nicht geöffnet, wenn er wirklich eine akute Bedrohung für sie wäre, oder?

Cormac löst seine Hand aus meiner und kommt auf Adina zu. »Du bist es tatsächlich«, haucht er tonlos. »Ich habe dich überall gesucht ...«

»Kommt erstmal herein«, erklärt Adina in gepresstem Ton, wechselt den Blick kurz anklagend zu mir, dann treten wir ein.

Ich atme schwer durch. Wir beide wissen, dass ich sie verraten habe. Ich hoffe nur, dass ich keinen Fehler begangen habe und Cormac doch bösartiger ist, als ich erwarte.

Als gerade die Tür hinter mir ins Schloss fällt, umklammert Cormac plötzlich Adinas Oberarme. Und schon habe ich Gelegenheit, meine Entscheidung zu bereuen. »Was hat er dir angetan?«

»Philo hat mir gar nichts angetan«, beharrt Adina in scharfem Ton. »Und jetzt lass mich los.«

Cormac zögert kurz, dann löst er demonstrativ deutlich die Hände von ihr. »Warum bist du weggelaufen? Warum hast du dich nicht gemeldet? Wie kommst du zu dieser Wohnung?« Er senkt die Hände und wendet den Kopf einmal in alle Richtungen. »Ohne Besitzer?« Einige Schritte läuft er umher, so einnehmend, als wären es seine Zimmer. »Oder ist hier noch jemand?«

»Nein«, entgegnet Adina knapp und reißt Cormac am Arm zurück. »Und selbst wenn, ginge es dich nichts an.«

»Es ginge mich nichts an? Ich bin immer noch dein ...« Er stockt.

»… Besitzer?«, vollendet Adina und reckt das Kinn in die Luft. »Das bist du nicht mehr.« Sie zieht ihre leicht durchsichtige Brille von der Nase und hält sie in Cormacs Richtung. Doch er betrachtet sie nur ausdruckslos, bis sie ergänzt: »Ich bin jetzt ein Prävali.«

Mit gerunzelter Stirn fährt er über die blinkenden Dinger an Adinas Schläfe, sodass einige an seinem Finger haften bleiben. »Aufkleber«, stellt er fest. »Du hast immer noch keine Implantate.«

Sie weicht von ihm zurück und schiebt ihre Brille zurück auf die Nase. »Ich bin kein so vollwertiger Prävali, wie ihr ach so überlegene Art euch das vorstellt. Aber ich kann alleine leben, meine eigenen Entscheidungen treffen, selbstständig in einer Wohnung leben und an eurem privilegierten Leben teilnehmen.« Sie verschränkt die Arme vor der Brust und hebt die Augenbrauen. Ihre Aussprache lässt mich nicht sicher darauf schließen, ob sie die Worte voller Verachtung oder Stolz ausspricht. »Und einer dieser Entscheidungen ist, mit Philo zusammen zu sein.«

Cormac schnaubt verächtlich. »Ausgerechnet mit einem Kriminellen?«

»Er ist kein Krimineller!«, fährt Adina ihn an.

»Oh doch, das ist er«, beharrt Cormac. »Deshalb ist er schließlich im Gefängnis.«

Adina kneift die Augen zusammen. »Was hast du getan?«

»Was ich getan habe? Er wurde endlich der Verbrechen angeklagt, die er begangen hat. Das hat er sich selbst zuzuschreiben.«

»Was? Verdammt, Mac!« Plötzlich stürmt Adina auf Cormac zu und schubst ihn mit ausgestreckten Händen zurück. »Er hat nichts Falsches getan!«

»Er hat viel Falsches getan«, knurrt Cormac. »Und einer seiner Straftaten werde ich sogar noch decken, um dich zu schützen.«

»Was erzählst du da?«

Erneut greift er nach ihr, doch dieses Mal lässt sie die sanftere Berührung an ihrer Wange zu. »Ich will dich nicht vor Gericht zu einer Aussage zerren oder sogar noch riskieren, dass sie Untersuchungen gegen deinen Willen an dir vornehmen. Aber was er mit dir gemacht hat, war ein Verbrechen. Er hätte eure Annäherung nicht zulassen dürfen.« Ich beobachte, wie sein Blick kurz zu mir springt, ehe er wieder Adina ansieht. Dann lässt er die Hände sinken. »Er hätte zumindest so vernünftig sein müssen, die Konsequenzen seiner Taten abzuschätzen.«

»Ach ja? Und wieso?«, fährt Adina ihn abermals an. »Weil ich es nicht kann, als irrationaler Hausmensch? Ist es das, was du sagen möchtest?«

Er schließt die Augen und schüttelt den Kopf. »Ich muss eingestehen, das war das, was ich mir dachte, als es passierte. Aber es haben sich ein paar Dinge geändert.« Wieder hebt er den Blick zu mir. »Dennoch wusste Philo schlicht mehr darüber, was als Folge seines Verhaltens passieren könnte. Das hätte er bedenken müssen und nicht emotionsgetrieben seinen niederen Instinkten nachkommen dürfen.«

Adina reckt das Kinn. »Bist du deswegen gekommen, Mac? Um mit mir zu streiten?« Sie deutet auf die Tür. »Dann kannst du direkt wieder gehen.«

Cormac kneift die Augen zusammen. »Wir haben genug gestritten, Adina.« Für einen kurzen Moment herrscht Stille zwischen den beiden, dann kommt er plötzlich in großen Schritten auf sie zu und schließt rasant die Arme um sie. Adina hingegen braucht einen Moment, ehe sie die Umarmung erwidert. »Ich habe mir solche Sorgen um dich gemacht«, flüstert er.

Sie schnauft durch und antwortet erst nach einer Weile: »Ich weiß und das tut mir leid. Ich habe überlegt, mich bei dir zu melden. Aber ich hatte Sorge, dass du alles zerstören würdest, was ich mir …«

»Psst«, unterbricht Cormac sie jedoch sanft und legt eine Hand um ihren Kopf. »Du lebst und es geht dir gut. Nur das ist relevant.« Langsam löst er sich wieder von ihr und blickt sich abermals in der Wohnung um, immer noch die Hände auf ihren Schultern.»Und wahrlich, es geht dir nicht schlecht.« Sein Blick wendet sich zurück zu ihr.»Wie hast du das geschafft? Ich habe so etwas wie diese Brille noch nie gesehen. Woher hast du sie?«

Adina lächelt.»Ich zeige es euch. Kommt mit«, fordert sie uns auf, ehe sie sich von Cormac löst und auf eine Tür vor Kopf des Ganges zugeht.

Unsicher folge ich den beiden. Adina drückt ihre Hand, die in einem mit Drähten durchzogenen Handschuh steckt, gegen die Tür. Erst nach einigen Sekunden öffnet sie sich und sie tritt in den vollkommen dunklen Raum.

Nachdem die zugefallene Tür uns für einige Sekunden in vollkommene Dunkelheit gehüllt hat, schaltet Adina das Licht an. Der darauffolgende Anblick lässt mich zusammenschrecken und ich unterdrücke einen Schrei. Eine zerschlissene Krankenhausliege steht auf splittrigen, verfärbten Fliesen, lose Kabel liegen herum und hängen von der Decke. An der Seite steht ein altertümlicher Computer, wie ich ihn nur aus Illustrationen in Büchern kenne, daneben reihenweise Regale, Tische und weitere Ablagen mit Teilen von Implantaten, abgenutzt, teilweise bis zur vollkommenen Zerstörung.

»Was ist das hier?«, frage ich mit bebender Stimme.

»Meine kleine Werkstatt«, berichtet Adina stolz und lächelt. Dann geht sie auf den Computer zu, tippt daran herum, noch ehe sie auf dem rollenden Stuhl davor Platz genommen hat.

»Deine Werkstatt?« Cormac geht einige Schritte umher und greift schließlich nach einem Metallstück in einem Regal.

»Nichts anfassen!«, fährt sie ihn an, sodass er die Hand langsam wieder zurückzieht.

»Was tust du hier?«, fragt er dann.

»Basteln.« Sie lächelt breit.»Ich führe damit die Tradition einer Frau aus Philos Organisation fort. Sie war es, die mir ursprünglich geholfen hat, ein Prävali zu werden – wenn auch noch mit etwas brachialeren Mitteln als ich sie jetzt entwickelt habe.« Sie wendet sich wieder dem Computer zu. »Als erstes haben wir auf allen erdenklichen Wegen versucht, mir doch noch irgendwie Implantate einzusetzen – ich war bereit, sehr viel auszuprobieren.« Sie deutet auf einige Narben entlang ihrer Schläfe und ihres Halses. »Aber das hat leider nicht funktioniert, manche Physiologien reagieren einfach nicht darauf. Der erste Durchbruch war dann ein Helm mit Visier, in dem die Implantate verbaut waren und auch ohne direkte Gehirn-Schnittstelle funktionierten. Allerdings war der ziemlich auffällig, um es deutlich zu sagen. Ich habe in den letzten Jahren die Technologien gesammelt, umgebaut, weiterentwickelt. Wie diese Brille zum Beispiel oder der Handschuh.« Adina deutet auf ihre Ausrüstung. »Wenn ich rausgehe, klebe ich mir Fake-Implantate auf die Schläfe, aber die dienen nur der Tarnung und sind ohne Funktion.«

Ich weite die Augen, während ich den Raum weiterhin bis ins letzte Detail mustere. »Das heißt, wir können die Technologie jetzt auch verwenden?«

»Genau, Mäuschen«, erwidert Adina lächelnd. »Mit diesen Änderungen schon.« Dann wird ihr Blick wieder ernst. »Ich weiß, dass Philo nicht wollte, dass ich dir auch versuche, Zugang zu verschaffen. Ihm war das Risiko zu hoch, dass etwas schief geht oder du auffliegst. Ich verstehe das, aber ich denke, jeder Versuch, einen vermeintlichen Sapien mündig zu machen, ist es wert.« Sie rollt auf ihrem Stuhl auf mich zu. »Ganz im Besonderen in deinem Fall.«

Ich runzle die Stirn. »Wie meinst du das?«

Ohne mir zu antworten schaut Adina zu Cormac auf, dann schlingt sie ihre Füße um die Halterungen des Stuhls. »Mac, kannst du uns für einen Moment alleine lassen?«

Ich schlucke. Ich habe keine Angst vor Adina, schließlich kenne ich sie schon seit Jahren und sie war immer lieb zu mir. Doch ich habe Angst vor dem, was sie mir sagen möchte. Denn ich glaube nicht, weitere überfordernde Informationen in dieser kurzen Zeit zu vertragen.

»Wieso?«, fragt Cormac.

Adinas Gesichtsausdruck wird eiskalt. »Weil ich nicht weiß, ob du mir an die Gurgel springst, wenn ich was sage, was dir nicht gefällt.«

Ich runzle die Stirn. »Hat er mal ...?«, beginne ich, ehe ich darüber nachdenken kann.

Doch sofort macht sie eine abwimmelnde Handbewegung. »Nicht wörtlich. Aber ich will nicht wieder streiten. Das führt zu nichts.«

Ich höre Cormac schwer hinter mir einatmen, dann greift er nach einem Stuhl in der Ecke, setzt sich darauf und legt abermals ein Bein auf dem Knie des anderen ab. »Ich werde mich ganz still verhalten, versprochen.«

Adina seufzt unzufrieden, wendet sich dann jedoch mir zu. »Es gibt da eine Sache, die du wissen musst. Ich weiß, dass Philo dir erzählt hat, dass er dich als Baby adoptiert hätte ...«

Obwohl ich mich wundere, dass sie darüber gesprochen haben, wimmle ich bereits ab. »Ich weiß schon, Philo hat es mir im Gefängnis erzählt. Er ist mein echter Vater.« Ich klinge überraschend abgebrüht, als ich es ausspreche.

Doch Adina wirkt daraufhin nicht so beruhigt, wie ich es erwartet hätte. »Das ist nur die halbe Wahrheit«, fährt sie fort und ihre Pupillen springen kurz zu Cormac hinüber. »Valerie, Mäuschen ... du bist Philo und mein gemeinsames Kind.«

Hektisch schaue ich zu ihren Geräten, nur um mich zu vergewissern, dass das Rauschen auf meinen Ohren nicht daher kommt. »Das heißt, ich bin ... ein Mischling? Aus Prävali und Sapien?«

Doch Adina verengt die Augen, als hätte ich sie beleidigt. »Diese Bezeichnungen sind doch sowieso vollkommener Schwachsinn. Das siehst du doch an mir, oder? Offiziell wäre ich ein Sapien, ja. Aber ich kann die Prävali-Technologie verwenden, also zu was macht mich das dann?« Sie legt ihre

Hände um meine Wangen. »Du solltest dich nicht von diesen Kategorien einschränken lassen. Du bist mehr als ein Label, dass dir nach deiner Geburt aufgedrückt wurde.«

Im Augenwinkel bemerke ich, dass Cormac sich mit der Hand übers Gesicht reibt, als würde ihn das ebenso die Fassung kosten wie mich.

Doch Adina fixiert meine Wangen noch fester, sodass ich sie anstarren muss. »Es hat mir im Herzen weh getan, Philo und dich immer wieder verlassen zu müssen. Doch er war ein offizieller Prävali und dich nach außen hin als seinen Hausmenschen aufwachsen zu lassen, war für alle das geringste Risiko. So konnte ich immer wieder mal untertauchen und meine Spuren verwischen, um nicht doch noch aufzufallen.«

»Aufzufallen?«, wiederhole ich. »Wegen Cormac?«

Adina schließt kurz die Augen und schüttelt den Kopf. »Ich wollte nicht von ihm gefunden werden, doch das war nicht der einzige Grund. In erster Linie durfte niemand herausfinden, dass ich mich als Prävali ausgebe, obwohl ich das theoretisch nicht bin. ›Aufwertungsmissbrauch‹ nennt sich das. Dafür könnte ich als Gefahr eingestuft werden. Und gefährliche Sapiens werden ... beseitigt.« Sie seufzt tief durch, dann lehnt sie ihre Stirn an meine. »Ich hätte es dir so, so gerne erzählt. Ich hätte dich so gerne als meine Tochter aufwachsen lassen, mit mehr als der gelegentlichen Nähe, die ich dir nur zuteil werden lassen konnte. Ich hätte dich so gerne zu mir genommen, wenn Philo dich für ein paar Tage alleine lassen musste, aber ich konnte nicht.« Sie streicht mir sanft durch die Haare. »Ich hätte zu viel riskiert. Für mich, aber auch für dich. Ich weiß nicht, was sie dir angetan hätten, wenn ich aufgeflogen wäre.«

Ich schlucke schwer, versuche das alles irgendwie zu verarbeiten. Adina und Philo sind also tatsächlich ein Paar, meine leiblichen Eltern. Und Adina war gleichzeitig der Hausmensch von Cormac, wohl über viele Jahre ... Wie alt

Cormac wohl ist? Er sieht kaum älter aus als ich, aber ich weiß, dass das nichts zu bedeuten hat. Immerhin sind wir nicht biologisch verwandt, auch wenn sich nach all den Informationen mein Blickfeld zu drehen beginnt.

»Nur eine Frage«, wirft Cormac nun ein, sodass sich Adina doch wieder von mir löst, auch wenn sie eine Hand auf meiner Wange liegen lässt. »War es freiwillig?« Er deutet in unkoordinierter Geste auf mich und sie. »Mit Philo und ... das alles?«

Sofort nickt Adina überzeugt, auch wenn es für mich keine Überraschung darstellt. »Philo ist meine große Liebe, Mac. Ich hoffe, du kannst das eines Tages akzeptieren.«

Erneut fährt er sich mit der Hand durchs Gesicht, schweigt jedoch.

Dann wendet sich Adina wieder zu mir und ein breites Lächeln erscheint auf ihrem Gesicht. »Und jetzt werden wir endlich dafür sorgen, dass du auch Zugang zu dieser Welt bekommst.« Sie springt von ihrem Stuhl auf und blickt prüfend durch ihre Regale. »Es wird nicht optimal sein, aber gut genug, um zurechtzukommen, wenn du ein paar Dinge beachtest.«

Dann wendet sie sich plötzlich wieder zu uns, ein angefressenes Brillengestell in der Hand. Es besteht nur aus einem oberen Rahmen, an dem die Gläser kaum drei Zentimeter hinabreichen, und die Bügel an den Seiten sind eher lange Stäbe, die kaum so wirken, als könnten sie die Brille eine Kopfbewegung lang in Position halten. »Setz die auf.«

»Aber ... wieso?«, frage ich.

Sie lacht auf. »Ach, Mäuschen ... du solltest jetzt auch endlich den Status eines Prävalis erhalten!«

Sofort weiche ich von ihr zurück. »Aber das will ich gar nicht!«

»Wie meinst du das?«

Mein Blick wandert zu Cormac, ehe ich sie wieder ansehe. »Ich weiß nicht, ob ich diesen Status haben möchte, ich meine ... bei Philo ging es mir immer gut und ich musste nicht diese ganzen schwierigen Entscheidungen treffen und Verantwortung tragen und ...«

Adina unterbricht meinen Redefluss mit einem Lächeln. »Mäuschen, diese Ängste sind ganz normal, wenn man erwachsen wird. Das hat nichts mit irgendeiner vermeintlichen Menschenart zu tun. Jetzt probiere es doch erstmal, ja?« Erneut reicht sie mir die Brille.

Vorsichtig, als könnte jede Berührung von mir das zersplitterte Ding zerstören, nehme ich die Brille entgegen. Kaum, dass ich sie in der Hand halte, dreht Adina sich wieder ihrem Rechner zu. Zögerlich ziehe ich die Brille über die Nase, dann blicke ich zu Adina.

Diese verzieht kurz das Gesicht und schüttelt den Kopf. »Das wird nichts.« In einem Ruck zieht sie mir die Brille wieder von der Nase, dann kramt sie weiter in ihren Vorräten herum. »Ah ... die hier habe ich eigentlich gesucht.« Sie holt ein weiteres Modell hervor, das mich dieses Mal mehr an eine Brille erinnert. Sie hat riesige, fast runde, unangetastete Gläser, nur das dicke, schwarze Plastikgestell hat einige Kratzer.

Auch dieses nehme ich mit ausreichender Vorsicht entgegen, ehe ich es überziehe. Noch ehe es ganz sitzt, ruft Adina: »Bingo!« Ich höre das Klappern ihrer Finger über der Tastatur, dann fragt sie: »Siehst du was?«

Ich bin bereits geneigt, zu verneinen, als plötzlich ein Bild vor meinen Augen erscheint. Wie eine riesige, breite Leinwand, mit so vielen Informationen, Bildern und Texten, dass ich Probleme habe, alles zu erfassen. Als ich versuche, mit meinen Pupillen den Informationen zu folgen, schwimmen sie mit der Augenbewegung davon.

»Ja«, hauche ich. Im hektischen Versuch, die Schriften unter Kontrolle zu bekommen, stolpere ich zurück. Plötzlich spüre ich Cormacs Arme, die mich auffangen und stabilisieren, doch obwohl die Sicht leicht transparent ist, überfordern mich die Eindrücke zu sehr, um dahinter noch etwas zu erkennen.

»Hervorragend, darauf hatte ich gehofft«, redet Adina weiter und ich erlaube mir nun doch, die Brille wieder von der Nase zu nehmen.

Während ich mir noch über die Augen reibe, fragt Cormac bereits: »War das alles?«

»Ob das alles war?« Adina lacht auf. »Du weißt gar nicht, wie genial das ist, Mac.« Sie springt von ihrem Stuhl auf und reißt mir die Brille aus der Hand. »Ich habe diese Dinger so modifiziert, dass sie ein Implantat eingebaut haben, das bei Berührung auf den menschlichen Körper reagiert.« Sie wedelt kurz mit der Brille herum. »Und die sind genauso fortschrittlich wie eure Implantate, inklusive der Anbindung an das Zentralnetzwerk.«

Cormac wirkt immer noch fassungslos, während er neben mir steht. »Das heißt, damit kann sie sich als Prävali ausgeben?«

»Es gibt damit effektiv keinen Unterschied mehr zu einem Prävali, Mac.« Sie drückt mir die Brille wieder in die Hand und wendet sich zurück an ihren Rechner. »Größtenteils zumindest. Langfristig wird sie noch weitere Technik benötigen, aber für's erste reicht's.«

»Du bist genial, Adina«, stellt Cormac fest.

Sie zieht einen Mundwinkel hoch. »Wenn du mir früher die Gelegenheit gelassen hättest, mein Potenzial zu entfalten, wäre ich vielleicht noch etwas genialer.«

Ich drehe die Brille in meinen Händen, die sich unbezahlbar wertvoll, aber gleichzeitig auch erdrückend schwer anfühlt. »Sobald ich die aufsetze, bin ich also ein Prävali?«

»Sobald du registriert bist, ja.« Sie streckt die Hand zu mir aus. »Also, herzlich willkommen in der Welt der Prävalis!«

Doch ich starre nur ungläubig ihre Hand an. »Aber wenn es so einfach ist ...« Erschrocken schaue ich auf. »Ich meine nicht deine Entwicklungen als solches. Aber wenn ein Mensch bloß durch modifizierte Technologie zu einem Prävali gemacht werden kann, warum passiert das dann nicht viel öfter?«

»Weil nicht erwünscht ist, dass Sapiens dieselben Rechte haben wie Prävalis, Mäuschen«, erwidert Adina, springt auf und stößt mit einem Tritt den Stuhl rücklings von sich weg. »Das, was ich hier tue, könnte man im großen Stil produzieren. Ich will ernsthaft bezweifeln, dass ich die einzige bin, die auf diese Idee gekommen ist. Aber es ist eben nicht von der Gesellschaft gewünscht. Sie brauchen diese vermeintlich niederen Menschen. Ich glaube, das Ziel ist gar nicht so sehr die Versklavung oder sowas. Ich denke, es geht schlicht um die Entwicklung der menschlichen Population.« Sie hebt kurz die Schultern. »Seit die Medizin so fortgeschritten ist und sogar den Zellalterungsprozess aufhalten kann, führt die erhöhte Lebenserwartung zu einigen naheliegenden Problemen, vor allem die Überbevölkerung der Erde. Es wurden sogar schon Maßnahmen ergriffen, zum Beispiel die Reglementierung von einem Kind je Prävali, auch wenn ein Verstoß bisher nur zu einer dauerhaften Steuererhöhung für die Eltern führt.« Sie seufzt. »Andererseits würde auch keiner wollen, dass ein unschuldiges Kind umgebracht wird, nur um die Quote zu erfüllen, oder?«

Ich schüttle den Kopf, auch wenn ich von dieser Einschränkung bisher noch gar nichts wusste.

»Es sind bereits weitere Maßnahmen geplant, aber ich denke, die Einteilung von Menschen in langlebige Prävalis und verzichtbare Sapiens ermöglicht es, die Population einigermaßen stabil zu halten. Das ist der Grund, weshalb Sapiens nicht dieselbe medizinische Versorgung bekommen wie Prävalis, obwohl es physisch keine Veranlassung gäbe, zu unterscheiden. Doch Sapiens sollen eben keine dreihundert Jahre alt werden. Sie sollen früher sterben, damit genug Platz für Prävalis bleibt. Vielleicht gehen sie sogar soweit, Menschen unberechtigt als Sapiens zu klassifizieren, um das Gleichgewicht aufrechtzuerhalten. Vermutlich ist das auch der

Grund, weshalb die obersten Stellen nie bereit sein werden, die Einteilung abzuschaffen.«

Ich räuspere mich. »Heißt das, seit du diese Brille und so hast, kannst du jetzt auch so alt werden?«

Sie wackelt leicht mit dem Kopf hin und her. »Es ist noch schwierig. Ich bin zwar im System registriert, aber wie ich bereits sagte, muss ich immer noch aufpassen, nicht aufzufallen. Ich habe Zugriff auf die Zellverjüngung, aber sollte mal ein schwerwiegenderer Eingriff im Krankenhaus, eine OP oder sowas anstehen, könnte ich ein Problem kriegen.« Dann lächelt sie wieder und umgreift meinen Kopf. »Aber mach dir da nicht zu viele Gedanken drüber, Mäuschen. Bis dahin finde ich auch dafür eine Lösung. Ich werde noch den vollwertigen Prävali-Status erreichen und dann können du, Philo und ich endlich als echte Familie zusammenleben.«

Ich presse die Lippen aufeinander, denn ehrlicherweise halte ich das für unwahrscheinlich. Nicht nur, dass Philo mindestens noch viele Jahre im Gefängnis sitzen wird. Kann Adina es ganz alleine wirklich schaffen, dieses ganze System ad absurdum zu führen?

Doch da ich nichts davon ausspreche, fährt sie bloß fort: »Du solltest noch das Halsband verdecken, Mäuschen. Aber nur vorübergehend, ich bin da auch bereits an einer Lösung dran.« Sie zieht kurz ihren Lederschal herunter, wo neben ihrem Halsband rundherum vernarbte und rötlich eingefärbte Haut sichtbar wird, als hätte sie bereits einige Experimente an sich versucht. »Passe einfach deinen Kleidungsstil etwas an. Am schwierigsten wird es, eine neue Identität zu erzeugen und auf deine Implantate zu schreiben, aber da kümmern wir uns auch noch drum. Vorher sollten wir allerdings noch deinen Tracing-Chip loswerden.« Sie wendet sich wieder ab, dann greift sie plötzlich nach einem Skalpell, das neben ihrem Computer lag. Doch obwohl ich erschrocken zurückweiche, setzt sie ruhig fort: »Das Ding sieht aus wie eine Kapsel, so eine Art Transponder. Meistens wird es auf Höhe des Schlüsselbeins eingesetzt. Bei dir war es auch so.«

Hilfesuchend blicke ich zu Cormac, dann umgreife ich instinktiv seine Hand. »Ich weiß nicht, ob ich dazu bereit bin.«

Adina verengt die Augen, dann mustert sie uns abwechselnd. »Dir ist schon klar, warum du ausgerechnet bei Mac gelandet bist?« Ich schnappe nach Luft, doch ehe ich antworten kann, fährt sie fort: »Er hat dich nur aufgenommen, um Philo eins auszuwischen. So ist es doch, oder, Mac?«

Ich presse die Lippen aufeinander. Adina kennt Cormac wirklich gut.

»Sie wäre sonst in einer Auffangstation gelandet«, entgegnet er ausweichend. »Ich habe nicht vor, ihr wehzutun.«

»Sondern? Wolltest du Philo glauben lassen, dass du nun was mit seinem Sapien anfängst?«

Cormac runzelt die Stirn. »Du weißt nicht, was du da sagst.«

Doch das lässt sie nur noch mehr hochfahren. »Sei nicht immer so verdammt arrogant! Wolltest du Philo erzählen, dass du dich an ihr ›vergangen‹ hättest, wie du es immer ausdrücktest? Oder was war dein Plan?« Schlagartig richtet sich ihr Blick zu mir. »Oder hat Mac dir was angetan? Ich schätze ihn zwar nicht so ein, aber wer weiß, wie die letzten Jahre ihn haben verbittern lassen ...«

Ich schüttle den Kopf, auch wenn ich kein Wort mehr über die Lippen bringe. War das der Grund für den Kuss? War das ein weiterer Teil seiner Rache? Aber warum hätte er es dann selbst abbrechen sollen? Außerdem geschah es doch erst nach dem Besuch bei Philo. Ist das ein lang angelegter Racheplan?

»Du hast recht, Adina«, beginnt Cormac zunächst, was mein Herz mindestens zwei Schläge aussetzen lässt. »Ich hatte vor, mit ihr Philo zu verletzen. Aber so weit würde ich nicht gehen. Um ehrlich zu sein haben sich die Dinge ohnehin etwas geändert.«

Adina runzelt die Stirn. »Du sagst das ständig. Was meinst du damit?«

Cormac senkt den Kopf, als hätte sie ihn geschlagen. »Es gibt ein paar Umstände, weshalb ich Philo ein wenig besser verstehe.«

»Und die wären?«

Er macht eine abwimmelnde Handbewegung. »Das ist nicht relevant für dich.«

Plötzlich macht Adina einen Schritt auf ihn zu und schlägt gegen seine Schultern. »Jetzt bereue ich, dich jemals vermisst zu haben, Mac!«

Cormac unterdrückt ein Lächeln. »Die Wahrheit ist, dass ich Valerie auf eine Art und Weise mag, die unserem Verhältnis nicht angemessen ist.«

Adina reißt überrascht die Augen auf. »Was? Ausgerechnet du, der mir das Leben zur Hölle gemacht hat, weil ich ...?« Schlagartig verstummt sie und starrt nun mich an.

»Wenn Valerie also ein Prävali wäre«, fährt Cormac unbeirrt fort, »würde ich das durchaus begrüßen.«

Betont langsam, jedoch ausdauernd schüttelt Adina den Kopf. »Mac, selbst nach all den Jahren überraschst du mich immer noch.« Dann verschränkt sie die Arme vor der Brust. »Na schön, ich wollte ihr sowieso helfen. Überhaupt tue ich das nicht für dich.« Sie macht einen geradezu bedrohlichen Schritt auf ihn zu. »Aber dennoch bist du jetzt dran, mir einen Gefallen zu erfüllen.«

»Welchen?«

Sie hält einen Moment inne, dann antwortet sie: »Hol Philo aus dem Knast.«

Er zuckt sichtbar zusammen bei der Aussprache der Bitte. »Das kann ich nicht«, erklärt er. »Ich bin nicht dafür verantwortlich, die Anklage von ihm fallen zu lassen, ich ...«

»Er ist ja auch nicht unschuldig, das weiß ich selbst«, giftet Adina ihn an. »Du sollst ihn einfach nur vorübergehend da herausholen, damit wir wenigstens nochmal sprechen können. Meine Technologie reicht noch nicht, um in eine

Hochsicherheitseinrichtung zu kommen. Gibt es keine Kaution für ihn oder so?«

»Ich gehe nicht einmal davon aus, dass er schon einen Anwalt hat ...« Er seufzt. »Ich habe da einen Kontakt zu einem sehr guten Verteidiger. Vielleicht könnte er prüfen, ob die Untersuchungshaft angemessen ist.« Nur langsam schaut er wieder auf. »Immerhin weiß ich nun, dass er nicht für deinen Tod verantwortlich ist. Nach dem, was du und Valerie mir über ihn berichtet habt, scheint es, als hätte er euch kein Leid zugefügt. Also gibt es für mich keinen Grund, ihn weiterhin zu bestrafen.«

Adina bleibt unbeeindruckt von seiner Ansprache. »Gut. Dann kontaktiere diesen Anwalt.« Plötzlich reißt sie mich an meinem Unterarm zu sich. »Ich werde Valerie solange alles Nötige für den Start beibringen. Du kannst ja wiederkommen, sobald es etwas Neues gibt.« In ihrer Stimme klingt eine Drohung mit, als wäre ich jetzt ihre Geisel.

Cormac macht kurz noch einen Satz auf mich zu, dann stoppt er. »Vielleicht ist es besser so.«

Ich beiße mir auf die Unterlippe. Ich bin es gewöhnt, nicht nach meiner Meinung gefragt zu werden. Oft genug war das auch in Ordnung für mich. Doch dieses Mal spüre ich das starke Bedürfnis, meine eigene Entscheidung zu treffen. Denn obwohl Adina immer nett zu mir war und ich nun auch um unser verwandtschaftliches Verhältnis weiß, wäre es mir überraschenderweise lieber, wenn Cormac mich nicht zurücklässt.

Dennoch entscheide ich mich dazu, zu schweigen. Denn das ist es, was ich immer tue.

Adina lächelt mir zu. »Wir schauen uns erstmal dein neues Spielzeug an«, sie deutet auf die Brille, »und dann sehen wir weiter, ja?«

17

Obwohl ich Adina bereits seit Jahren kenne, fühlt sich der Aufenthalt bei ihr dieses Mal ganz anders an. Auch früher haben wir uns oft zu dritt auf ein Sofa gesetzt und uns aneinander geknautscht, aber es fühlte sich anders an. Da wusste ich noch nicht, dass wir verwandt sind. Jetzt wirkt es auf mich, als hätten wir viele, viele Jahre nachzuholen, in denen eine unsichtbare Barriere uns getrennt hat. Wir reden viel, lachen und haben uns mittlerweile abermals auf einem Sofa zusammengekuschelt, wo sie mir auf einem antiken Fernseher einen alten Film zeigt, der seinerseits noch ein paar Jahre älter ist, aber den sie trotzdem als ihren Lieblingsfilm bezeichnet: Die Tribute von Panem.

Zuvor hat sie mir gezeigt, wie ich mit den verschiedenen, aufploppenden Datenfeldern umzugehen habe, doch es reicht nur gerade aus, um einen Menüpunkt auszuwählen oder eine Ansicht zu schieben. Ich bin noch weit davon entfernt, tatsächlich Gegenstände in meiner Umgebung zu bedienen, geschweige denn Zugang zu all dem Wissen und Netzwerken zu bekommen – was vielleicht auch an meiner noch fehlenden, neuen Identität liegen könnte.

Auch hat sie mir bereits den Transponder entfernt. Tatsächlich waren nur eine kleine, örtliche Betäubung und ein schmaler Schnitt nötig. Ich habe mich zwar nicht gewagt, während des Vorgangs hinzuschauen, aber die unauffällige Wunde im Anschluss lässt mich darauf schließen, dass es kein allzu großer Eingriff war. Oder Adina mittlerweile viel Erfahrung damit hat.

Sie versicherte mir, dass es normal sei, wenn ich Zeit für die Umgewöhnung bräuchte. Dabei benötige ich die meiste Zeit eher, zu akzeptieren, dass das mein Leben werden soll.

Ein freies Leben. Was sicher erstrebenswert ist, doch gar nicht das, was ich wollte.

Dennoch sollte ich dankbar sein. Immerhin habe ich eine Chance bekommen, die viele andere Sapiens nicht erhalten. Nun starren wir regungslos auf den Abspann des Filmes, in dem Namen über den Bildschirm emportanzen. Ich versuche mich davon abzuhalten, die kleinen, blinkenden Sticker von meiner Schläfe abzuknibbeln, indem ich meinen Kopf auf Adinas Schulter gelegt habe. Ihre Wange liegt auf meinen Haaren und es fühlt sich merkwürdig fremd und vertraut zugleich an.

»Vielleicht sollten wir das auch tun«, beginnt Adina, während immer noch die weiße Farbe über den schwarzen Hintergrund zieht.

»Was?«

»So eine Revolution«, erklärt sie und deutet mit dem Finger zum Fernseher. Dann lacht sie auf. »Entschuldige, nur eine Spinnerei. Ich habe weder die Mittel noch die Möglichkeiten. Selbst wenn wir sämtliche Sapiens, die gerade existieren, mit solchen Brillen ausstatten würden«, mit einer sanften Bewegung tippt sie auf den Bügel neben ihrer Schläfe, »so würden wir damit noch längst nicht jenen helfen, die nachkommen. Ich bin bloß ein Mensch mit ein paar Ersatzteilen. Ich kann nicht die Welt ändern.«

»Ich finde, dafür hast du schon viel erreicht«, erwidere ich. »Deine Werkstatt hat selbst Cormac beeindruckt.«

Ihr jetziges Auflachen wirkt viel echter. »Das hat tatsächlich was zu bedeuten. Wenn wir dieses Umdenken bloß bei viel mehr Menschen bewirken könnten …«

Ich nicke stumm, denn ich bin bereit, zu akzeptieren, dass ein Umdenken notwendig ist. Ich habe mich bei Philo immer wohl gefühlt und nie das Bedürfnis gehabt, etwas zu ändern, aber mir ist klargeworden, wie fragil es war. Wie schnell es enden kann. Und mit welchen Rechten – oder, vielmehr, Nicht-Rechten – ich dann dastehe. Wie sehr ich abhängig bin von

Prävalis. Und so sehr ich mir wünsche, weiterhin mein unbeschwertes Leben führen zu können, so wird mir doch zunehmend klarer, dass es vielleicht nicht dauerhaft meiner Lebensrealität entspricht.

Plötzlich zuckt Adina zusammen und wendet den Blick von mir ab. Starr blickt sie nach vorne und ich frage mich bereits, ob irgendein Krampf sie heimgesucht hat, als ich eine leichte, verdunkelte Spiegelung auf ihrer Brille erkenne. »Hallo Mac«, erklärt sie, dann dreht sie sich wieder zu mir. »Das ging wirklich schnell. Ich hoffe, er hat Neuigkeiten für uns.« Mit einem Satz springt sie über die Rücklehne des Sofas und verschwindet dann in Richtung Tür.

Als ich ebenfalls die Wohnungstür erreiche, öffnen sich unmittelbar vor uns bereits die Aufzugtüren. Als erstes tritt Cormac heraus, doch die Person hinter ihm lässt uns beinahe synchron den Atem anhalten. Es ist Philo, dessen Schritte zögerlicher sind, als er auf uns zukommt, als würde er die Situation ebenso wenig fassen können wie wir.

Cormac schreitet auf dem schmalen Flur neben mich und stützt sich mit einer Hand an der Wand ab. »Ich halte mein Wort«, wirft er ein und ein Lächeln umspielt seine Lippen.

Als erstes schafft es Adina, sich aus ihrer Starre zu lösen. Sie stürmt auf Philo zu, springt ein Stück zu ihm herauf, bis sie die Arme um seinen Nacken legen kann, und drückt sich dann fest an ihn. Philo erwidert ihre Umarmung sofort, mit all der Herzlichkeit und Weichheit, die ich von ihm kenne.

»Ich bin so froh, dich nochmal zu sehen«, haucht Adina.

»Ich auch, Wildkätzchen«, flüstert Philo und streicht mit der Hand über ihren Hinterkopf. Adina löst sich von ihm, nur um dann seine Wangen zu umgreifen und ihn zu küssen.

Mit einem leisen Stöhnen löst Cormac sich von der Wand, dann touchiert er in einer unscheinbaren, für mich undeutbaren Bewegung meinen Nacken. »Okay, das reicht langsam«, stößt er anschließend aus.

Philo löst sich lächelnd von Adina, dann kommt er auf mich zu. Eine Hand lässt er auf Adinas Taille, mit der freien drückt er mich an sich, legt seinen Kopf auf meinen und ich glaube beinahe, ihn schnurren zu hören. Sein vertrauter Geruch dringt in meine Nase und seine Hand wuschelt durch meine Haare, was ich ausnahmsweise kommentarlos zulasse. »Ich bin so froh, dass es dir gut geht, Sonnenschein.« Schlagartig löst er sich von mir. »Dir geht es doch gut, oder?«

Ich nicke, doch Cormac fährt bereits dazwischen: »Ja, geht es ihr. Ich bin kein Unmensch, Philo.«

Doch er achtet gar nicht auf ihn, umgreift nur meine Oberarme und beugt sich leicht herab, bis unsere Augen auf einer Höhe sind. »Hat dir jemand wehgetan?«

Ich schüttle den Kopf. »Nein, alles in Ordnung. Cormac war ...« Ich wende kurz das Gesicht, doch sein Blick, der mich starr fixiert, lässt mein Herz ruckhaft aufklopfen. »Er war nett zu mir.«

Cormac versucht ein Lächeln durch Aufeinanderpressen der Lippen zu verdrängen, doch es misslingt. Philo hingegen scheinen die Worte zu beruhigen und er richtet sich wieder auf und damit an Cormac. »Wirst du mir jetzt erzählen, warum du mir überhaupt geholfen hast? Mit dem Anwalt und ...?«

»Adina hat mich darum gebeten«, entgegnet Cormac knapp.

Philo kneift die Augen zusammen. »Und du hast darauf gehört?«

Der dunkle Schatten verdreht die Augen, dann erwidert er nur: »Lasst uns den Rest drinnen klären.« Dominant schiebt er sich an uns vorbei ins Innere und wir folgen zögerlich, ehe Adina zuletzt die Tür schließt. Philo greift sofort nach ihrer Hand und legt den anderen Arm um mich, was Cormac gegenüber von uns in der Diele alleine dastehen lässt.

»Was ist mit Gwynn und Sloan?«, fragt Philo nun.

»Sie sind ebenfalls in meiner Pflegestelle untergebracht.«

»Dann wirst du sie mir jetzt wieder zurückgeben.« Philos Augen werden plötzlich kalt. »Schließlich bin ich ihr rechtmäßiger Besitzer.«

Mahnend hebt Cormac die Augenbrauen. »Das ist inkorrekt, alter Freund. Da wären die gefälschten Papiere für Sloan, die Unklarheit über die Herkunft der Geldmittel für Gwynns Schutzgebühr ... soll ich weitermachen?« Er hebt einen Mundwinkel. »Wenn du dich nicht in noch mehr Probleme bringen willst, solltest du die Entscheidung besser nicht anfechten.«

Ich mustere den dunklen Schatten nachdenklich. Wieso besteht er darauf, die beiden nicht an Philo zurückzugeben? Will Cormac ihn immer noch strafen? Dabei sagte er vor ein paar Stunden, er würde dieses Vorhaben aufgeben. Will er geheim halten, was den beiden zugestoßen ist, während er auf sie hätte aufpassen müssen? Oder spricht etwas anderes dagegen, uns ihm zumindest vorübergehend zurückzugeben?

»Was auch immer du planst, ich lasse dich dieses Mal nicht damit durchkommen.« Philos Stimme ist mindestens eine Oktave tiefer geworden.

Doch Cormac wirkt nicht beeindruckt. »Du musst dringend lernen, deine Kraft nicht in sinnlose Kämpfe zu investieren.«

Philo richtet sich wieder auf, umgreift mich nun noch enger. »An Valeries Besitzstatus gibt es aber nichts zu rütteln. Sie werde ich mitnehmen.«

»Um ehrlich zu sein ...« Sein Blick streift mich, ehe er sprunghaft zurück zu Philo wechselt. »Das ist auch nicht mehr möglich.«

»Und wieso?«

»Weil ich der rechtmäßige Besitzer von Valerie bin«, stellt Cormac fest und lächelt.

»Das bist du nicht!«, fährt Philo ihn an und schubst Cormac einen Schritt zurück, was ihn jedoch nur auflachen lässt.

»Bist du dir da sicher, alter Freund?« Mit halbhoher Hand deutet er auf Philos Implantat. »Check mal deine Unterlagen.«

Überrascht wechsle ich den Blick zwischen den beiden hin und her und auch Adina wirkt erschrocken, während Philo halblaut zu brabbeln beginnt:»Das kann nicht sein ... das kann nicht ...« Plötzlich stürmt er auf Cormac zu, umgreift den Kragen seines Mantels und drückt ihn damit gegen die Flurwand.»Was hast du getan?«

Cormac hebt die Hände halbhoch, doch das Lächeln auf seinen Lippen lässt ihn wie den Überlegeneren erscheinen.»Bevor ich mich um dein kleines Problem mit der Untersuchungshaft gekümmert habe, wollte ich noch ein paar bürokratische Angelegenheiten klären.« Obwohl Philo ihm sichtbar am liebsten die Nase zertrümmern würde, ist Cormacs Blick nur an mich geheftet.»Ich habe dich adoptiert, Valerie.«

Ich stocke. Beharrte er nicht darauf, dass er das auf keinen Fall tun würde?

»Du kannst uns Valerie nicht einfach wegnehmen. Dazu hast du kein Recht«, knurrt Philo.

»Du bist nur auf Kaution auf freiem Fuß. Glaubst du tatsächlich, du kannst langfristig einer Gefängnisstrafe entgehen?«, erwidert Cormac.»Mir ist bewusst, dass eine Adoption normalerweise nicht möglich ist, solange du nicht verurteilt bist. Aber in Anbetracht der Tatsache, dass du ein ungewöhnlich gewalttätiger Mensch bist und ich Grund zur Annahme habe, dass Valerie bei dir nicht sapiengerecht gehalten wurde, war eine kurzfristige Besitzüberschreibung auf mich möglich.«

Nun stolpere ich einen Schritt nach vorne, direkt neben die beiden.»Aber das stimmt doch gar nicht! Ich wurde nicht ...«

»Du wurdest nicht misshandelt, Valerie, aber dennoch ist Philo eine Gefahr für dich«, unterbricht mich Cormac.»Siehst du das hier nicht?« Er deutet an Philo herab, der ihn immer noch am Kragen fixiert hält.»Ich wusste schon immer, dass Philo unkontrolliert ist, doch ich habe zwischenzeitlich noch ein paar handfeste Beweise erhalten, die eine nicht-sapiengerechte Haltung nachweisen können.«

Philo verengt die Augen. »Du bist so ein ...«

»Ich war noch nicht fertig. Du kannst mich gleich beleidigen«, unterbricht Cormac ihn, ehe er sich wieder an mich wendet, immer noch keine Anstalten machend, sich aus dem Griff zu befreien. »Ich habe mich außerdem um deine neue Identifikation gekümmert, Valerie. Adina deutete vorhin an, dass die Beschaffung einer neuen Identität problematisch ist, daher wollte ich euch unterstützen. Offenbar ist Philo der einzige im Bunde, der dir das Leben als Prävali nicht zugestehen möchte, doch da das Besitzrecht nun auf mich umgeschrieben ist, hat Philo keine rechtlich wirksame Handhabe mehr dagegen. Außer natürlich, er meldet dich der Polizei, aber sollte er vorhaben, das Leben seiner eigenen Tochter für seine Sturheit zu opfern, werde ich auch dagegen vorgehen.«

Ich schnappe kurz nach Luft, weiche dann jedoch einen halben Schritt zurück. Will Cormac sagen, dass er das für mich getan hat?

Philo löst sich schlagartig von Cormac und reißt mit einem Schwung die Brille von meiner Nase, die er kurz betrachtet, ehe er sich zu Adina wendet. »Wir hatten das besprochen!«

»Ich weiß«, entgegnet Adina und verschränkt die Arme vor der Brust. »Aber ich denke, die Situation hat sich etwas geändert, oder nicht?«

»Nichts hat sich geändert!« Er geht einen Schritt auf sie zu, atmet heftig, als würde er regelrecht Panik bekommen. »Du weißt, wie knapp es bei dir war, welche Opfer nötig waren. Ich will nicht, dass wir Valerie verlieren, dass ...« Plötzlich stellt er sich vor mich, als wolle er mich von den beiden anderen abschirmen. »Ich werde das nicht zulassen.«

»Das ist nicht länger deine Entscheidung, alter Freund«, erklärt Cormac nur und nimmt ihm die Brille wieder ab.

»Du machst das rückgängig«, droht Philo.

»Und wenn nicht?«

»Dann wirst du das bereuen.«

Doch Cormac lächelt nur und reicht Adinas Brille an mich zurück. »Du hast mir meinen Sapien weggenommen und ich dir deinen. Klingt, als wären wir jetzt quitt.«

Plötzlich holt Philo mit der Hand aus. »Du verfluchter ...«

»Philo, nicht!«, mischt Adina sich nun ein und reißt ihn von Cormac los. »Das bist nicht du! Das willst du gar nicht.«

»Aber er hat ...«

»Ich weiß, was er getan hat«, unterbricht sie ihn, auch wenn sie offenbar ebenso wie ich vorhat, die Details zu verschweigen. »Aber ich habe wirklich nicht den Eindruck, dass er schlecht mit ihr umgeht.«

»Ach ja?« Mittlerweile steht Philo allein in eine Ecke gedrängt, seinen überwältigten Blick zwischen uns hin und her schwankend. »Woher willst du das wissen?«

»Mit mir ist Mac auch immer anständig umgegangen«, erwidert sie. »Ich bin nur geflohen, weil ich mit dir eine Familie aufbauen wollte. Nicht, weil es mir bei ihm schlecht ging.« Sie mustert den dunklen Schatten hinter ihr, der die Hände im Mantel vergraben hat. »Ich halte nicht jede seiner Handlungen für richtig, aber Valerie zu befreien ist die einzig richtige Entscheidung. Und dass du das immer noch nicht verstehst ...«

»Ich verstehe es vor allem deshalb nicht, weil ich mir nicht vorstellen kann, warum Cormac daran plötzlich Interesse haben sollte«, zischt Philo nun, sein Atem so heftig, als würde er sich nur mit aller Macht zurückhalten.

Doch der dunkle Schatten bemüht sich nicht einmal um eine Erklärung, sondern wendet sich nur an Adina. »Du bist jederzeit herzlich bei mir willkommen. Wenn Philo deine Wahl ist, könnt ihr auch gemeinsam vorbeikommen. Bis dahin akzeptiere ich, wenn du hier dein eigenes Leben führen möchtest, auch wenn ich mich um dich sorge. Mir ist wichtig, dass du dich nicht scheust, mich zu kontaktieren, solltest du eines Tages in Probleme geraten.« Dann dreht er sich zu mir.

»Dir werde ich diese Wahl auch lassen, aber ich möchte, dass du für den Moment mit mir kommst.«

Noch ehe ich zu einer Antwort ansetzen konnte, greift Philo nach seinem Unterarm. »Ganz langsam. Du kannst mir nicht erst alles wegnehmen und dann hier so einen Abflug machen.«

Doch Cormac zuckt bloß mit dem Mundwinkel, ehe er Philo abstreift wie eine lästige Fliege. »Ich habe dir nicht alles weggenommen, im Gegenteil. Ohne mich hättest du gar nichts mehr. Nicht einmal deine Freiheit.« Kurz noch lässt er die Worte im Raum stehen, dann wendet er sich wieder zu mir. »Komm jetzt bitte mit, Valerie.«

Seine Worte klangen weniger nach einer Bitte als nach einem Befehl, auch wenn mir unklar ist, wieso. Warum möchte er mir mit dieser Adoption und der gefälschten Identität erst die Freiheit schenken, um am Ende doch wieder zu bestimmen, was ich zu tun habe?

Dennoch weiß ich, dass ich hier draußen auf keinen Fall alleine zurechtkomme. Ich bin darauf angewiesen, dass mir jemand alles zeigt. Und nun, da Cormac mich adoptiert hat, steht es ihm ganz offiziell zu, über mich und meinen Aufenthaltsort zu bestimmen.

War es nicht das, was ich wollte?

Allmählich beginne ich zu zweifeln, was ich überhaupt noch will. Einerseits würde ich gerne Zeit mit Philo und Adina verbringen, mein altes Leben wiederaufnehmen, oder sogar ein neues mit meinen echten Eltern. Doch andererseits fühlt es sich nicht richtig an. Die beiden haben mich mein Leben lang belogen und dieser harte Schlag in meine Psyche lässt mich gerade bloß Schmerzen empfinden, wenn ich in ihrer Nähe bin.

Doch insbesondere verunsichert es mich, dass Philo mir Adinas Chance auf ein Prävali-Leben verwehrt hat. Ich weiß nach wie vor nicht, ob ich das überhaupt möchte, es ist eher über mich hereingebrochen wie ein unveränderliches Schicksal. Aber dennoch frage ich mich, warum er mir diesen

Status am liebsten wieder wegnehmen würde. Möchte er unbedingt, dass ich hilflos und abhängig bleibe? Oder will er mich wirklich nur schützen?

Cormac und Adina haben mir diese Chance ermöglicht. Ist das der Grund, weshalb ich dem dunklen Schatten mehr zu vertrauen beginne als Philo? Wie konnte es nur jemals dazu kommen?

Doch selbst wenn ich das nicht täte, hätte ich überhaupt eine andere Wahl, als jetzt mit ihm mitzugehen?

Also gehe ich zögerlich einen Schritt auf Cormac zu, werde jedoch sofort von Philo sanft an der Hand zurückgehalten. »Sonnenschein ...«, beginnt er mit bebender Stimme, als würde ich ihm gerade das Herz brechen.

Doch Cormac tritt bloß dominant dazwischen und löst seine Hand von mir. »Mach das hier nicht schwieriger für sie, als es ohnehin ist.«

»Du nimmst mir meine Tochter weg!«, faucht Philo.

»Dasselbe hast du auch getan«, erwidert der dunkle Schatten. »Jedenfalls fühlte es sich so an.«

Ich presse die Lippen aufeinander. Ist das hier also ein erneuter Racheakt?

»Ich bringe dich dafür um«, entgegnet Philo nun in so düsterer Stimme, dass ich glaube, die Vibration in meinem Körper zu spüren.

»Wofür?«, fragt Cormac jedoch bloß. »Dafür, dass ich ihr die Freiheit ermögliche? Etwas, dass du ihr verbietest, obwohl du sie all jenen Geschöpfen geschenkt hast, die du gerettet hast. Merkst du nicht, wie widersinnig deine Taten und Worte sind? Oder waren dir all die anderen Wesen wichtiger als ausgerechnet deine eigene Tochter?«

Philo kneift die Augen zusammen. Er scheint eine weitere Antwort zu erwägen, schüttelt dann jedoch nur den Kopf. »Ich möchte sie wiedersehen«, beginnt er dann, spürbar kleinlauter, an gerade jener Stelle, wo ich mir eine deutliche Antwort von ihm erhofft hatte.

»Das wirst du, wenn es sicher für sie ist«, erwidert Cormac jedoch nur, ehe er mich mit einer Hand an meiner Schulter nach draußen führt.

Ich senke den Kopf und laufe mit ihm, behalte jedoch noch den leidenden Gesichtsausdruck von Philo auf meiner Netzhaut, selbst dann, als die Aufzugtüren längst hinter uns geschlossen sind.

18

Wir haben noch nicht das Erdgeschoss erreicht, da presst Cormac plötzlich eine Hand auf den Halteknopf des Aufzugs. »Es tut mir leid, dass das nötig war«, beginnt er und löst seine Hand langsam von der Schalttafel.

Ich beiße mir auf die Unterlippe. »Warum hast du denn drauf bestanden, dass ich mitkomme? Nachdem du mich adoptiert hast, obwohl du es gar nicht wolltest? Ich meine ...«

Plötzlich presst er mir seinen Zeigefinger auf den Mund, was mich verstummen lässt, ehe er hinter mich tritt. »Adina hat dir den Tracing-Chip entfernt, nicht wahr?« Obwohl er ebenso wie sie wissen müsste, dass er sich an meinem Schlüsselbein befand, streicht er sanft die Haare an meinem Nacken beiseite.

Ich schlucke schwer. »Ja, hat sie«, bestätige ich, auch wenn ich mit jedem Wort mittlerweile das Gefühl habe, das Falsche zu sagen.

Sanft streicht sein Daumen über meinen Nacken, dann lacht er gedämpft auf. »Vertraust du mir?«, fragt er unvermittelt.

Ich stocke, denn ich habe keine gute Antwort auf die Frage. »Ich weiß nicht«, antworte ich also nur, während seine Hand auf meine Schulter herabwandert, wo er sie liegen lässt.

»Aber du vertraust Philo?«, fragt er weiter, mich immer noch im Unklaren darüber lassend, worauf er hinausmöchte.

Überraschenderweise geht mir abermals eine Antwort nicht leicht über die Lippen. »Ich habe ihm vertraut«, gebe ich zurück. »Aber jetzt bin ich mir nicht mehr so sicher.«

»Mmh«, stößt er uneindeutig aus und löst langsam die Hand von meiner Schulter, wodurch eine unangenehm kalte Stelle zurückbleibt. »Es ist wichtig, dass du mir dieses eine Mal vertraust. Was muss ich tun, um das zu erreichen?«

Ich atme schwer, spüre ihn an meinem Rücken, kann ihn immer noch nicht sehen. »Was hast du denn vor?«

»Ich bezweifle, dass es hilfreich ist, wenn ich dir das mitteile.«

»Wieso?«

»Weil es dich verängstigen wird.«

Ich schlucke schwer, verstärkt durch das Druckgefühl seiner Hand, die sich auf mein Halsband gelegt hat. Sollte ich dennoch darauf beharren, es zu erfahren? »Du hast gesagt, du würdest mich nicht verletzen«, beginne ich also.

»Und das habe ich ernst gemeint.«

»Gilt das noch?«

»Selbstverständlich. Oder habe ich dir Veranlassung gegeben, daran zu zweifeln?«

Ich schüttle leicht den Kopf, woraufhin er sich von mir löst und um mich herum tritt. »Also, Valerie: Vertraust du mir, dass ich nichts tun werde, was dir schadet?«

Ich atme tief ein. Ich spüre nicht das tiefe Vertrauen zu ihm, dass ich zu Philo hatte, bevor ich von all seinen Lügen erfuhr. Aber dennoch hat er mir genug Gründe gegeben, um seine Worte zu stützen. Also erwidere ich: »Ja, Cormac. Ich glaube dir, dass du mir nicht schaden willst.«

Ein leichtes Lächeln bildet sich auf seinen Lippen. Dann greift er plötzlich nach der Brille auf meiner Nase, zieht sie herunter und löst die falschen Implantatsticker von meiner Schläfe.

Verwirrt mustere ich ihn. »Was tust du da?«

»Die benötigst du nicht.«

»Aber ...«

Doch er unterbricht mich nur abermals mit einem Zeigefinger auf meinen Lippen. »Wir wollen den Aufzug doch nicht zu lange blockieren, oder?« Dann drückt er erneut auf den Halteknopf, sodass er sich wieder in Bewegung setzt. Mein Herz hämmert immer heftiger. Wollte er mich mit seinen Worten bloß zur Kooperation bewegen? Doch Cormac ist auf solche Überzeugungsversuche nicht angewiesen. Er könnte mir auch rechtmäßig die Technik abnehmen und mich mit sich schleifen. Er muss etwas anderes vorhaben. Nur warum nimmt er mir ausgerechnet jene Freiheiten, die er mir überhaupt erst verschafft hat?

Das Klingeln des Aufzugs lässt mich zusammenzucken, so unerwartet reißt es mich aus meiner aufkeimenden Panik. Fast zeitgleich verschränkt Cormac die Finger mit meinen und verlässt so mit mir den Hausflur.

»Was hast du vor?«, frage ich erneut.

»Wir werden zur nächsten Polizeistation gehen.«

Ruckhaft weiche ich auf dem überfüllten Bürgersteig von ihm zurück, doch seine Hand umgreift meine so fest, dass ich mich nicht daraus lösen kann. »Wieso?«, frage ich schrill, denn in der aktuellen Situation kann das nichts Gutes bedeuten. Ich habe von Adina erfahren, was passiert, wenn sie von meinem versuchten Statuswechsel erfahren, diesem »Aufwertungsmissbrauch«. Dann könnte ich als Gefahr eingestuft und umgebracht werden.

Ist es das, was Cormac bezwecken möchte? Die ultimative Rache an Philo?

Doch warum hat er dann gerade noch beteuert, mich nicht verletzen zu wollen?

»Valerie.« Seine Stimme klingt sanft, als er mich wieder zu sich heranzieht. »Du musst keine Angst haben. Ich werde nicht zulassen, dass dir etwas zustößt.« Langsam fährt er mit einem Daumen unter mein Halsband. »Ich verspreche dir, dass du das bis zum Ende des Tages los bist.« Ehe ich seine Worte begreifen kann, löst er sich wieder und zieht mich den Bürgersteig entlang.

Obwohl mich seine Worte beruhigen sollten, jagen sie mir nur noch mehr Angst ein. Was hat er vor? Und warum muss ich unbedingt im Zentrum dieses Plans stehen?

* * *

»Auf der Station herrscht Leinenpflicht für Sapiens!«, bellt uns eine Polizistin an, als wir gerade erst eingetreten sind. Doch Cormac verzieht keine Miene, als hätte er das Geschrei nicht gehört. »Mein Name ist Cormac Banson. Ich bin hier, um ein Verbrechen zu melden.«

»Erst müssen Sie ...«

»Genau darum geht es.« Bestimmend legt er eine Hand auf meine Schulter, den anderen Unterarm stützt er auf die Theke. »Meine Begleitung hier, Valerie Marx, ist kein Sapien, sondern ein Prävali.« Er tippt mit einer Hand gegen den Bügel seiner Brille.

»Marx« ist also der Nachname, den er mir organisiert hat? Wieso ausgerechnet jener von Philo? Und was behauptet er da?

Doch entgegen meiner Annahme, dass die Frau in schallendes Gelächter oder lautstarke Beschimpfungen ausbricht, nickt sie bloß ruhig und deutet dann auf ein Büro. »Folgen Sie mir bitte.«

Obwohl meine Beine vor Angst so sehr zittern, dass sie mich kaum noch halten, begleite ich Cormac durch die geöffnete Tür hindurch über den dunkelblauen Industrieteppich. Hat er mich hierher gebracht, um mich auszuliefern? Immerhin sprach er doch von einem Verbrechen, oder? Meint er jenes Verbrechen, dass ich fälschlicherweise aufgewertet wurde? Immerhin bin ich doch offensichtlich ein Sapien, nicht wahr?

Ich beiße mir auf die Unterlippe. Früher hätte ich nie ein Problem damit gehabt, mich in die Hände eines Prävalis zu begeben, der sich mein Vertrauen verdient hat. Doch die letzten Tage haben mich verändert.

Die Polizistin lässt sich währenddessen auf einem Schreibtischstuhl nieder und deutet auf die einzige weitere Sitzfläche im Raum.

»Gibt es hier noch einen zweiten Stuhl?«, fragt Cormac noch im Eingang stehend.

Die Polizistin schaut, als hätte sie die Frage nicht verstanden. »Nein.«

»Okay.« Cormac zieht den Stuhl vom Tisch weg, dann bedeutet er mir mit einer Geste, mich darauf zu setzen.

Ich stocke. Meint er das ernst? Doch aus seinem Blick lese ich, dass das keine Frage war. Mehr noch, dass es irgendeinen Grund hat, wieso er das tut. Ausgerechnet einem Sapien ein solches Privileg erlaubt. Und mittlerweile weiß ich, dass er nicht bloß aus einer Laune heraus so handeln würde.

Also nehme ich etwas unsicher auf dem dünnen Polster gegenüber der Beamtin Platz. Cormac stellt sich hinter mich und legt die Hände auf meine Schultern, ehe er erklärt: »Wir können starten.«

Die Polizistin wirkt nun noch perplexer als zum Zeitpunkt unseres Eintretens. Sie scheint kurz zu erwägen, Widerspruch einzulegen, verkneift es sich dann jedoch. »Herr Banson, Sie sagen also, dieser Sapien sei eigentlich ein Prävali?«

»Korrekt.« Cormacs Finger auf meinen Schultern strahlen eine solche Ruhe aus, dass es auf mich abfärbt. »Ich habe Nachforschungen angestellt und offenbar hat Philo Marx, ihr Vater und Vorbesitzer, sie seit Jahren als Sapien gehalten, obwohl sie als Prävali auf die Welt kam.«

»Wieso haben Sie beim ersten Verdacht nicht sofort uns kontaktiert und stattdessen eigenhändig solche Recherchen angestoßen?«, fragt die Polizistin.

»Ich wollte kein Risiko eingehen. Immerhin ist Philo Marx bekanntermaßen ein gewalttätiger Terrorist. Das können Sie auch den Unterlagen meines kurzfristigen Notadoptionsantrags entnehmen«, erwidert Cormac, dann lehnt er sich über die Stuhllehne nach vorne, als müsste er auf irgendetwas auf dem Schreibtisch der Polizistin deuten. »Doch nun, wo ich alle notwendigen Unterlagen zusammen habe, würde ich diese Angelegenheit gerne endgültig klären.«

Mein Blick schwankt die ganze Zeit zwischen den beiden hin und her. Das kann Cormac auf keinen Fall ernst meinen. Wie kommt er überhaupt auf eine solche Idee? Niemand wird ihm glauben, dass …

»In Ordnung«, erwidert die Polizistin und stützt die Hände auf den Schreibtisch, während ihre Implantate blinken. »Wir werden dann einen Dienstarzt kontaktieren, der ihr die Implantate wieder einsetzt. Dann wissen wir auch sicher, ob Sie die Wahrheit erzählen.«

»Selbstverständlich.«

Ich schlucke. Cormacs Stimme klang wirklich selbstsicher. Ganz im Gegensatz zu dem, was mir jetzt durch den Kopf geht.

Philo hat mich aus der Klinik befreit, weil ich diese Implantate nicht angenommen habe, damals, als Baby. Dieser Eingriff kann nicht funktionieren. Oder?

Doch wenn es stimmen würde, was ich denke, warum hätte Cormac mich dann hierher schleppen sollen? Aus Kalkül? Um Philo zu schaden? Oder weiß Cormac mehr, als Philo mir erzählt hat? Hat Philo mich als Sapien gehalten, obwohl ich eigentlich ein Prävali bin? Warum hätte er das tun sollen?

Haben die Ärzte in Krankenhaus, in dem ich geboren wurde, vielleicht einen Fehler gemacht? Doch dann hätte Philo diesen Fehler längst korrigieren können. Außerdem erklärt es nicht, warum er Adina davon abhielt, mir mit ihrer entwickelten Technik einen Prävali-Status zu verschaffen.

Cormac scheint meine aufkommende Verspannung zu spüren, denn er streicht beruhigend mit der Hand über meinen Oberarm. Und auch, wenn das meine Ängste nicht vertreibt, lässt es wenigstens eine Sekunde meine Muskeln entspannen.

»Sie haben Glück, eine Ärztin ist gerade im Haus«, erklärt die Polizistin dann und steht auf. »Bitte begleiten Sie mich.«

Auf wackeligen Beinen folge ich der Polizistin in ein winziges, längliches Zimmer, als wäre es eine umgebaute Abstellkammer. Nur eine einfache Liege und ein Stuhl stehen darin.

»Hallo, Frau Marx«, begrüßt mich die Frau und ich brauche einen Moment, ehe ich realisiere, dass ich damit gemeint bin. »Bitte setzen Sie sich.« Sie wendet sich an die beiden Menschen im Eingang. »Sie verlassen bitte den Raum.«

»Moment«, beginne ich und stütze mich zurück auf die Beine. »Kann er bei mir bleiben?« Ich greife nach Cormacs Hand, was er reaktionslos über sich ergehen lässt.

Die Ärztin nickt schulterzuckend. »Von mir aus.« Dann hält sie inne, bis der Polizist den Raum verlassen und die Tür hinter sich geschlossen hat.

Augenblicklich lasse ich Cormacs Hand wieder los und er stützt sich neben der Tür an der Wand ab, verschränkt die Beine und hält mich im Blick wie ein Leibwächter.

Die Ärztin fährt mich mit einigen Untersuchungsgeräten, Scannern und Ähnlichem ab, ehe sie wissend nickt. »Sieht tatsächlich alles einwandfrei aus«, redet sie vor sich hin. Dann dreht sie sich auf dem Stuhl zurück, ehe sie eine eingeschweißte Plastikverpackung aus einer Schublade zieht.

Mit einigen routinierten Bewegungen zieht sie sie auf und winzige Metallteilchen werden darin sichtbar. Sie hebt sie mit einer Pinzette auf, ehe sie damit auf mich zukommt. »Ich nehme an, Sie kennen das Prozedere noch nicht?«

Ich schüttle den Kopf.

»Sie müssen keine Angst haben. Es ist fast schmerzlos.«

Ich stocke. »Fast?«

Wie aus dem Nichts spüre ich Cormacs Hand um meine, ehe er sich mit einem Bein auf der Liege neben mich setzt. »Du schaffst das, Valerie«, haucht er mir zu, sein Blick fixiert mich mit all der Stärke, die er die ganze Zeit über schon ausstrahlt.

Ich atme schwer durch. Wenn er es schafft, das hier für mich durchzustehen, dann werde ich wohl auch diesen kleinen

Eingriff überstehen, oder? Schließlich wirkt er immer noch so zuversichtlich. So, als könnte das gar nicht schief gehen.

Ich hoffe, er hat recht.

Also nicke ich und die Ärztin hebt die Pinzette, bis das Metallteil direkt neben meiner Schläfe schwebt. Ich schließe die Augen, ehe die Platine meine Haut berührt. Meine Muskeln verkrampfen sich abermals, als sich erst ein Prickeln, dann auch ein leichtes Ziehen ausbreitet. Cormacs Hand schließt sich fester um mich und die dadurch spürbare Nervosität verunsichert mich. Beginnt er doch zu zweifeln?

»Ich setze die nächsten Stücke ein.«

Ist das ein gutes Zeichen? Oder ist bloß der vollständige Eingriff nötig, ehe sicher ist, ob es funktioniert hat?

Ein erneutes Ziehen an der selben Seite, etwas tiefer, dann ein drittes Mal fast an meiner Stirn und ein letztes Mal an meiner Handinnenseite. Einige Momente der Stille, während das Pochen abklingt.

»Bitte öffnen Sie die Augen.«

Zögerlich hebe ich die Lider und die Ärztin leuchtet mir einige Male hinein. Ich fühle mich immer noch so wie vorher – was vermutlich kein gutes Zeichen ist. Es hat nicht funktioniert.

Doch dann erklärt die Ärztin: »Ich werde die Implantate jetzt aktivieren.« Sie legt meine Hand auf ein Pad vor sich, ehe ein Ziehen durch meinen Schädel wandert. Es ist nicht wirklich schmerzhaft, mehr überfordernd, als würde ich zehn Filme gleichzeitig in weniger als einer Minute sehen. Bilder und Daten und allerlei Zeug ziehen direkt in die Zellbestandteile meiner Neuronen, als würde ich es sehen, ohne, dass meine Augen wirklich etwas im Raum erfassen. Ich stütze meinen Kopf gegen die Wand hinter mir, nehme nur noch dumpf wahr, wie sowohl die Ärztin als auch Cormac mich mustern. Es ist intensiver als die Brille von Adina, viel mehr Daten, viel einfacher zu erfassen. Direkt in meinem Kopf.

Dann verkündet die Ärztin: »Es hat funktioniert.«

Ein weiteres Mal schließt sich Cormacs Hand fester um mich, doch dieses Mal voller Erleichterung und Bestätigung. Es ist wahr. Es ist tatsächlich wahr. Wie auch immer er es wissen konnte – es hat funktioniert.

»Sie haben also tatsächlich die Wahrheit gesagt, Herr Banson«, fährt die Ärztin streng fort, während ich immer noch versuche, die vielen Daten in meinem Kopf zu einem Hintergrundrauschen zu degradieren, um meine Umgebung wieder wahrzunehmen.

»Selbstverständlich«, höre ich Cormac, denn sehen kann ich immer noch nicht richtig.

»Sie werden viel aufzuholen haben, Frau Marx.« Schimmernd erkenne ich, dass die Ärztin sich abgewandt hat und ihre gebrauchten Handschuhe in einen Mülleimer steckt. »Aber umso mehr freut es mich, dass Sie nun aus Ihrer Gefangenschaft befreit werden konnten und ein neues Leben beginnen können. Das wird womöglich der schwerwiegendste Anklagepunkt in der Liste von Philo Marx.«

Ich stocke. »Aber ...«

Doch Cormac legt mir einen Zeigefinger auf den Mund, solange die Ärztin uns noch den Rücken zudreht. Als ich verstumme, löst er ihn wieder und legt ihn stattdessen um meine Taille, ehe er fortfährt: »Ich nehme an, wir können dann gehen?«

»Von meiner Seite aus ist alles geklärt.« Die Ärztin wendet sich zurück an mich. »Ich werde Ihnen noch Adressen aufschreiben, wo Sie Hilfe für traumatisierte und spätaufgewertete Prävalis bekommen können.« Plötzlich zuckt sie zusammen. »Ach, und natürlich noch eine Sache.« Geradezu blind greift sie erneut in eine Schublade, dann kommt sie mit einem stiftartigen Werkzeug in der Hand auf mich zu. Mit wenigen Handgriffen löst sie das Halsband mit dem schmerzauslösenden Chip an meinem Rücken und schmeißt es dann beiläufig in den Mülleimer. »Das benötigen Sie dann ja nicht mehr.«

19

Ich fühle mich benommen und schwanke, als Cormac mich aus der Station herausstützt. Wir verlassen sie, einfach so, obwohl ich mir sicher war, nie wieder die Außenwelt zu sehen. Nie wieder hier draußen zu sein. Und, allen voran, niemals wirklich ein Prävali zu werden.

Doch offenbar bin ich das. Ich habe das einzig relevante Kriterium erfüllt: Ich habe das Implantat aufgenommen. Auch wenn ich mich, abgesehen von den verwirrenden, vor mir herumschwimmenden Daten, kein bisschen anders fühle als vorher.

Dennoch wirft alles, was vor wenigen Minuten passiert ist, eine Millionen Fragen auf. Doch solange wir hier in der Nähe der Polizeistation sind, stelle ich keine einzige davon.

Cormac bringt mich abermals zurück zu seiner Hütte, wo es mittlerweile so dunkel ist, dass ich den Weg vor uns kaum noch ausmachen kann. Was möglicherweise auch an den durchgehend auf mich einfließenden Datenströmen liegt, die ich kaum ausblenden kann. Sie sind intuitiver zu bedienen als mit der Brille von Adina, doch das Wissen, sie im Gegensatz dazu nicht einfach abstellen zu können, ist beklemmend.

Als ich die beruhigende, schließende Tür hinter mir höre, rutsche ich an der Wand entlang auf Cormacs Dielenboden und lehne den Hinterkopf gegen das Holz.

Er schreitet zum Küchentisch und lacht dunkel auf. »Du könntest einen Stuhl nehmen ... oder das Sofa.«

»Was ist da gerade passiert?«, frage ich jedoch nur.

»Du bist jetzt offiziell ein Prävali.«

Ich zwinkere einige Male, bis das Echo der vielen Daten in meinem Kopf abnimmt. Immerhin sind die Implantate innerhalb der Hütte etwas stiller.»Warum hast du mir nicht gesagt, was du vorhast?«

»Wie ich schon sagte, ich befürchtete, es würde dich verängstigen. Oder hätte es dich tatsächlich beruhigt, wenn ich dir das angekündigt hätte, dass ich dich einer Prävali-Umwandlung unterziehe und damit Philo eines weiteren Verbrechens anklage?«

Ich schlucke.»Nein, aber du hättest es mir ja anders sagen können ...«

»Das ist aber nun mal die Wahrheit, Valerie.« Sein Ton klingt streng, während er mich immer noch am Boden sitzend mustert.

Also wage ich mich doch langsam zurück auf die Beine, auch wenn alles schummrig wirkt.»Wie konntest du überhaupt wissen, dass das funktioniert?«

»Setz dich doch erstmal«, entgegnet er jedoch nur, greift zeitgleich nach meiner Hand und führt mich zum Sofa, wo wir nebeneinander Platz nehmen.»Ich will ja nicht, dass du dich noch verletzt.«

»Cormac«, beginne ich erneut.»Sag mir die Wahrheit.«

Sein Mundwinkel zuckt, dann zieht er meine Knie heran, bis meine Beine auf seinen Oberschenkeln liegen.»Ich sagte ja, ich habe ein paar bürokratische Angelegenheiten geklärt, während du bei Adina warst.«

»Also nicht nur diese Notadoption?«, schlussfolgere ich.

Er nickt, während er mit seinem Daumen sanfte Kreise auf meiner Oberschenkelhaut zeichnet.»Nach Philos und Adinas Geständnissen hatte ich über deine Herkunft recherchiert. Du armes Ding wurdest in einer Pfuscher-Klinik geboren – vermutlich, weil Adina versuchte, ihre Identität als Sapien geheimzuhalten. Jedenfalls ist mir bekannt, dass dort noch rückständige Implantate verwendet wurden, die schon immer zu einer höheren Abstoßrate führten. So muss es auch bei dir gewesen sein.«

»So muss es gewesen sein?«, wiederhole ich verkrampft, obwohl seine Hand, die sich leicht unter mein Kleid schiebt, meine Konzentration zu zerstören droht. »Das heißt, auf diese Vermutung hin hast du behauptet, ich sei ein Prävali? Was, wenn das schiefgegangen wäre?«

Doch entgegen meiner angreifenden Worte wirkt Cormac belustigt. »Deine Naivität ist wirklich süß, aber am meisten liebe ich es, dass ich dich immer wieder überraschen kann. Obwohl du längst wissen müsstest, dass ich immer die Kontrolle über die Situation habe.« Plötzlich beugt er sich zu mir hinüber, sodass ich mit dem Kopf auf der Armlehne des Sofas lande, dann streicht er federleicht mit der Handrückseite über meine Wange. »Natürlich hätte ich so eine Konfrontation nicht gewagt, wenn ich mir nicht sicher gewesen wäre.«

Ich runzle die Stirn. »Aber wie konntest du ...«

Plötzlich greift er mit der Hand zu meinem Nacken, dann spüre ich ein leichtes Kribbeln, ehe er eine Art Sticker hervorzieht und zwischen seinen Fingern hin und her zwirbelt. »Das sind kleine Verträglichkeitstests, gibt es in jeder Apotheke. Eigentlich dienen sie dazu, bei plötzlich auftretenden, allergischen Reaktionen auf die Implantate die Ursache zu finden. Aber nach dem, was ich über dich herausgefunden hatte, dachte ich, es wäre einen Versuch wert.« Er knüllt die kleine Plastikscheibe zusammen und wirft sie dann von sich weg. »Ich hatte sie dir aufgeklebt, nachdem ich Philo zu Adina und dir gebracht hatte. Vielleicht erinnerst du dich daran, dass ich kurz deinen Hals gestreift habe, als die beiden gerade ... abgelenkt waren.«

Ich stocke. Diese undeutbare Bewegung – da hat er mir diesen Test aufgeklebt?

»Im Aufzug habe ich dann gesehen, dass du das Pflaster nicht abstößt und somit die Implantate verträgst«, fährt er fort. »Daher wollte ich vermeiden, dass du weiterhin mit einem zweifelsfrei riskanten Pseudo-Prävali-Status herumläufst, und dir lieber die ganze Bandbreite an Möglichkeiten eröffnen.«

Ich schnappe nach Luft, weiß gar nicht, mit welcher Frage ich anfangen soll. »Wieso hast du mir nichts von dem Pflaster gesagt?«

Cormac lehnt sich wieder etwas hoch und stützt sich mit einer Hand an der Rücklehne des Sofas ab. »Ich wollte dir keine falschen Hoffnungen machen, falls es nicht funktioniert hätte.«

Ich schlucke schwer. Seine Geheimniskrämerei fühlt sich merkwürdig an, ohne richtig sagen zu können, wieso. »Du hast also die ganze Zeit gewusst, was du tatest?«, fasse ich zusammen.

»Natürlich, Valerie. Das sagte ich dir doch.« Er lehnt sich auf dem Sofa zurück, breitet jedoch noch einen Arm in meine Richtung aus.

»Glaubst du, Philo wusste davon?«, frage ich weiter, während ich mich ebenfalls wieder aufrichte. »Dass eine Chance bestand, dass ich die Implantate vertrage? Denkst du, er hat mich tatsächlich wider besseren Wissens als Sapien gehalten?«

Cormac zuckt mit den Schultern. »Das weiß ich nicht. Aber sicher bekommst du noch die Gelegenheit, ihn das persönlich zu fragen.« Er legt einen Unterschenkel auf dem anderen Bein ab, dann sieht er durch die Glasfront nach draußen.

»Aber all das heißt doch, dass es dort draußen Prävalis gibt, die nur weiter als Besitz gehalten werden, weil sie veraltete Technik angeboten bekommen haben«, schlussfolgere ich.

Er nickt zögerlich. »Stimmt, ist aber nicht unser Problem.«

»Was?« Ich springe zurück auf die Beine. »Das Wissen darum bedeutet, dass diese ganze Artenunterschiede aufgehoben werden könnten und das sogar im Sinne der Prävalis wäre! Ich bin der Beweis, dass es keinen echten Unterschied zwischen Prävalis und Sapiens gibt, wenn der Status doch nur von der Art der eingesetzten Technologie abhängt. Wir könnten das Leiden all dieser Menschen beenden, wenn nur bekannt würde ...«

Plötzlich greift Cormac nach meiner Hand und zieht mich herab, bis ich auf seinem Schoß lande. Der plötzliche Gleichgewichtsverlust lässt mich verstummen, während er immer noch mein Handgelenk umklammert. »Valerie, wir hatten genug Ärger für einen Tag, findest du nicht?« Er hebt einen Mundwinkel und lässt mich los, bloß um mich dann mit einer Hand auf meinem Rücken noch näher an sich heranzuziehen.

Ich muss mich mittlerweile auf seinem Brustkorb abstützen, um ihn noch ansehen zu können, doch das scheint ihm bloß noch mehr Freude zu bereiten. »Aber siehst du denn nicht, welches Potenzial das hat?«

»Das sehe ich«, erwidert er ruhig. »Das Potenzial, uns jede Menge Ärger zu verschaffen.« Er streicht mir eine Haarsträhne aus dem Gesicht. »Ich bin nicht daran interessiert, den Weltverbesserer zu spielen. Ich tue, was ich für richtig halte, aber eine Revolution gehört nicht dazu. Philo steht gerne im Mittelpunkt, überlass das ihm und seiner Terrorgruppe.« Schlagartig löst er die Hand von meinem Rücken. »Jetzt hast du ja die Option, zu ihm zurückzukehren, um mit deinen Eltern den großen Befreiungsschlag zu starten. Haltet mich bloß da raus.«

Verwirrt mustere ich Cormac. Vorhin noch hat er sich dafür eingesetzt, dass ich ein freies Leben führen kann, und jetzt ist er wieder der eiskalte, ignorante Mann, der sich für niemanden außer sich selbst interessiert? Wieso verstehe ich ihn einfach nicht?

»Ich gehe jetzt schlafen.« Er greift nach meiner Hüfte und setzt mich neben sich auf der Couch ab, ehe er aufsteht.

Sofort komme ich wieder auf die Beine und trete ein paar Schritte auf ihn zu. Zögerlich lege ich die Hände auf seinen Brustkorb, der sich ruhig und gleichmäßig auf und ab bewegt. »Danke dir«, beginne ich dann. »Du hast mir geholfen und ...«

»Psst.« Cormac umgreift meine Hände und drückt sie damit noch fester gegen sich. »Das war bloß egoistisch von mir. Auch wenn mir ehrlicherweise ein Gedanke kurz so gut gefallen hat, dass ich erwogen habe, es abzublasen.«

»Welcher Gedanke?«

»Dass du mein Besitz bist, den mir niemand so einfach wieder wegnehmen kann.« Seine Hand umgreift meinen Nacken wie eine stützende Schiene. »Ich habe solche Gelüste noch nie gehegt. Der Eigentumsanspruch an einem Sapien war stets bloß eine notwendige rechtliche und sicherheitstechnische Maßnahme, um dem Wesen zu helfen. Aber dich ... dich möchte ich wirklich besitzen.« Sein Blick wandert demonstrativ an mir herab. »Die Vorstellung, die Verantwortung und Macht über dich, dein Leben, deine Seele und deine Gefühle zu besitzen, ist unglaublich verlockend. Doch das einzige, was ich noch anregender finde, ist, dass du dich freiwillig für mich entscheidest.«

»Habe ich das nicht längst?«

Langsam beugt Cormac sich zu mir herab, bis seine Nase meine berührt. »Hast du das?«

Augenblicklich greife ich nach seinem Hals, ziehe ihn zu mir herab und küsse ihn. Seine Hände fahren gierig an mir herab, bis er meinen Oberschenkel greift und anhebt. Ich schlinge ihn um sein Bein, als er bereits sanft mit den Fingern über die Rückseite bis zu den Rändern meines Slips fährt.

Ich stöhne kurz auf und Cormac löst sich wenige Zentimeter von meinem Mund, um schelmisch zu lächeln. »Du bist jetzt ein vollwertiger Prävali. Du könntest jederzeit gehen. Das weißt du, oder?«

Ich nicke leicht.

»Dennoch bist du noch hier.« Mit verengten Augen mustert er mich. »Wieso?«

Meine Finger fahren über seinen Kiefer bis zu seinem Kinn, was er regungslos über sich ergehen lässt, ehe ich antworte:

»Weil ich bei dir sein möchte. Weil du immer auf mich aufgepasst hast. Weil ich dir vertrauen kann.«

Seine Augen beginnen trotz der Dunkelheit zu lodern. »Das hatte ich gehofft, von dir zu hören.« Er hebt seine Hand und streicht damit über meine Wange, ehe ein betörendes und gleichermaßen gefährliches Lächeln erscheint. Dann umgreift er meinen Hinterkopf, drückt seine Stirn an meine und flüstert: »Jetzt brauche ich mich nicht mehr zurückzuhalten.« Dann spüre ich erneut seinen fordernden Kuss auf meinen Lippen, noch wilder, noch unbeherrschter. Seine Finger graben sich in meine Haare und sein Zeigefinger fährt über die Stelle, wo vormals mein Halsband war. Die feine Linie hinterlässt eine Gänsehautspur und ich muss kurz den Kopf in den Nacken legen, um weiterzuatmen.

Cormac drückt mich abermals an sich und legt nun seine Wange an meine. »Ich möchte, dass du mir gehörst«, flüstert er mit rauer Stimme. »Wie du weißt, ist mir egal, was das Gesetz sagt. Das hier ist unsere Vereinbarung und daran werde ich mich halten. Ich bin nicht so leichtsinnig wie Philo, keine meiner Handlungen wird dich je gefährden. Ich werde gut auf dich achten und dich schützen, aber ich verlange, dass du mir folgst. Verstehst du das?«

Ich zögere, denn die Wahrheit ist, dass ich es nicht vollständig verstehe. Doch ich verstehe, dass er für alle seine Worte in der Vergangenheit bereits Beweise geliefert hat. Er hat mich geschützt in Momenten, in denen ich dachte, dass es längst nicht mehr möglich sei. Er hat stets so gehandelt, dass ich keinen Schaden erlitt. Und mir ist längst bekannt, dass ihm seine persönliche Moral vor gesetzlichen Bestimmungen geht, auch wenn er das eine gut zum Zwecke des anderen einzusetzen weiß.

Wesentliche Unterschiede zu Philo.

Ich wurde in meine jetzige Position gedrängt. Ich hatte nie die Ambition, ein Prävali zu werden, diese Freiheiten zu genießen, denn mir ist längst bekannt, dass sie nicht nur

Rechte, sondern auch Pflichten und vor allem Entscheidungen bedeuten. Dinge, die ich gar nicht wollte. Gar nicht brauchte.

Ich weiß, dass es sicher viele Menschen und eingesperrte Sapiens da draußen gibt, die mich für meine Gedanken peinigen würden, aber die Wahrheit ist: Ich habe mich in meiner Rolle als Hausmensch stets wohlgefühlt. Ich fand es beruhigend, mich jemandem unterordnen zu können, der stets wusste, was zu tun war. Der mir die schwierigen und manchmal auch die einfachen Entscheidungen abgenommen hat. Bei dem ich einfach in den Tag hineinleben konnte.

Ich streite damit nicht die Nachteile ab. Die gelegentliche Einsamkeit und Hilflosigkeit oder dass mein Wille auch mal übergangen wurde, wenn Philo es aus irgendeinem Grund für nötig hielt. Aber dennoch war das Leben damals noch so viel einfacher.

Das will ich zurück. Und zwar bei jemandem, der mir diese Sicherheit garantieren kann und nicht für viele Jahre im Gefängnis landen wird oder alternativ weiter eine terroristische Gruppe unterstützt, was sowohl für Philo als auch für Adina gilt. Ihre Motive sind vorbildhaft, doch damit gefährden sie mich, unabhängig davon, zu welcher Art ich gehöre.

Sanft streiche ich über seine Wangen, während er immer noch geduldig auf meine Antwort wartet. Dann flüstere ich: »Ich akzeptiere, Cormac.«

Kurz bildet sich ein gefährliches Grinsen auf seinen Lippen, dann schlingt er die Arme um mich. Er mustert mich wie einen wertvollen, neuerworbenen Gegenstand, während ich seinen Körper an meinem spüre. Dann fährt er mit der Hand in meine Haare und küsst mich, intensiver als zuvor, jede Sekunde des Geschmacks auskostend. Seine Finger streichen über meine Wange empor bis zu meiner Schläfe, ehe er sich kurz löst. »Ich will es noch einmal hören, Valerie.«

Ich schnaufe, gestört von seiner erzwungenen Unterbrechung. »Ich bin einverstanden, Cormac. Ich gehöre dir.«

Ich habe den zweiten Satz nicht ganz zu Ende gesprochen, da drückt er bereits wieder seine Lippen auf meine. Abermals hebt er mich an meinen Schenkeln hoch, die Hände bereits unter meinem Kleid platziert, ehe er mich in Richtung Schlafzimmer trägt. Sanft legt er mich mit dem Rücken auf der Matratze ab, ehe er sich über mich stützt.

Ich atme kurz ruckhaft ein und löse mich damit aus seinem Kuss. Neugierig mustert er mich, als ich mit klopfendem Herzen frage:»Zu dieser Vereinbarung ... zählt da auch dazu, dass ich ...? Also muss ich auch im Bett tun, was du von mir verlangst?«

Cormac hebt einen Mundwinkel und legt die Nasenspitze gegen meine.»Ich werde nichts von dir verlangen, was du nicht geben kannst. Und ich glaube, du bist noch nicht so weit.« Seine Hand fährt weiter unter mein Kleid bis zu meinem Bauch, sodass er es meinen Körper emporschiebt. »Heute möchte ich dich nur gerne nackt sehen.«

Ich atme so heftig unter ihm, als würde sein Gewicht mich erdrücken, obwohl sein Körper meinen nur minimal berührt. Ich habe bisher nie ernsthaft erwogen, einem Mann so nahe zu kommen, ich hielt es in meiner Position schlicht nicht für möglich. Doch das hier ... das ist noch aufregender, als ich es mir in meinen Träumen vorgestellt habe. Die Kontrolle abzugeben und dennoch zu wissen, dass er achtsam mit mir umgeht.

Während Cormac mein Kleid immer weiter hochschiebt, beobachtet er meine Reaktionen, als wäre er bereit, auf eine Gegenwehr zu reagieren. Doch als diese auch dann nicht folgt, als das Kleidungsstück nur noch meine Schultern bedeckt, zieht er es mir endgültig über den Kopf. Er stützt eine Hand neben meinem Kopf, während seine andere wie ein Hauch über meinen Körper fährt, sodass er jedes einzelne Neuron zu kitzeln scheint.»So schön«, flüstert er.

Dann setzt er sich zurück auf seine Unterschenkel, mich damit unter sich fixierend, ehe er mich mit einer Hand um meinen Hinterkopf zu sich hochzieht. Ich verliere mich in dem liebkosenden Kuss, während seine warmen Finger an dem Verschluss meines BHs ankommen.

Unerwartet schnell löst er den Stoff, streicht ihn dafür aber umso langsamer meine Schultern hinab, beobachtet, wie die Träger auch hier eine sofortige Gänsehaut erzeugen. »Mit dir kommt es mir vor, als würde ich alles zum ersten Mal erleben«, haucht er, ehe er die Gänsehaut nachfährt und sie so noch verstärkt. »Du bist nicht so verbittert und abgestoßen von der Welt wie die meisten Prävali, obwohl du mittlerweile auch verstörende Dinge erlebt hast. Du hast immer noch diese süße Naivität.«

Ich weite die Augen. »Naivität?«, wiederhole ich. »Aber das klingt ...«

»... nicht nach einem Kompliment?«, beendet er meinen Satz, während seine Fingerkuppen immer noch über meine Haut streichen. »Dann irrst du dich. Naivität ist die unvoreingenommene Offenheit jener Welt gegenüber, die jeden Tag versucht, dich zum Pessimismus zu konvertieren, aber an deiner unerschütterlichen Hoffnung scheitert. Ich bin unglaublich angetan davon, als wäre alles, was ich dir zeige, ein Wunder.«

»Aber so ist es doch auch, oder?«, erwidere ich. »Ich weiß natürlich um die schlechten Dinge in der Welt, aber ... es gibt auch so viel Schönes und Aufregendes.« Ich fahre über seine Wange, sodass er mich mit begehrendem Blick mustert. »Und du bist der Erste, der bereit ist, mir all das zu zeigen.«

Sein Mundwinkel zuckt. »Ich verspreche dir, es gibt noch viel, was ich dir zeigen werde.« Beinahe ruckhaft fährt seine Hand an der Hüfte unter meinen Slip. »Aber wir werden den Prozess mehr genießen als das Ergebnis.« Dann weicht er von mir zurück, um die letzten Stofffetzen meiner Unterwäsche zu entfernen, ehe er sich wieder über mich beugt.

Ich blicke ihn groß an, zittere am ganzen Körper, obwohl mir definitiv nicht kalt ist. Jede Stelle, die sein Blick streift, fühlt sich kochend heiß an. »Jetzt bin ich so nackt, und du ...

du ...« Ich deute auf seine Kleidung und greife dann unsicher nach seinen Wangen.

Erneut lacht Cormac tief auf, was mich am ganzen Körper erschüttert. »Ich will dich nicht überfordern.«

»Das tust du nicht!«, beteure ich, obwohl ich es selbst nicht zu beurteilen weiß.

Für einen Moment zögert er noch, dann lehnt er sich wieder hoch. »Der Fairness wegen komme ich dir entgegen.« Genüsslich langsam knöpft er die Anzugweste auf, gefolgt von seinem Hemd, ehe er beides von seinem Körper gleiten lässt. Es ist nicht so, dass ich das erste Mal einen unbedeckten Männeroberkörper sehe. Manchmal hatte Philo nur ein Handtuch um die Hüften und auch in den Begegnungsstätten liefen manche der Männer ohne Shirt herum. Doch nur Cormac weckt in mir das Verlangen, die Konturen nachzufahren, jeden Muskel daran zu ertasten.

Also komme ich genau diesem Verlangen nach, während er mich intensiv dabei beobachtet, als würde ich einen Test ablegen. Ich sehe seine Oberarmmuskeln arbeiten, die seinen Körper über mir abstemmen. Doch als ich seinen Bauch streife, zuckt er kurz zusammen und löst dann meine Hand von sich.

»Bist du kitzelig?«, frage ich neugierig und kann mir ein Lächeln nicht verkneifen.

»Normalerweise nicht.« Er streicht mit dem Daumen über meine Handrückseite, die er noch umfasst hält. »Aber wie ich schon sagte, mit dir fühlt es sich an, als würde ich alles zum ersten Mal erleben.« Dann lehnt er sein Gesicht erneut herab zu einem Kuss, von dem ich mir wünsche, er möge die ganze Nacht anhalten.

20

Als ich am nächsten Morgen wach werde, habe ich den Eindruck, dass mein Körper immer noch so voller ruhiger Wärme steckt wie gestern Abend, als ich in Cormacs Armen eingeschlafen bin. Für einen Moment bin ich mir noch unsicher, ob das alles bloß ein Traum war, ein langer, verwirrender, unrealistischer Traum. Doch nur wenige Sekunden, nachdem ich wach werde, fließen schon unaufhörlich Daten durch meinen Kopf, auch wenn sie etwas ruhiger und geordneter wirken als noch am Vortag. Auch, als ich die Hand langsam zu meiner Schläfe führe, spüre ich die dünnen Metallteilchen, die bei der Berührung noch ein leichtes Ziehen hinterlassen.

Es ist wahr. All das ist wirklich passiert.

Langsam hebe ich die Lider und wende den Blick zur Seite, erschrecke beinahe, als ich in Cormacs hellwache Augen sehe. Er hat seinen Kopf in die Hand gestützt, der Ellenbogen ruht im Kissen, während sein Blick so intensiv ist, als wäre es eine Polizeikontrolle.

»Habe ich was falsch gemacht?«, frage ich also prompt.

Er lacht dunkel auf, was ein aufregendes Ziehen durch meinen Körper jagt. »Das hast du.«

»Und was?«, frage ich verunsichert.

»Du bist wach geworden, bevor mich die Geduld verlassen hat, dich zu beobachten.« Er stützt sich hoch und setzt sich dann auf mich, fährt mit einer Hand die Konturen meines immer noch nackten Körpers nach, während er mich quälend langsam küsst. Plötzlich spüre ich ein Lächeln in seinem Gesicht, ehe er sich wieder von mir löst. »Ich hätte sämtliche Prävalis des Landes zur Auswahl gehabt und muss unbedingt erst einen Sapien umwandeln, ehe ich zufrieden bin. Ich bin wirklich wählerisch.« Dann stupst er mir einmal auf die Nase, ehe er aufsteht.

»Und arrogant bist du auch«, rufe ich ihm hinterher. Über die Schulter wendet er den Blick zurück zu mir. »Ich glaube, du magst das.« Dann marschiert er hinüber in die Küche.

Noch benebelt pelle ich mich aus der Bettdecke, während ich eilig nach meiner Kleidung suche. Doch erst das plötzliche Klopfen an der Tür lässt meine Bemühungen ernsthaft werden.

Cormac hingegen schreitet zum Eingang, nur in einer lockeren Hose bekleidet, und öffnet die Tür einen Spalt breit. Sekunden, bevor ich die Verwunderung aus seiner Stimme höre: »Guten Morgen, alter Freund.«

Mit einem Stoß springt die Tür auf und Philo stürmt herein, stößt Cormac augenblicklich rücklings gegen seinen Tisch und fixiert ihn wütend. »Was hast du schon wieder für einen Mist über mich erzählt?« Offenbar einem Instinkt folgend huscht sein Blick zur Seite, dann entdeckt er mich, in dem verzweifelten Versuch, eilig mehr Kleidung überzuziehen. Doch die Bügel des BHs wollen einfach nicht schließen, der Slip ist merkwürdig verdreht und wo hat Cormac gestern mein Kleid hingeschmissen? »Das ist nicht dein verdammter Ernst«, knurrt er schließlich.

Doch Cormac lächelt bloß, während er die Arme ausbreitet. »Ich weiß nicht, wo dein Problem ist, alter Freund. Leben und leben lassen, das hast du doch immer gepredigt.«

»Du verfluchter ...« Philo hat die Hand bereits erhoben, als wolle er Cormac schlagen, lässt sie dann jedoch wieder sinken und kommt auf mich zu. Eilig streift er seine Jacke von den Schultern, ehe er mich fest damit einwickelt, als ständen wir bei Minusgraden im Schnee. »Hat er dir etwas angetan?«

»Nein«, erwidere ich sofort und bemerke erst jetzt, wie auch Adina langsam durch die Tür tritt.

»Habt ihr ...?«, fragt sie mich nun, mit weniger Wut, dafür mit mehr Mitleid.

174

»Bitte hört auf damit«, unterbreche ich die beiden und versuche, die Jacke von meinen Schultern loszuwerden, doch Philo schlingt sie noch enger um mich.

Meine Antwort scheint schließlich die restliche Barriere in ihm zu lösen. Augenblicklich wendet er sich wieder zu Cormac und stürmt auf ihn zu, doch selbst, als er erst direkt vor ihm stoppt, weicht Cormac nicht zurück. »Wann hast du endlich genug? Wann ist deine Rache beendet? Musst du erst mich und meine Existenz nachhaltig zerstören? Verfluchte Lügen über mich erzählen?«

Cormac lehnt sich rücklings gegen den Tisch und verschränkt die Arme. »Als ich sagte, ihr könntet jederzeit vorbeikommen, hatte ich an weniger Vorwürfe und mehr Kaffee und Kuchen gedacht.«

»Jetzt antworte mir endlich, du elender Mistkerl!«

Cormac lächelt. »Ich habe keinerlei Lügen erzählt. Du hast eine Prävali bei dir gehalten, als wäre sie ein Sapien. Aber dank meiner Aufklärungsarbeit kann Valerie nun endlich als freier Mensch unter uns leben.« Mit einem Kopfnicken deutet er in meine Richtung.

Sofort wendet sich Philo herum und scheint erst jetzt die Implantate in meinem Kopf zu bemerken. Ihm klappt langsam die Kinnlade herunter, doch er bleibt verstummt.

Stattdessen kommt nun Adina auf mich zu, betrachtet neugierig die Metallteile, fährt mit kaum spürbar sanften Fingerbewegungen darüber. »Das ist beeindruckend«, stellt sie fest. »Ich habe noch nie so frische Implantate gesehen, bevor sie vollkommen vom Körper assimiliert wurden. Und dann noch bei jemandem, der vorher jahrelang als Sapien gelebt hat, das ist ... faszinierend. Dass das überhaupt funktioniert hat ...«

»Du kannst gerne bleiben und es studieren, wenn Valerie einverstanden ist«, bietet Cormac an.

»Das wirst du nicht!«, fährt Philo nun wieder dazwischen und reißt erst Adina von mir weg, dann umklammert er mein

Handgelenk. »Was für ein dreckiges Spiel spielst du hier, Cormac?«

»Du dringst in mein Haus ein, beschädigst meine Einrichtung«, er deutet auf eine Schramme in der Tür, »und fragst mich dann, welches ›dreckige Spiel‹ ich spiele?«

»Wir werden jetzt gehen«, entgegnet Philo nur und zieht mich ebenso wie Adina mit sich zum Ausgang. »Und dann ...«

Doch Adina reißt sich von ihm los und mustert Cormac. »Wie hast du das angestellt? Ich habe seit Jahren mit den Platinen und Chips herumgetestet, sie modifiziert, an den Schnittstellen herumgewerkelt ... mir ist noch nie eine erfolgreiche Assimilation bei jemandem gelungen, der vorher die Implantate abgestoßen hat.«

Er reckt den Kopf. »Ich habe nur einen fahrlässigen Fehler aus Valeries Vergangenheit korrigiert.« Betont langsam wandert sein Blick zu Philo.

Sofort wendet sich Adina an ihn und faucht: »Was meint er damit? Was für ein Fehler?«

Philo fährt sich durch die Haare, antwortet jedoch immer noch nicht, sodass ich vorsichtig beginne: »Cormac hat mir erzählt, dass ich in einem Krankenhaus geboren wurde, wo alte Technologie für die Implantate zum Einsatz kam. Die Verträglichkeit mit neuer Technologie hingegen soll viel besser sein.« Ich beobachte Philo, doch als sein Gesichtsausdruck sich kein bisschen entspannt, fahre ich fort: »Wusstest du das? Wusstest du, dass ein späterer, erneuter Test mich zu einem Prävali hätte machen können?« Ich schlucke, als mir ein absurder Gedanke kommt. »Oder gab es schon im Krankenhaus keinen missglückten Implantatsversuch?«

Philo atmet tief durch. »Valerie, bitte, lass mich das in Ruhe erklären ...«

Doch allein die Äußerung genügt schon, dass Adina sich zwischen uns schiebt. »Ist das dein Ernst, Philo? Du hast sie absichtlich zu einem Sapien gemacht?«

Er hebt abwehrend die Hände. »Seht ihr denn nicht, was hier passiert?«

»Was passiert hier denn?«, fragt sie provokativ.

»Das ist alles Cormacs Plan!« Mit ausgestreckter Hand deutet er auf den dunklen Schatten, der immer noch mit verschränkten Armen lässig an den Tisch gelehnt ist.

»Macs Plan?«, wiederholt Adina und stößt ihn gegen die Schulter. »Und wann soll er mit diesem Plan angefangen haben? Vor zwanzig Jahren?«

Philo atmet tief durch. »Ihr versteht das nicht …«

»Nein, das tue ich tatsächlich nicht«, erwidere ich. Dann umgreife ich Adinas Hand und rutsche näher zu Cormac, der triumphierend den Arm um meine Taille legt. Philos Augen glühen vor Wut. »Und du hast auch noch keine Anstalten gemacht, es mir zu erklären.«

Philo atmet tief durch, dann senkt er den Blick. »Zieht euch bitte erst etwas an. Das kann man sich ja nicht mit ansehen.«

Cormac lacht tief auf, dann löst er sich von mir und stößt sich vom Tisch ab. »Normalerweise lasse ich mir nicht sagen, was ich in meiner Wohnung zu tun habe. Aber weil du es bist, alter Freund, mache ich eine Ausnahme.« Er klopft Philo auf die Schulter und jede einzelne Berührung lässt Philo zusammenfahren, ehe er in Richtung des Schlafzimmers verschwindet.

Ich eile hinterher, blicke mich abermals nach dem Kleid um, als Cormac sich von hinten an mich drängt. Er drückt mich mit einem Arm auf meinem Bauch an sich, ehe er mir ins Ohr flüstert: »Suchst du sowas hier?« Seine freie Hand reicht ein mir unbekanntes Kleidungsstück in meinen Blickwinkel. »Bitte trag das für mich.«

Ich nehme ihm das Teil ab, ehe er sich wieder von mir löst, und klappe es auf. Es ist ebenfalls ein Kleid, mit noch bunterem Floralmuster als mein bisheriger Kleiderschrank es hergab, wirkt mit dem buschigen Rock und der hohen Taille antik und gleichermaßen besonders.

Neugierig stülpe ich es mir über, nehme nur noch im Augenwinkel wahr, wie Cormac meine alte Kleidung ungefragt in einen Wäschekorb schmeißt. Dann betrachtet er mich und allein der Glanz in seinen Augen lässt mich wünschen, dieses Kleid nie wieder auszuziehen. »Du siehst wunderschön aus, Valerie.« Seine Finger streichen über meine Hüfte und Taille, voller Ruhe, als würde vor der geschlossenen Tür nicht gerade mein wütender Vater ungeduldig warten. »Jetzt sehe ich dir bei jedem Anblick an, dass du mir gehörst.« Dann löst er sich und schlüpft in ein so enges Hemd, dass ich glaube, die Konturen seiner Schultern immer noch hindurchzusehen.

Warum wirkt alles anziehend auf mich, was er sagt und tut?

Ich schüttle mich kurz, ehe Cormac die Schlafzimmertür wieder öffnet und im Hinausgehen die letzten Knöpfe seiner Weste schließt. Dann legt er augenblicklich wieder eine Hand um mich und küsst mich in die Haare. »Tut mir leid, dass der Morgen unentspannter abläuft, als ich das geplant hatte«, erklärt er eine Spur zu laut, ehe er mich loslässt und auf das Sofa deutet. »Seid meine Gäste.« Im Vorbeigehen streicht er Adina über den Rücken, ehe er Philo mit einem hinterlistigen Grinsen passiert.

Dieser mustert kurz meine Kleidung, verliert jedoch keinen Ton dazu, sondern greift nur nach meiner Hand und zieht mich hinüber zur Couch. »Ich gestehe ein, Sonnenschein, ich habe dir nicht die ganze Wahrheit gesagt.«

Ich nicke. »Das habe ich gemerkt.«

Er fährt sich durch die Haare. »Dass du unsere Tochter bist, stimmte. Doch ich habe es tatsächlich nie zu einem Versuch mit den Implantaten kommen lassen.« Er atmet tief durch und sein finsterer Blick streift Cormac, der sich wieder gegen den Tisch gestützt hat, immer noch siegessicher. Als wüsste er, was nun passiert. »Ich habe dich aus dem Krankenhaus entführt, ehe sie eine Implantation versucht hatten.«

Ich mustere ihn kopfschüttelnd. »Wieso?«

»In dem Punkt habe ich dich nie angelogen.« Philo fixiert mich, als solle ich jede Silbe in mir aufsauge. »Du warst das Kind eines Sapiens und eines Prävalis. Ich wusste, dass die Wahrscheinlichkeit gering war, dass du die Implantate aufnehmen würdest, vor allem in dieser heruntergekommenen Klinik, die wir aufsuchen mussten. Ich hatte zu große Angst, dass dir etwas passiert. Dass du offiziell als Sapien klassifizierst und mir weggenommen würdest und ich keine Chance mehr hätte, an dich heranzukommen. Oder du vielleicht sogar ...« Schmerzerfüllt wendet er den Blick ab, meine Hände umfasst. »... vernichtet wirst.«

»Du wolltest mich schützen, indem du mich zum Hausmenschen machst – freiwillig?«, frage ich.

Philo nickt. »Ich habe dich so geliebt, ab dem ersten Moment, in dem ich dich gesehen habe. Wir beide haben das.« Mit einer Hand greift er nach Adina und zieht sie nun näher an uns heran. »Vielleicht denkst du im Nachhinein, dass es die falsche Entscheidung war. Dass ich dich zu sehr beschützt habe, dass ich dich wie Rapunzel in einem Turm weggesperrt habe. Aber das ist es, was Entscheidungen so schwierig macht: Man weiß vorher nicht, welche die richtige ist. Dennoch bedauere ich meine Wahl nicht, denn die Alternative hätte dein Tod sein können.« Erneut hebt er den Blick zu Cormac. »Auch wenn es gewisse Leute trotzdem für nötig sahen, mich für meine Entscheidung bei der Polizei anzuschwärzen.«

»Ich wollte nicht, dass es soweit kommt«, werfe ich ein.

»Ich weiß.« Philo umgreift meine Hände fester, lehnt nun seine Stirn gegen meine. »Mir ist lieber, ich kriege Ärger als du, also mach dir keine Gedanken. Ich kriege das schon wieder hin.«

»Tatsächlich?«, höre ich Cormac aus dem Hintergrund und Philos ruckhaftes Aufschrecken lässt nun auch mich hinüberblicken. Er hat sich halb auf seinen Küchentisch gesetzt, ein Bein noch auf dem Boden, während er uns mustert. »Die Straftaten, die du an Valerie begangen hast, lassen sich weder abstreiten noch kleinreden.«

Philo stöhnt genervt auf und löst seine Hände aus meinen. »Was willst du?«

»Was will ich wofür?«

Philo schüttelt langsam den Kopf. »Du hast doch ständig einen Plan im Hinterkopf. Am besten einen, mit dem du mich bluten lassen kannst.« Mit erhobenem Kopf kommt er auf den dunklen Schatten zu. »Wann wirst du nur endlich genug von deiner Rache haben und aufhören, mir, Adina und Valerie wehzutun?«

Cormac schüttelt langsam den Kopf. »Ich würde Adina und Valerie nie wehtun.«

»Du tust Valerie weh«, fährt Philo jedoch fort. »Vielleicht noch nicht jetzt, aber du bereitest vor, ihr das Herz zu brechen. Und ich schwöre dir, in dem Moment, wo du das tust, werde ich deins brechen. Und zwar physisch.«

Cormac hebt die Augenbrauen und steigt dann von seinem Küchentisch herab. »Ich wäre an deiner Stelle vorsichtig mit solchen Drohungen, alter Freund. Denn der einzige, der bisher ihr Herz gebrochen hat, warst du.«

In aufkeimendem Unwohlsein umgreife ich meine Oberarme. Wieso kommt es mir vor, als läge die Betonung des Satzes zu sehr auf dem Wort »bisher«? Hat er vor, das noch wahrzumachen – mir mein Herz zu brechen?

Doch statt auf den dunklen Schatten zu reagieren, hockt sich Philo zu mir. »Bitte, Valerie. Ich habe nicht mehr lange bis zu meiner Gerichtsverhandlung und ich weiß nicht, was danach passiert. Bitte, komm bis dahin mit zu mir, damit wir das alles noch klären können. Und damit dir dieser Manipulator nicht noch weitere Lügen einpflanzen kann.«

»Obacht«, wirft Cormac ein. »Ich habe schließlich nicht gelogen.«

Doch Philo geht über seine Bemerkung hinweg.»Bitte, Valerie. Es waren doch gute Zeiten, viele tolle Jahre, oder? So habe ich es jedenfalls empfunden.«

Ich nicke leicht, doch ehe ich antworten kann, wirft Cormac ein:»Ich möchte nicht, dass du alleine mit ihm gehst.«

Philo runzelt die Stirn.»Was willst du jetzt schon wieder?«

Doch der dunkle Schatten bleibt unbeeindruckt.»Valerie und ich haben eine Vereinbarung.«

Sofort springt Philo wieder auf die Beine.»Was für eine Vereinbarung?«

»Das geht dich nichts an.«

Abermals stürmt Philo auf Cormac zu und umklammert den Schulterteil seiner Weste.»Du wirst mir jetzt sofort sagen, was für eine Vereinbarung ihr habt!«

»Philo, bitte lass es«, mischt sich Adina ein.»Können wir nicht für fünf Minuten wie Erwachsene miteinander reden?«

»Verteidigst du den Mistkerl auch noch?«, fragt Philo, die Finger immer noch um das Stück Stoff geschlossen, während Cormac so entspannt dasteht, als wäre es eine Massage.

»Ich habe mir deine Beleidigungen jetzt lange genug angehört«, hält Adina jedoch dagegen.»Ich bin auch sauer auf Mac. Aber Valerie hängt offensichtlich an ihm, allein deswegen schon solltest du dich zusammenreißen.« Sie tritt einen Schritt auf ihn zu und berührt ihn am Oberarm, sodass er sich tatsächlich entspannt.»Außerdem ist er für mich sowas wie mein Vater – auch wenn es die Dinge nur noch verrückter macht.« Sie verzieht das Gesicht.»Doch trotz aller Schwierigkeiten, die wir hatten, hat er sich viele Jahre gut um mich gekümmert. Ihr habt eine persönliche Fehde, ja, aber was du tust, wird das Vertrauen unserer Tochter nicht in deine Richtung lenken.«

Philo atmet noch einmal tief durch, dann lässt er von Cormac ab und tritt einen Schritt zurück. Während dieser seine Weste gerade zupft, setzt Philo erneut, wenn auch ruhiger, an:»Was für eine Vereinbarung?«

»Du kannst noch so oft Falten in meine Kleidung schlagen, ich bleibe dabei: Es geht dich nichts an.« Dann zwinkert er mir zu.

In Philo kocht sichtbar erneut die Wut hoch, doch schließlich scheint er sich gegen eine erneute Konfrontation zu entscheiden. Stattdessen dreht er sich wieder zu mir. »Egal, was dieser ...«, er schluckt sichtbar eine Beleidigung herunter, »... dir gesagt hat, er kann dich nicht davon abhalten, mit mir zu kommen. Du bist jetzt ein Prävali.«

Ich schnappe nach Luft und sehe zum dunklen Schatten auf, der jedoch leicht mit dem Kopf schüttelt. Ich weiß nicht, wieso er mich davon abhalten möchte, doch bisher hat er mir nie Veranlassung gegeben, an ihm zu zweifeln. Außerdem entspricht das tatsächlich unserer Vereinbarung: Ich folge ihm, dafür beschützt er mich. Doch ist es wirklich nötig, mich vor Philo zu beschützen?

Ursprünglich sagte Cormac, er würde mir die Wahl lassen, zu Philo zu gehen, doch nun tut er das nicht. Hat das einen guten Grund, den nur ich nicht kenne? Oder geht es ihm bloß darum, Philo zu verletzen?

Ich kann es nicht beurteilen. Doch in der letzten Zeit hat Cormac mir sehr viel mehr Veranlassung gegeben, ihm zu vertrauen, also antworte ich: »Ich würde dich sehr gerne nochmal vor der Gerichtsverhandlung sehen. Aber vielleicht ... nicht gerade jetzt.« Erneut huscht mein Blick zum Tisch hinüber, sodass ich ein leichtes Lächeln auf Cormacs Lippen erkenne.

Philo öffnet gerade den Mund, um etwas zu sagen, als der dunkle Schatten sich vom Tisch abstößt und einen Arm um meine Schulter legt. »Du wirst Valerie nicht mehr in Gefahr bringen«, erklärt er dann. »Ich habe verstanden, dass Adina ihre eigenen Entscheidungen treffen möchte und das respektiere ich – zumal ich es nicht verhindern kann, ohne ihr zu schaden. Aber Valerie steht unter meinem Schutz.«

Philo schnaubt verächtlich. »Und du glaubst, ich würde sie in Gefahr bringen?«

»Definitiv, denn das hast du mit deiner Terrorgruppe bereits.«

»Terrorgruppe?«, wiederholt Adina. »Wir sind Aktivisten.«

»In eurem Fall läuft das auf dasselbe hinaus.« Cormac streicht kurz über meinen Nacken, ehe er sich von mir löst.

Adina schnappt nach Luft. »Ich dachte, du würdest uns unterstützen.«

»Dann hast du dich geirrt.«

»Das ist deine Pflicht nach dem, was passiert ist.«

»Ganz sicher ist das nicht meine Pflicht.«

»Du hast Kontakte, die sehr interessant für die Organisation sein könnten.« Sie kommt einige Schritte auf ihn zu, doch obwohl seine Augen weicher werden, scheint es nicht zu genügen, um ihn zu überreden. »Das mit dem Anwalt war zum Beispiel super.«

Cormac lacht bitter auf. »Ich sagte bereits, ich kann Philo nicht dauerhaft aus dem Gefängnis holen, selbst wenn ich es wollte.«

»Das meine ich auch gar nicht. Aber du arbeitest immer noch in der Sapienschutzbehörde, du hast Kontakte zu Beamten und ...«

Doch er macht eine abwimmelnde Handbewegung. »Ist mir alles bekannt, aber was hätte ich davon?«

Sie reißt die Augen auf. »Heißt das, das Schicksal anderer Sapiens ist dir egal?«

»Du weißt, dass das nicht stimmt«, erwidert er postwendend. »Aber um dieses Schicksal kümmere ich mich im Rahmen meines Jobs und dieser Pflegestelle. Und nicht durch terroristische Aktivitäten einer verblendeten Gruppe.« Er schüttelt langsam den Kopf. »Ihr glaubt doch nicht ernsthaft, dass es langfristig etwas ändert, was ihr tut?«

Philo und Adina schnappen zeitgleich nach Luft. »Wie bitte?«, zischt Philo.

»Sicher, ihr habt ein paar Sapiens aus schlechten Lebensbedingungen befreit«, beginnt Cormac. »Aber das hätten wir auch behördlich getan, wenn ihr die Stellen gemeldet hättet, statt in einem Selbstjustiz-Verfahren dort einzudringen und viele Menschenleben beider Arten zu riskieren. Davon abgesehen bewirkt ihr nichts.« Das letzte Wort zischt er. »Euer Idealismus mag lobenswert sein, aber er ist fehlgeleitet. Es wird immer Verbrechen an Menschen geben, egal, ob sie nun Sapien oder Prävali sind. Man wird sie stets einsperren, versklaven, Menschenhandel betreiben, ...«

»Wir sollen also einfach die Probleme ignorieren?«, fragt Adina nun mit Tränen in den Augen. »Du willst diese künstliche Artenteilung also aufrechterhalten?«

Cormac schüttelt den Kopf. »Ich weiß immer noch nicht, was ich davon halten soll. Doch unabhängig von meiner persönlichen Meinung wird es stets Menschen geben, die die Implantate nicht vertragen oder aus irgendeinem Grund keinen Zugang dazu bekommen. Ihr versucht zwar jenen Geschöpfen zu helfen, doch durch eure extremistische Vorgehensweise vergrößert ihr die Schlucht, die zwischen beiden Seiten existiert, statt sie zu verringern. Ihr befeuert Hass und das ist niemals gut.« Er vergräbt die Hände in seinen Hosentaschen. »Es benötigt Aufklärung und Arbeit daran, die Gesetze aller Menschen gleichzustellen. Keine terroristischen Einzelaktionen.«

Adina seufzt. »Du sprichst wie ein alter Mann.«

»Ein alter, weiser Mann«, korrigiert Cormac, auch wenn mich das abermals unausgesprochen fragen lässt, wie alt er wirklich ist. »Sind wir dann hier fertig?«

Erneut schnaubt Philo, doch Adina ist schneller und wendet sich an mich: »Mäuschen, ich würde mir natürlich wünschen, dass du mit uns kämst. Aber es beruhigt mich dennoch zu wissen, dass du hier bist – ich hätte mir Schlimmeres vorstellen können.« Sie schenkt Cormac ein verkrampftes Lächeln. »Vielleicht mögt ihr beide dennoch die nächsten Tage vorbeikommen, solange Philo noch ...«

»Beide?«, wiederholt dieser jedoch nur, unterbricht sie damit.

»Ja, beide«, beharrt Adina und wendet sich zu ihm um. »Uns mag die Entscheidung nicht gefallen, die sie getroffen hat. Doch zum Respekt und zur Liebe zu unserer Tochter gehört auch dazu, dass wir sie akzeptieren, egal, wie sie ihr Leben gestaltet.«

Philo atmet einmal tief durch, dann nickt er schließlich stumm.

Adina drückt mir einen kurzen Kuss auf die Wange, dann löst sie sich von mir und greift nach Philos Hand. »Ach, und Mac?«, ergänzt sie dann plötzlich. »Wenn du ihr wehtust, bringe ich dich um.«

Doch entgegen der Drohung lächelt Cormac. »Ich werde auf sie aufpassen.«

Die beiden atmen noch einmal tief durch, dann verlassen sie mit einem bedauernden Blick, der sich unerwartet tief in mein Herz bohrt, die Hütte. Das leise Klopfen der geschlossenen Tür hallt in meinem Kopf viel länger nach als in Wirklichkeit, während ich auf das Holz starre. Liegt das auch an dem Implantat oder daran, dass ich mich nach wie vor frage, ob ich die richtige Entscheidung getroffen habe? Hätte ich doch mit ihnen mitgehen sollen?

Ein Teil in mir treibt mich dazu an, ihnen noch hinterherzulaufen. Doch es hat mich tief verletzt, wie heftig mich Philo über viele Jahre angelogen hat. Ich würde gerne so tun, als wäre alles wieder beim Alten, aber das wird es niemals wieder sein.

Außerdem ahne ich, dass Cormac einen Grund gehabt haben muss, mich vom Mitgehen abzuhalten. Weiß er wieder einmal mehr als ich?

»Wir werden sie besuchen gehen«, flüstert er mir ins Ohr. »Aber nicht heute.«

Ich seufze, dann nicke ich widerwillig, ehe ich plötzlich seine Implantate aufleuchten sehe.

»Ja, bitte?«, beginnt Cormac, offenbar abermals ein Telefonat führend. Ich mustere ihn mit schräg gelegtem Kopf, wage jedoch weder etwas zu sagen noch näher heranzukommen.

»Na schön, ich bin in zehn Minuten da.« Ohne ein Wort der Verabschiedung zieht er die Brille vom Tisch und zwirbelt den Bügel zwischen seinen Fingern. »Ich muss eine Angelegenheit klären. Ich bin bald zurück.« Dann marschiert er auf die Tür zu.

In aufkeimender Panik folge ich ihm, stelle mich sogar vor die Ausgangstür, um ihn aufzuhalten. »Du kannst mich doch nicht alleine lassen!«

Ein Lächeln huscht über sein Gesicht. »Wieso sollte ich das nicht können? Wenn du noch mein Hausmensch wärst, würde ich das schließlich auch tun.«

Ich schlucke schwer. Kurz frage ich mich, ob ich nun, als Prävali, wenigstens die Türen und Objekte in diesem Haus bedienen könnte, doch in Wahrheit ist das ausgelieferte Eingesperrtsein nicht einmal meine größte Sorge. »Aber es ist hier ... so einsam und langweilig ohne dich.« Mit großen Augen funkle ich ihn an.

Cormac wirkt für einen Moment, als hätte ich irgendetwas bestätigt, was er hören wollte, dann reckt er das Kinn. »Ich wurde zur Polizeistation gerufen.« Entgegen der Panik, die in mir hochkriecht, bleibt er jedoch gelassen, als er ausführt: »Es geht um die Aussage wegen des Angriffs auf Sloan und Gwynn. Wenn du es unbedingt möchtest, kannst du mich begleiten. Vielleicht könntest du nun, als Prävali, sogar eine relevante Aussage liefern. Es besteht jedoch das Risiko, dass du Dinge siehst oder hörst, die dir nicht gefallen. Möchtest du dennoch mitkommen?«

Ich zögere angesichts seiner Formulierung. Geht es darum, dass ich unschöne Berichte bei der Polizei mithören könnte? Doch immerhin wären wir ja bloß dort, um eine Aussage zu machen. Oder spielt er auf etwas ganz Anderes an?

Dennoch erwidere ich: »Ja, bitte.«

Daraufhin streckt Cormac eine Hand in meine Richtung aus, die ich sofort ergreife. »Dann lass uns los.«

21

Wir sitzen bereits seit einer Weile auf dem Flur der Polizeistation direkt gegenüber eines Büros, auf dessen Einlass wir warten. Cormac hat sich abermals zurückgelehnt, ein Bein auf dem anderen abgelegt, und starrt vor sich hin. Wobei sehr viel wahrscheinlicher ist, dass er irgendwas sieht, denn seine Implantate blinken die ganze Zeit über.

Ob sie das bei mir wohl auch tun? Ich muss das definitiv vor einem Spiegel ausprobieren.

Endlich geht die Tür auf, doch dass die Beamtin im Türrahmen Namen aufruft, bekomme ich kaum noch mit. Denn meine Aufmerksamkeit lenken nun jene zwei Menschen auf sich, die zeitgleich aus dem Raum heraustreten und uns ebenso intensiv mustern wie ich sie.

»Gwynn? Sloan?« Etwas zu ruckhaft bin ich aufgestanden, sodass ich gegen sie stolpere. Doch obwohl ich sie zweifelsfrei wiedererkenne, sehen sie nicht mehr so aus, wie wir sie im Krankenhaus zurückgelassen haben. Beide tragen kein Halsband mehr, stattdessen leuchten kleine Implantate an ihren Schläfen.

Vorsichtig hebe ich die Hand und deute auf Gwynn, die bereits einen bedauernden Blick aufgelegt hat. »Was hat das zu bedeuten?«

»Nicht hier, Valerie«, unterbricht Cormac mich plötzlich.

»Aber ...«

Doch er schüttelt beharrlich den Kopf. »Wir werden dir im Anschluss an meine Aussage alles erklären, in Ordnung?«

Seine geheimnisvolle Art verunsichert mich, aber ich entscheide mich dennoch dafür, zu nicken und zu verstummen. Immerhin ist es die Vereinbarung, die wir getroffen haben, oder? Ich gehorche, dafür passt er auf mich auf.

Mit einem zufriedenen Lächeln stützt Cormac sich auf die Beine, während Sloan und Gwynn stumm den Platz freimachen, sodass er das Büro betreten kann. Er wirkt so entspannt, als hätte er keine Sorge vor dem noch folgenden Gespräch. Während die Situation mir bereits den Kopf so sehr vernebelt, dass ich mir nicht vorstellen kann, gleich vielleicht noch eine zusammenhängende Aussage zu machen.

»Es tut mir so leid, Valerie«, ergänzt Gwynn leise und umgreift kurz meine Hände. »Ich werde dir alles erklären.«

Ich nicke stumm, auch wenn jedes Wort von ihr nur weitere Angst in mir auslöst.

∗ ∗ ∗

Mein Kopf dröhnt, während ich auf dem leeren Flur warte und sich jede Minute wie eine Ewigkeit anfühlt. Ich versuche aufzuhalten, dass sich eine schwindelauslösende Erkenntnis in meinem Kopf einfrisst, aber ich bin erfolglos.

Sloan und Gwynn sind Prävalis.

Doch als wäre das nicht irritierend und widersinnig genug, schien Cormac keineswegs überrascht darüber. Er muss es gewusst haben.

War es das, worauf er anspielte, bevor wir losgingen? Doch woher wusste er das? Sie wurden doch sicher erst vor Kurzem umgewandelt, so wie ich, oder? Warum sonst hätten sie als Sapiens in der Auffangstation, bei Philo und bei Cormac leben sollen?

Postwendend verstärken sich die Kopfschmerzen und ich fasse mir mit einer Hand an den Schädel. Ich muss etwas falsch verstanden haben. Ich muss.

Endlich geht wieder die Tür auf und Cormac marschiert auf mich zu. »Ich habe dich als zusätzliche Zeugin hinterlegt, falls

Bedarf entsteht«, erklärt er, erinnert mich damit daran, weshalb wir eigentlich hier sind. »Aber mir wurde mitgeteilt, dass die Beweise, Aussagen und von mir übermittelten Ton- und Videoaufnahmen der Brille aktuell für das weitere Verfahren ausreichen. Für den Moment können wir also gehen.« Er zieht die Sonnenbrille von seiner Nase und klappt sie mit einer Hand zusammen, während er mit der anderen nach meinen Fingern greift.

Ich schaue kurz zu der Polizistin hinter ihm auf, die jedoch wie zu einer Bestätigung wieder ins Innere des Büros verschwindet. Also lasse ich mich von Cormac an der Hand nach draußen führen, während ich mich irgendwie benebelt und schummrig fühle. Dabei weiß ich schon jetzt, dass mir der schockierenste Teil erst noch bevorsteht.

Vor der Polizeistation warten tatsächlich Sloan und Gwynn auf uns. Cormac lässt mich langsam los, doch obwohl Gwynn schon auf uns zustürmt, beginnt er als erstes: »Gwynn und Sloan sind keine Sapiens.«

Ich schlucke schwer. Obwohl ich zu der Erkenntnis schon gekommen war, fühlt sie sich nun, ausgesprochen, noch schwerwiegender an. »Aber ... was ... wieso ...?«

»Wir wollten nur ...«, beginnt Gwynn, die uns mittlerweile dicht gefolgt von Sloan erreicht hat, doch Cormac unterbricht sie mit einer Handbewegung.

»Die beiden haben Undercover gearbeitet«, fährt er nun fort, mich so intensiv im Blick behaltend, als würde er fürchten, dass ich jeden Moment zusammenbreche. Was vielleicht sogar realistisch ist. »Nur so war es möglich, unauffällig in die Nähe von Philo Marx und dir zu gelangen und mehr Informationen zu erhalten.«

Nun werden meine Knie doch weich. Ich steuere den ersten, eher dekorativ angedachten Stein am Straßenrand an und setze mich darauf. »Wieso habt ihr das gemacht?«

»Ursprünglich hatte ich Gwynn um einen Gefallen gebeten.« Er dreht kurz den Kopf zu ihr, deren Miene so schmerzhaft verzogen ist, als hätte er sie getreten. »Sie ist eine Kollegin bei der Sapienschutzbehörde und unternimmt gelegentlich solche Undercover-Einsätze als Sapien in Institutionen, die bei uns auf der Beobachtungsliste stehen, denen wir aber bisher nichts nachweisen konnten.«

»Und Philo war eine solche ›Institution‹?«, frage ich mit bebender Stimme.

Cormac nickt. »Zumindest ging ich davon aus. Ich ahnte schließlich, was mit Adina passiert war ...« Er stockt, als wüssten die beiden hinter ihm keine Details. »Daher hatte ich ernsthafte Befürchtungen, dass er mit seinem aktuellen Sapien, also mit dir, ebenfalls nicht gut umgehen würde. Als wir also erfuhren, dass er einen zweiten Hausmenschen sucht, war die Gelegenheit günstig und ich bat Gwynn und die Chefin der Auffangstation um Kooperation für diesen Einsatz.«

Ich schlucke schwer. »Die Leiterin war auch involviert?«

Er nickt ruhig. »Wenn es darum geht, misshandelten Sapiens zu helfen, sind viele Menschen gerne bereit zu helfen.«

»Aber ... Philo hat mich doch gar nicht misshandelt«, wiederhole ich einen Satz, den ich schon zu oft gesagt habe.

»Im Groben haben wir das auch herausgefunden«, stellt er kühl fest. »Abgesehen von ein paar Aspekten der Vernachlässigung, aber das hätte nicht genügt, um dir ihm zu entziehen. Dahingegen waren die Infos durchaus hilfreich, um später die notfallmäßige Übertragung der Besitzrechte zu ermöglichen.« Er wendet den Kopf abermals zu Gwynn. »Die Erkenntnis zum Beispiel, dass du oft allein gelassen wurdest, wenig Auslauf erhieltst und na ja ... das Detail über den verheimlichten, verwandtschaftlichen Grad war auch nicht zu unterschlagen.«

Ich halte mir eine Hand auf den Bauch und krümme mich leicht, auch wenn ich nicht einmal sicher bin, woher dieser plötzliche, präsente Schmerz kommt. »Aber Gwynn ...«, wende ich mich nun direkt an sie. »Du hast so gegen Prävalis gewettert, du hast sie so gehasst ... und dabei bist du selbst einer?«

Erneut verzieht sie das Gesicht. »Ich habe zwar erst nach Philo bei der Behörde angefangen, aber er wusste, dass gelegentlich Prävalis Undercover eingesetzt werden. Daher wollte ich kein Risiko eingehen, entdeckt zu werden, und habe mich für einen besonders renitenten Sapien ausgegeben. Außerdem hatte ich gehofft, so eher deine Sympathie zu kriegen, wenn du von ihm schlecht behandelt wirst. Allerdings habe ich mich da wohl verkalkuliert.« Sie hebt die Schultern. »Offenbar wäre ich ja nicht mal zu euch gekommen, wenn du dich nicht für mich eingesetzt hättest.«

Das heißt also so viel wie: Ich bin schuld.

Gwynn schwankt von einem Bein zum anderen, während sie mich mustert. »Valerie, du hattest wirklich nachhaltigen Einfluss auf mich. Ich habe zwar noch nie daran geglaubt, dass es einen echten Unterschied zwischen Sapiens und Prävalis gibt, aber du hast mir eine ganz neue Perspektive gezeigt. Ich habe noch nie einen Sapien kennengelernt, der gut auf Prävalis zu sprechen war. Das war unglaublich aufschlussreich.«

Ich schüttle den Kopf. Verhöhnt sie mich?

Sie hockt sich zu mir herab und umfasst abermals meine Hände. »Es tut mir ehrlich leid, Valerie. Du warst immer so lieb. Am Anfang dachte ich noch, ich würde dir etwas Gutes tun, und vielleicht ist es langfristig auch so. Aber deinen Schmerz mitzuerleben, als Philo festgenommen wurde, tat mir im Herzen leid. Lass dir bitte gesagt sein, dass wir damit viele Menschenleben retten. Er ist der Kopf dieser Truppe und wir hoffen, dass sie dadurch geschwächt, vielleicht sogar endgültig vernichtet wird.«

Ich verziehe das Gesicht. Ich weiß, dass sie recht hat, aber dennoch möchte ich es jetzt nicht hören.

»Und du?«, wende ich mich nun an Sloan. »Musstet ihr gleich zwei auf uns hetzen?«

»Ich bin kein Kollege von den beiden«, erklärt er rau. »Ich bin von der Bundespolizei und Gwynns Ehepartner.« Es ist nur ein kurzer Blick zu ihr, aber dennoch ausreichend als letzte Erklärung, warum die beiden nicht wie Geschwister aussehen.

»Das war nicht geplant«, beteuert Gwynn und umfasst meine Hände fester. »Wir wussten nicht, in was für terroristische Aktivitäten Philo verstrickt war. An dem Abend, wo ihr mich schlafwandelnd gefunden habt, diente das nur der kurzfristigen Tarnung, weil Philo mich beinahe erwischt hätte. Ich hatte seine Wohnung nach Anzeichen möglicher Sapien-Misshandlungen durchsucht. Ich hatte Panik, dass Cormac mit seiner Annahme recht hätte und ich bisher nur etwas übersehen hatte. Doch was ich dabei in die Hände bekam, hat mich echt schockiert.« Sie schüttelt den Kopf. »In einem Datenpad habe ich Hinweise auf seine Verbindungen zur Terrororganisation gefunden, von der ich durch Sloan wusste, wie lange die Mitglieder schon gesucht wurden. Und da mussten wir handeln.«

Ich entziehe mich ihrem Griff und lenke den Blick ab. Wie kann nur jeder Satz von ihr noch weitere Stiche in meinem Herzen erzeugen?

Gwynn seufzt schwer und richtet sich wieder auf, ehe sie fortfährt: »Meine Implantate waren vorübergehend nicht eingesetzt – Undercover-Einsatz, du weißt schon – aber ich hatte einen kleinen Nottransponder bei mir für kurze Nachrichten. Darüber habe ich Sloan sofort kontaktiert und wir haben den Treffpunkt an der Auffangstation ausgemacht. Ich habe dann spontan die Story entwickelt, dass er mein Bruder ist, damit Philo ein wenig recherchiert und dann die Station aufsucht. Dass er gleich soweit gehen würde, die Papiere zu fälschen, um mir zu helfen ...« Abermals verzieht sie das Gesicht.

»Auf illegalem Weg«, korrigiert Sloan an sie gerichtet mit seinem beängstigenden Raubtier-Blick, ehe er sich wieder zu mir dreht. »Dennoch konnten wir ihn an der Schutzstation wie geplant festnehmen. So konnte Gwynn uns außerdem die Datenpads übergeben, ehe er sie noch vernichten konnte.«

Noch immer kann ich nicht fassen, was gerade passiert. »Aber … nachdem Philo im Gefängnis war und ich bei Cormac …« Ich schlucke schwer, auch wenn ich den damit verbundenen Schmerz noch gar nicht zulassen kann. »Wieso habt ihr weitergemacht? Warum habt ihr euch nicht als Prävalis zu erkennen gegeben?«

Sloan baut sich vor mir auf. »Wir brauchten mehr Informationen. Wir hatten zwar Philo in Gewahrsam, aber er war nicht bereit zu reden. Ich hatte mich mit meinen Kollegen abgesprochen und gehofft, dass wir dich aushorchen könnten. In Stresssituationen ist es oft leichter, Informationen aus Menschen herauszubekommen«, führt er aus, als würde er eine sachliche, völlig unbewegte Faktenliste aufzählen. »Cormac wollte zunächst nicht kooperieren, aber wir hatten zugesagt, es nicht zu übertreiben und auf dich aufzupassen.«

»Korrekt«, wirft dieser nun in scharfem Ton ein. »Und an dieser Aufgabe seid ihr gescheitert.«

»Valerie ist nichts passiert«, gibt Sloan zurück.

»Das war nicht euer Verdienst.«

»Die Jäger sind in dein Grundstück eingedrungen.«

»Richtig. Dennoch hattet ihr die Verantwortung für sie und der seid ihr nicht ausreichend nachgekommen.«

»Sie lebt doch noch.« Beinahe abfällig deutet Sloan auf mich.

»Weil ich eingeschritten bin. Sonst wärt ihr alle drei tot.« Cormac reckt den Kopf. »Ich konnte euren Prävali-Status nicht kurzfristig nachweisen. Hätten die Wilderer meinen nicht rechtmäßigen Besitzanspruch über euch angezweifelt, hätte ich nichts für euch tun können. Die offizielle Verantwortung hatte ich nur für Valerie und der wäre ich in jedem Falle nachgekommen.« Er legt eine Hand um meine Taille und zieht mich damit an sich.

Doch zum ersten Mal löse ich mich mit einem Ruck aus seiner Berührung. Ich schnappe nach Luft und spüre, wie sich meine Lunge schmerzhaft zusammenzieht, während sich meine Augen mit Tränen füllen. »Du wusstest es also. Du warst sogar verantwortlich dafür«, stelle ich fest. »Du hast Gwynn eingeschleust. Du hast dafür gesorgt, dass ich von Philo getrennt wurde. Du hast von vorneherein geplant, dass ich danach zu dir komme, um dich an ihm zu rächen. Jeder einzelne Schritt, den ich gegangen bin, war von dir geplant, sogar diese Flucht, oder?«

»Um ehrlich zu sein, hatte ich sogar angenommen, dass du schon früher zu flüchten versuchen würdest«, beginnt er. »Ich habe dich mehr provoziert, als ich es normalerweise bei meinen Hausmenschen zu pflegen tue. Du hast lange durchgehalten, doch meine eher offen gehaltene Bemerkung über meine Rache an Philo hat dir vorhersehbarer Weise wohl den Rest gegeben.« Sein Mundwinkel zuckt. »Hast du tatsächlich jemals geglaubt, dass ein paar Sapiens mich überwältigen könnten?«

Ich schüttle den Kopf, denn ehrlicherweise hat es mich damals schon gewundert, doch ich kriege keinen Ton mehr heraus.

»Es tut mir alles so leid, Valerie«, beteuert Gwynn abermals. »Ich bin froh, dass dieser Schuss mich getroffen hat und nicht dich. Cormac hat recht, wir hätten noch besser auf dich aufpassen müssen.« Sie senkt die Lider, ehe sie wieder unruhig von einem Bein zum anderen schwankt. »Aber ich wollte doch bloß sichergehen, dass Philo weder dir noch anderen Sapiens etwas angetan hat. Sloan wollte mich eigentlich schon längst von der Sache abziehen, aber ich hätte mir nicht verzeihen können, wenn ich nicht alles mir Mögliche getan hätte, um ein dir widerfahrenes Unrecht aufzuspüren.«

»Du hast dafür dein Leben riskiert«, brummt Sloan.

»Und das war es mir absolut wert«, beharrt sie und wendet sich über die Schulter zurück zu ihm. »Das sind genauso Verbrechen, wie du sie bekämpfst.«

»Nicht strafrechtlich.« Sein starrer Raubtierblick trifft nun sie.

»Sloan, du kannst so ein Arsch sein.«

Plötzlich höre ich Cormac scharf neben mir einatmen, was die beiden sofort verstummen lässt. »Ich denke, von eurer Seite aus ist alles gesagt.«

Gwynn nickt eilig und löst sich langsam von mir, doch ich nehme alles nur noch dumpf war. Der Schmerz frisst sich wie ein ausgehungerter Bandwurm durch meine Innereien, während die beiden die Straße entlang verschwinden. Ich weiß nicht, ob sie noch etwas zur Verabschiedung gesagt haben, und es ist mir auch egal. Es gibt nichts, was sie sagen könnten und ich hören wollen würde.

Wie konnte ich jemals sowas wie Vertrauen zu ihnen aufbauen? Warum nur war ich mein Leben lang so naiv?

Schwach komme ich zurück auf die Beine. »Wenn du das alles von vorneherein geplant hast ...«, beginne ich vorsichtig an Cormac gewandt. Meiner Stimme wohnt bereits ein Schluchzen inne, das heftiger wird, je mehr ich es zu unterdrücken versuche. »... war das zwischen uns dann auch so geplant? Hatten Philo und Adina recht und du hast mir nur etwas vorgespielt, um dich mit derselben Taktik zu rächen?«

Ich rechne nach allem, was ich hörte, bereits fest mit einer ebenso kalten Bestätigung. Doch stattdessen legt Cormac die Hände auf meine Schultern und sucht meinen Blick. »Wie ich schon sagte, dir mag nicht gefallen, was du hier erfährst. Aber ich habe dich niemals angelogen, was meine Gefühle dir gegenüber angeht. Das war die eine Sache, die ich weder planen noch kontrollieren konnte.« Er lächelt verkrampft, ehe er mit den Daumen über meine Haut streicht. »Ich hänge wirklich an dir, Valerie.«

»Wenn ich dir so wichtig bin, wie konntest du mir all das antun?«

»Ich wollte dir helfen.«

»So sieht deine Hilfe aus?« Ich löse mich aus seinem Griff und weiche zurück. »Wie konntest du mir all das verheimlichen? Warum glaubt jeder von euch, Geheimnisse vor mir haben zu müssen? Warum denkt ihr alle, ich käme nicht mit der Wahrheit zurecht?«

»Die Wahrheit war nicht relevant für dich«, erwidert Cormac.

Ich schnaufe. Jetzt verstehe ich, warum Adina von diesem Satz so genervt war. »Du hast mein Leben zerstört, Cormac!«

»Philo hat dein Leben zerstört«, korrigiert er ruhig. »Ich muss zugeben, dass ich den Prozess beschleunigt habe, doch dafür habe ich dir ein neues Leben geschenkt, das du ohne mich nicht bekommen hättest.« Ohne Berührung deutet er auf meine Implantate.

»Ich habe nicht darum gebeten.«

»Trotzdem könntest du dankbar sein.« Er legt den Kopf schräg und mustert mich. »Dass Philo nicht ewig bei dir sein würde, war bei seinem Lebenswandel abzusehen. Die Frage war nur, ob er erst im Gefängnis landet oder sich bei einer seiner Aktionen selbst umbringt. Dann hättest du keinen mehr gehabt, insbesondere niemanden, der sich so für dich einsetzt, wie ich es getan habe.«

»Du meinst das tatsächlich ernst«, hauche ich fast tonlos. »Ich soll dir wirklich noch dafür dankbar sein.«

»Natürlich meine ich das ernst«, fährt er unbeeindruckt fort. »Ich verstehe deinen Schmerz, aber mache dir nicht vor, dass es dir jetzt ohne mich besser ginge.«

Ich weiche noch weiter von ihm zurück und meine bereits schluchzende Stimme überschlägt sich. »Mir ist klar, dass du mehr weißt und kannst als ich und immer bei allem überlegen bist, Cormac. Aber du kannst mir nicht sagen, wie ich mich zu fühlen habe.« Dann wende ich mich ab, folge der Straße entlang, die Sloan und Gwynn vorhin noch passierten, auch wenn sie jetzt leer ist.

»Bleib stehen«, befiehlt Cormac streng. Ich ignoriere ihn, laufe einfach weiter, um Distanz zwischen uns zu bringen, sollte er noch aufholen. Doch überraschenderweise bewegt er sich nicht, ruft nur weiter: »Wir hatten eine Vereinbarung.« Ruckhaft drehe ich mich wieder zu ihm um. »Offensichtlich hatte die doch nie irgendeinen Wert!«, schreie ich, ehe ich wieder den Weg entlangstolpere.

Doch Cormac bleibt ernst, als er nachsetzt: »Für mich waren diese Worte von Anfang an bedeutungsvoll, Valerie.« Ich bleibe stehen, ohne mich umzudrehen, lausche nur weiter stumm auf das, was er sagt. »Ich habe die Verantwortung für dich übernommen und ich werde dich nicht einfach fallenlassen. Mein Wort wird nicht hinfällig, nur weil du wütend oder verletzt bist. Aber du würdest es uns beiden einfacher machen, wenn du jetzt umdrehst und zu mir zurückkehrst.«

Schon wieder ist er so beängstigend selbstsicher. Und bisher gab es nicht ein einziges Mal Anlass, an der Berechtigung daran zu zweifeln. Doch ich bin so unglaublich enttäuscht und verletzt, dass mir das für den Moment egal ist. Ich möchte nur Ruhe vor ihm haben, nicht noch sein triumphierendes Lächeln sehen, selbst wenn es nur für einige Sekunden ist.

Doch während ich die Straße entlangschaue, mit diesen vielen aufblinkenden Punkten auf meinem Sichtfeld, zögere ich. Ich komme nicht einmal von diesem Ort weg ohne ihn. Ich weiß nicht, wie ich diese Transportstationen bedienen muss. Ich weiß nicht einmal, wo ich bin. Ich weiß gar nichts.

Es ist verrückt. Ich hätte nun so viel mehr Fähigkeiten als vor wenigen Tagen als Sapien. Dennoch fühle ich mich hilfloser und abhängiger als je zuvor.

Noch immer ist es still hinter mir, Cormac hat offensichtlich nicht vor, mich selbst holen zu kommen. Vermutlich ahnt er, was mir durch den Kopf geht. Dass ich keine realistische Chance habe, alleine von hier wegzukommen. Dass ich verzweifelt nach ihm rufen werde, wenn ich mich endgültig verlaufen habe oder schon seit Tagen wieder draußen campiere. Dass ich so unselbstständig bin, dass ich ohne ihn gar nicht zurechtkomme.

Jeder Weg, den ich einschlagen kann, wird mich stets zu jenem Punkt zurückführen, an dem ich freiwillig zu ihm zurückkehren werde. Also warum soll ich mir das Leid dazwischen nicht ersparen?

Zögerlich wende ich mich also wieder herum und stelle fest, dass mir das triumphierende Lächeln erspart bleibt. Stattdessen beobachtet er mich ruhig mit in den Manteltaschen vergrabenen Händen. Warum nur muss er so attraktiv und gleichzeitig so anstrengend sein?

»Ich habe eine Bedingung«, beginne ich über die Distanz hinweg, die uns immer noch trennt.

Doch Cormac schüttelt den Kopf. »Es gibt keine Bedingungen. Das hier ist keine Verhandlung, Valerie.« Langsam schreitet er nun doch auf mich zu.

Ich schnaufe unzufrieden. »Ich will Philo sehen. Und Adina«, äußere ich dennoch, auch wenn ich weiß, wie aussichtslos es ist.

Wenige Meter von mir entfernt hält Cormac erneut inne, dann streckt er langsam eine Hand aus. »Je leichter du es mir machst, auf dich aufzupassen, desto eher kann ich deine Wünsche umsetzen.«

Misstrauisch starre ich auf seine ausgestreckte Hand. Zu gern würde ich mich der Vorstellung hingeben, dass ich mich an ihn lehnen kann und dann jedes Unrecht der Welt von mir ferngehalten wird. So, wie es sich früher bei Philo anfühlte, auch wenn es nie so real war wie bei Cormac.

Doch entgegen meines Wunsches beginne ich zu realisieren, dass es keine Dauerlösung ist. Ich will Cormac nicht verlieren, aber dennoch war es vielleicht ein Fehler, dieser Vereinbarung zuzustimmen. Auch wenn ich mich so gerne einfach nur fallenlassen würde.

Nur ein einziges Mal noch.

Also weiche ich seiner Hand aus, nur um mich mit zu viel Schwung gegen seine Brust fallen zu lassen. Cormac stolpert einen halben Schritt zurück, dann legt er mit einem leisen Auflachen die Arme um mich. Seine Umarmung fühlt sich so fest und sicher an wie ein warmer Kokon, nach innen weich und gemütlich und nach außen sicher und undurchdringlich. Ich möchte vergessen, was ich vorhin hörte, und nicht mehr darüber nachdenken, dass ich nicht ewig so weitermachen kann. Nur für einen Moment noch.

Seine Nase fährt durch meine Haare, ehe er sanft flüstert: »Lass uns gehen, Valerie.«

Mir ist klar, dass er keine Reue empfindet. Dass nicht ein Wort der Entschuldigung über seine Lippen ging. Aber wenigstens verspottet er mich auch nicht.

22

Im Laufe des Tages beunruhigt es mich zunehmend mehr, dass Cormac wieder einmal seinen Willen bekommen hat. Was mir vor Kurzem noch das Leben gerettet hat, lässt mich dieses Mal hilflos fühlen. Wenigstens hat er mir vor seiner Abreise zur Arbeit vor einigen Stunden noch erklärt, wie ich Türen und Kühlschränke bediene und mir über die Implantate Filme ansehen kann. Doch an der Enttäuschung, die sich schmerzhaft durch meine Organe frisst, ändert nichts davon etwas. Wenn er mich hätte gehen lassen, hätte ich mich viel schneller wieder beruhigt. Spätestens, wenn ich richtig verzweifelt gewesen wäre.

Aber bin ich das jetzt nicht auch?

Cormac war tatsächlich derjenige, der Philo und mich getrennt und ihn ins Gefängnis gebracht hat. Aber dennoch hat er recht. Früher oder später hätte ich Philo ohnehin verloren. Und hätte der dunkle Schatten mich nicht im Anschluss bei sich aufgenommen …

Ich schalte den Film ab, von dem ich eh kaum etwas mitbekommen habe, und starre durch die Glasfront nach draußen. Ich hoffe nur, er erinnert sich an meinen Wunsch, meine Eltern zu besuchen. Oder erwägt überhaupt nur, ihn zu berücksichtigen.

Hat er mir die Bedienung der Transportstationen noch nicht erklärt, weil er verhindern möchte, dass ich dort alleine aufkreuze? Oder damit ich nicht zu weit davonrennen kann? Wobei ich annehme, dass er mich auch am anderen Ende der Welt wiederfinden würde, wie auch immer er das anstellt. Immerhin habe ich jetzt keinen Tracing-Chip mehr. Doch irgendeinen Plan hat er ja immer …

Ich schnaufe mit einem zwiegespaltenen Gefühl in der Brust. Ich mag es, dass er auf mich aufpasst. Cormac hat unglaublich viel für mich getan. Er hat mir Möglichkeiten geschenkt, die Philo mir absichtlich mein Leben lang verwehrt hat. Aber dennoch habe ich das Gefühl, dass er mich einengt, bis ich kaum noch Luft zum Atmen habe.

Postwendend springe ich auf, öffne die Verandatür wie erklärt mit einer Handgeste und nehme einen tiefen Atemzug der frischen Waldluft. Doch obwohl ich offensichtlich atmen kann, löst es das beklemmende Gefühl in meinem Brustkorb nicht.

So kann es nicht weitergehen.

Ich weiß, dass ich Philos Schicksal nicht abwenden konnte, aber dennoch fühle ich mich schuldig daran, dass es soweit gekommen ist. Nicht, weil ich die Adoption von Gwynn oder die Hilfe für sie und Sloan befürwortet habe. Das ist nach wie vor nichts, was ich bereue. Aber ich habe zunehmend mehr das Gefühl, zu lange zu passiv gewesen zu sein. Dass ich zu viel damit riskiert habe, mich blind auf andere zu verlassen, und dass es nur dank Glück und, na ja, Cormac nicht ganz übel geendet ist.

Ich stütze meinen Kopf gegen den Rahmen, während mein Blick durch den Wald schweift. Ich will ihn nicht verlieren, ebenso, wie ich Philo nicht verlieren möchte. Aber dennoch wird mir allmählich klar, dass es mich nicht ewig rettet, mich auf andere zu verlassen. Ich weiß mittlerweile sicher, dass Cormac deutlich älter ist als ich, auch wenn ich keine genaue Zahl habe. Auch Philo und Adina werden mich nicht überleben. Was soll ich tun, wenn ich eines Tages alleine dastehe?

Ich habe gemerkt, dass Hilflosigkeit sich nicht nur beängstigend anfühlt, sondern auch gefährlich ist. Es tut gut, jemandem die Verantwortung übertragen zu können, es ist das, was ich verinnerlicht habe. Aber ich darf mich nicht länger auf diese Möglichkeit verlassen, sonst endet es in einer unbehebbaren Abhängigkeit.

Ich muss anfangen, selbstständiger zu werden. Auch wenn ich bezweifle, dass der dominante und kontrollsüchtige Cormac mir dieses Vorhaben erlauben, geschweige denn mir dabei helfen wird. Also stehe ich offensichtlich vor der Wahl: er oder meine Selbstständigkeit. Eine Wahl, die ich nicht richtig treffen kann.

Doch wird er mir diese Wahl überhaupt lassen?

* * *

Die Sonne ist bereits seit Stunden untergegangen, als ich auf meinem Sichtfeld eine Silhouette in der Nähe der Hütte erkenne. Sie ist durch die Wände hindurch eingefärbt dargestellt, gerade schemenhaft genug, um die Laufrichtung erkennen zu können. Den ganzen Tag über war niemand in der Nähe, also muss es Cormac sein, der nach Hause kommt.

In meinem Inneren spüre ich Freude darüber, dass er endlich zurück ist, doch gleichzeitig habe ich Angst, dass ich ihn nun mit meinem Vorhaben konfrontieren muss. Ob ich es weiter hinausschieben sollte?

Ich seufze. Bloß einen weiteren Tag. Nur einmal noch die simple Freude darüber empfinden, dass er da ist. Vielleicht fällt es mir morgen leichter.

Also richte ich mich auf, öffne die Tür und lausche auf die raschelnden Schritte der sich nähernden, im Dunkeln unerkennbaren Gestalt. Doch als diese schließlich fast die Verandatreppen erreicht hat, erstarre ich. »Gwynn?«

Ihr Blick wirkt so mitleidig wie vor einigen Stunden noch, als wäre es nun jener Anblick, den ich ausschließlich von ihr erhalten werde. »Kann ich kurz hereinkommen?«

Unsicher schaue ich mich zur Hütte um. »Aber Cormac ist nicht da und ...«

»Ich weiß«, beginnt sie. »Darum geht es.«

Ich schlucke. Der Beginn dieses Gesprächs gefällt mir gar nicht. »Okay, komm rein.« Ich trete von der Tür weg, sodass sie eintreten kann.

Doch als ich gerade die Klinke wieder hinter mir zuziehe und auf das Sofa deuten will, dreht sich Gwynn bereits zu mir um und beginnt aufgeregt: »Eigentlich wollten sie nicht, dass ich es dir sage, aber ich finde, du solltest es wissen, eigentlich alles, was wir wissen, und ...«

»Gwynn, was ist los?«, unterbreche ich sie, da sich bereits jetzt eine Panikattacke bei mir androht.

Sie schluckt schwer, dann eröffnet sie schließlich: »Ich befürchte, Cormac ist etwas zugestoßen.«

Und nun bricht die Panikattacke endgültig durch. »Was heißt das? Was ist passiert?«

Sie verzieht das Gesicht und schlingt ihre Arme um den Oberkörper. »Wir wissen es nicht genau. Aber das ist auch noch gar nicht die schlimmste Nachricht.«

Zu meiner Panikattacke gesellt sich jetzt auch noch ein Ohnmachtsgefühl, sodass ich mich am Tisch abstützen muss. »Was noch?«

Sie reibt sich die Hände, ehe sie beginnt: »Cormac und ich wurden heute zu einem ziemlich krassen Fall beordert. Aus dem Grund waren auch Sloan und ein paar andere Leute von der Bundespolizei vor Ort. Es ging um die Terrororganisation, der auch Philo angehört.«

Obwohl ich dringend mehr erfahren möchte, wünsche ich mir dennoch für einen Moment, sie würde aufhören zu reden, um das Druckgefühl in meinem Kopf zu lindern.

»Sie hatten offenbar entgegen ihrer offiziell so guten Absichten gegenüber Sapiens einige von ihnen zu Versuchszwecken eingesperrt. Cormac hatte herausgefunden, dass es dabei um Versuche ging, dieselbe Aufwertung durchzuführen, wie es bei dir geschehen war. Sie haben es auf dich abgesehen, Valerie, auch wenn mir nicht ganz klar ist, wieso.«

»Hat Philo sie auf mich aufmerksam gemacht?«, wage ich mich zu fragen, obwohl ich gar nicht bereit bin, die Antwort zu hören.

Gwynn zuckt leicht mit den Schultern. »Er hat uns den entscheidenden Hinweis gegeben, wo die Sapiens zu finden waren, also gehe ich nicht davon aus.« Den nächsten Satz lässt sie unausgesprochen, auch wenn er dennoch in meinem Kopf wiederhallt. Auch wenn er der Polizei geholfen hat, ist es dennoch naheliegend, dass er damit zu tun hatte.

Ich fühle mich, als würde ich innerlich zerbrechen.

»Als Cormac davon erfuhr, dass diese Leute dich suchen, übertrug er seine Aufgaben sofort an einen Vertreter und verschwand. Seitdem hat er sich bei niemandem von der Einsatztruppe oder seinem Arbeitgeber mehr gemeldet. Und hier ist er offenbar auch nicht.« Sie schließt kurz die Augen. »Ich weiß nicht, was passiert ist, aber ich befürchte, wenn er irgendwas im Alleingang versucht hat, dass ihm etwas zugestoßen sein könnte. Ich weiß, dass er nicht der Typ für überstürzte, leichtsinnige Entscheidungen ist. Wir kennen uns schon seit vielen Jahren und er hat immer überlegt gehandelt. Aber jetzt ... jetzt mache ich mir wirklich Sorgen um ihn.« Sie greift nach meiner Hand. »Ich nehme an, du hast auch nichts von ihm gehört?«

Ich schüttle leicht den Kopf, auch wenn sich alles in mir taub anfühlt. Die Tatsache, dass mich niemand bisher gekidnappt hat, spricht wohl dafür, dass Cormac erfolgreich war mit dem, was er getan hat. Dass er sein Versprechen wahrgemacht hat und auf mich aufgepasst hat. Aber dennoch wirkt es so, als hätte er zum ersten Mal seine Fähigkeiten überschätzt. Oder warum sonst ist er nicht zurückgekehrt und hat sich auch bei niemandem gemeldet?

Ich kenne Cormac sicher nicht so gut wie Gwynn. Doch ich hatte bisher nicht den Eindruck, dass ihm solch eine Fehleinschätzung passieren könnte. War es schlicht Pech? Ein Ausnahmefall? Oder hat er selbst jetzt noch die Kontrolle?

Doch die zehrende Angst in mir lässt mich diesen Gedanken nicht mehr ernsthaft erwägen.

»Wieso erzählst du mir das?«, frage ich schließlich. »Oder warum hättest du mir all das nicht erzählen sollen? Ich meine ...« Mein Kopf beginnt zu dröhnen, meine Sicht verschwimmt und ausnahmsweise liegt es nicht an meinem Implantat. »Wieso bist du hier?«

»Ich wollte dich zumindest aufklären«, beginnt sie und beugt sich leicht zu mir herunter. »Ich weiß, dass Sloan und ich daran beteiligt waren, dir Leid zuzufügen, auch wenn das nicht unser Ziel war. Du warst immer so nett zu mir und hast dich wirklich um uns bemüht.« Sie seufzt und erneut überkommt mich dieses schreckliche Gefühl der Hilflosigkeit. »Ich konnte keinen Polizeischutz für dich organisieren, immerhin waren die Kidnapping-Androhungen der Organisation eher unkonkret und zudem gelten sie jetzt offiziell als ›aufgelöst‹. Auch wenn ich sicher nicht so verblendet bin, zu glauben, dass sie nicht immer noch unentdeckte Unterstützer hätten.« Sie schüttelt leicht den Kopf. »Aber ich wollte zumindest, dass du es weißt und dass du auf dich aufpasst ... soweit möglich.«

Ich verkrampfe die Augen. Vielleicht hätte ich es lieber nicht gewusst. Doch spätestens, wenn Cormac in den nächsten Stunden nicht aufgetaucht wäre, hätte ich ohnehin geahnt, dass etwas nicht stimmt.

Ich fühle mich so verzweifelt, doch ich kann auf keinen Fall hier alleine bleiben und das aussitzen. Ob Cormac vielleicht bei Philo und Adina ist? Wenn diese Terrorgruppe es auf mich abgesehen hat, wäre es doch nur naheliegend, dass er bei ihnen nach Antworten sucht, oder?

Jedoch weiß ich, dass er mir verboten hat, ohne ihn bei Philo aufzukreuzen. Tat Cormac das, weil er etwas über die Pläne der Terrorgruppe wusste? Doch wie hätte selbst er das auch nur ahnen können?

Und wie kann ich nur erwägen, dass Philo so etwas tun würde? Ausgerechnet jener Mensch, der mich mein ganzes

Leben lang liebevoll aufgezogen hat? Er hat mir einige Dinge verheimlicht, aber er hat mir nie Leid zufügen wollen. Er würde mich nicht zu Versuchszwecken hergeben und riskieren, dass ich verletzt werde. Das kann ich mir nicht vorstellen. Er hat ganz sicher nichts damit zu tun.

Ich muss zu ihm. Ich muss mit ihm reden und herausfinden, wo Cormac ist. Vielleicht kann nur er mir helfen. Auch wenn er nicht begeistert sein wird, mich ausgerechnet dabei zu unterstützen, seinen Erzfeind wiederzufinden. Aber wird er es nicht trotzdem tun, für mich, für Adina? Dafür, dass er ihn zumindest vorübergehend aus dem Gefängnis geholt hat? Weil das in seinem Prozess ein gutes Licht auf ihn werfen würde?

»Kannst du mir erklären, wie diese Transportplattformen funktionieren?«, frage ich Gwynn also und deute mit der Hand nach draußen.

»Natürlich, ich zeige es dir«, antwortet sie, inhaltlich zwar urteilsfrei, aber dennoch sehe ich ihrer Mimik an, dass sie es merkwürdig findet.

Ohne ein weiteres Wort der Rückfrage verlassen wir die Hütte und treten in die vollkommene Dunkelheit. Gwynn erklärt mir, wie ich eine Nachtsicht anstellen kann, und es überrascht mich mit jeder Sekunde weniger, warum die Prävalis den Sapiens so überlegen sind.

Auf der Transportplattform angekommen erscheint abermals diese Landkarte vor meinen Augen und Gwynn erklärt mir, wie ich die einzelnen Zielorte finde. Was an sich zwar nett ist, mir jedoch keineswegs weiterhilft, wenn ich keine Ahnung habe, was diese Straßen- und Städtenamen bedeuten.

»Wohin willst du denn?«, fragt sie also schließlich.

Da ich abermals alleine hilflos bin, antworte ich ehrlich: »Zu Philo.«

Gwynn verzieht das Gesicht, als würde ich sie anekeln. »Du weißt, dass er ...«

»Bitte«, unterbreche ich sie jedoch.

Sie seufzt, doch erklärt:»Dort oben, siehst du den grün eingefärbten Bereich? Diese Station sollte die nächste zum Haus von Philo sein.«

Ich nicke, dann wähle ich die Station aus wie von ihr vorhin erklärt. Tatsächlich spüre ich einen Moment später, wie ich dematerialisiere, ehe ich kurz darauf am Zielort ankomme. An jener Straße, die mir nur allzu bekannt vorkommt, auch wenn es mir erscheint, als wäre ich seit einer Ewigkeit nicht mehr hier gewesen.

Sofort springe ich von der Station herunter, doch Gwynn greift mich am Handgelenk, sodass ich mich abermals zu ihr umschaue.»Pass auf dich auf, ja?«, beginnt sie und lässt mich wieder los.»Du bist ein guter Mensch. Ich möchte nicht, dass dir noch mehr zustößt.«

Ich nicke gedankenverloren, dann wende ich mich wieder der Straße zu. Vielleicht ist das, was ich vorhabe, wirklich eine schlechte Idee. Doch was soll ich sonst tun? Ausharren und warten? Darauf, dass Cormac vielleicht nie wieder zurückkommt? Immerhin habe ich keine Ahnung, was mit ihm passiert ist. Würde ich nicht auf kurz oder lang sowieso in jenes Haus zurückkehren, dass mich mein ganzes Leben lang begleitet hat?

Ich hoffe nur, dass Philo mir Antworten liefern kann. Ihn muss doch genauso schockieren, dass seine Leute Menschen in Käfige gesperrt haben, oder?

23

Als ich die Wohnung erreiche, halte ich kurz inne. Es ist überraschend ungewohnt, vor dieser Tür zu stehen, auf der anderen Seite, ohne Philo neben mir. Jedoch kommt mir gerade ohnehin mein ganzes Leben fremd vor.

Da mein Implantat für diese Wohnung, im Gegensatz zu Cormacs Hütte, wohl nicht freigeschaltet ist, klopfe ich vorsichtig gegen das Holz. Ich habe keine verlässliche Ahnung, welche Uhrzeit wir haben, aber ich bin mir sicher, dass es mitten in der Nacht sein muss. Nur ein Grund mehr, warum es ein Fehler war, jetzt hier aufzukreuzen. Vielleicht sollte ich einfach wieder verschwinden. Doch wo sollte ich dann hin?

Ich spüre das altbekannte Gefühl der Angst in mir, sobald eine Entscheidung ansteht. Die Reue, dass ich diese hier getroffen habe. Doch gleichzeitig rufe ich mir Philos Worte in Erinnerung. Man weiß vorher nie, ob es die richtige Entscheidung ist. Man kann nur das tun, was im Moment das Richtige zu sein scheint. Und meine Optionen sind begrenzt.

Nach einer gefühlten Ewigkeit öffnet sich schließlich die Haustür und Philo steht im Rahmen, in seinen altbekannten Plüsch-Bademantel gehüllt, und wirkt verschlafen. Jedenfalls noch, bis er mich erkennt.

»Valerie?« Geradezu schockiert sieht er sich auf der Straße hinter mir um. Sofort drehe ich mich zurück, doch natürlich ist dort niemand. »Ohne Cormac?«

Ich nicke, stürme auf ihn zu und drücke meinen Kopf gegen ihn. »Ich habe dich vermisst«, flüstere ich.

Philo wirkt immer noch perplex, lotst mich jedoch mit einer Hand an meinem Rücken ins Innere, ehe er die Tür schließt. Als ich Schritte die Treppen hinabsteigen höre, löse ich mich wieder und erkenne Adina, die für einen Moment genauso schockiert wirkt wie Philo vorhin. Dann überwindet sie erstaunlich schnell die verbleibende Distanz, ehe sie mich in die Arme schließt und einen Kuss auf meinen Scheitel drückt. »Wie schön, dass du gekommen bist«, haucht sie, während ihre Hand über meinen Rücken streicht. Auch sie löst sich einen Moment später, um einen Blick hinter mich zu werfen. »Bist du alleine hier? Um die Uhrzeit?« Ehe ich zu einer Antwort komme, ergreift sie meine Hände und setzt nach: »Ist alles in Ordnung?«

Das muss dieser mütterliche Instinkt sein.

»Ich weiß es nicht. Nein, ehrlich gesagt nicht.« Ich sehe mich in der eigentlich bekannten Wohnung um, die dennoch seltsam fremd wirkt. »Das heißt, mir geht es gut, im Moment, aber ...«

»Mac?«, fragt Adina sofort, dann verspannt sich ihre Miene. »Was hat er dir angetan?«

Sofort mache ich eine abwimmelnde Handbewegung. »Nichts, er ... ist verschwunden.« In kurzen, abgehackten, vermutlich kaum verständlichen Sätzen gebe ich die wenigen Infos weiter, die Gwynn mir mitteilte, ehe die beiden mich zum Sofa hinüber lotsen. Adina setzt sich rechts von mir und umfasst meine Hände, sodass ich sie weiterhin anblicke.

»Die Organisation hat es auf dich abgesehen?«, fragt sie erneut, als könnte sie es nicht fassen. »Aber welches Interesse sollten sie an dir haben?«

Ich zucke mit den Schultern. »Das konnte mir Gwynn auch nicht beantworten, nur, dass es mit meiner Umwandlung zu einem Prävali zu tun hat.«

Adina seufzt, dann dreht sie den Kopf zu Philo, der auffällig ruhig ist. »Kannst du dir vorstellen, wer von deinen Leuten an ihr interessiert sein könnte und warum?«, fragt sie mit einer merkwürdigen Betonung.

Ich wende mich zu Philo, der links von mir sitzt und einen Arm auf der Rücklehne abgestützt hat, nun jedoch den Blick abwendet. »Ich habe mich bereits darum gekümmert«, antwortet er dann bloß.

Mir fährt ein kalter Schauer den Rücken herab. »Was heißt das?«, frage ich vorsichtig.

Er atmet tief durch. »Ich habe heute mit ein paar Leuten aus der Organisation über dich gesprochen. Sie fanden es beeindruckend, ich meine ... dass ausgerechnet du eine erfolgreiche Aufwertung durchlebt hast ...«

»Warum sprichst du mit Fremden über unsere Tochter?«, fragt Adina scharf, ehe sie mich am Arm zu sich herüber von ihm wegzieht.

Doch er hebt nur abwehrend die Hände. »Ich habe mir bloß Sorgen gemacht und brauchte jemanden, um mich auszutauschen.«

Sie schüttelt fassungslos den Kopf. »Und das konnte nicht ich sein?«

»Es ist jetzt alles geklärt und Valerie außer Gefahr«, beteuert er, ohne auf ihre Frage zu antworten. »Ich habe erfahren, dass es eine kleine Untergruppe in der Organisation gab, die an der Funktionsweise des Aufwertungsprozesses geforscht hat. Diese Leute hatten Sapiens gefangen gehalten, aber das war nicht mit mir abgesprochen. Da ich sie dort nicht alleine befreien konnte, habe ich den Aufenthaltsort der Polizei gemeldet.« Noch immer hat er die Hände erhoben, löst jetzt nur eine aus der Starre, um sich durch die Haare zu fahren. »Sie waren fasziniert davon, dass Valerie die Implantate angenommen hat, immerhin ist sie so eine Art Hybrid ...«

»Hybrid von was?« faucht Adina und klammert nun die Arme um mich. »Zwischen zwei Arten? Ist es das, was du sagen wolltest?«

Er atmet lautstark aus. »Du weißt, wie ich das meine ... es ist einfach erstaunlich, dass es funktioniert haben soll, oder?« Sein Blick strahlt eine Mischung aus Fürsorge und Ernsthaftigkeit aus, die mich mehr erschreckt als beruhigt.

»Ich bin überzeugt, dass es wieder so ein irrer Racheplan dieses Verrückten ist.«

»Meinst du Mac?«, wirft Adina ein und Philo nickt. »Warum sollte er das tun?«

»Warum sollte er irgendetwas davon tun?« Er breitet abermals die Arme aus. »Ich glaube, er hasst mich mehr, als er euch liebt. Wusstest du, dass er eine verdammte Undercover-Agentin von der Sapienschutzbehörde auf mich angesetzt hat? Dass ich nur wegen ihr festgenommen wurde – weil ich einem Menschen helfen wollte?«

Ich beiße die Zähne aufeinander. Ich weiß zwar nicht wie, aber offenbar hat auch er mittlerweile von Gwynns und vermutlich auch Sloans wahrer Identität erfahren.

Philo greift mit den Fingern in seine Haare, sodass sie sichtbar gespannt aussehen. »Ich habe nur mit einem von meinen Leuten darüber sprechen wollen, damit sie ihr die Implantate wieder entfernen.«

»Du ... was? Du willst sie ihr wieder wegnehmen?« Adina springt auf die Beine und reißt mich am Arm von ihm weg. »Wieso?«

»Weil das ein Trick von Cormac ist!«, wiederholt Philo und kommt ebenfalls auf die Beine.

»Sie waren bei der Polizei, sonst hätten sie dich doch gar nicht anzeigen können. Ihr wurden die Teile offenbar von einem Amtsarzt eingesetzt, oder, Mäuschen?« Sie blickt mich kurz an, und als ich nicke, setzt sie fort: »Das ist kein Trick. Valerie ist offiziell ein Prävali. Dank Mac.« Ihr letzter Satz klingt mehr wie ein Zischen, beängstigend, obwohl er nur aus zwei Wörtern besteht.

»Dann ist es umso nötiger, dass ich mich darum kümmere!«, fährt Philo unbeirrt fort. »Die Welt da draußen ist viel zu gefährlich für meinen kleinen Sonnenschein. Ich muss auf sie aufpassen. Sie muss hier bei mir bleiben.«

Ungläubig starre ich Philo an. Ich dachte nicht, dass mein Herz am heutigen Tag noch mehr Schmerz ertragen würde, aber dennoch schafft er es irgendwie, sich durch meine Brust zu bohren. Vielleicht ist es längst zu kaputt und es ist das auslaufende, warme Blut, das ich zwischen meinen Organen spüre. Ich versuche mir einzureden, dass er aus Liebe zu mir so denkt und handelt. Doch die Worte klingen selbst in meinen Kopf leer.

»Du kommst vielleicht ins Gefängnis, Philo! Dann bist du nicht mehr bei ihr«, erwidert Adina nun, immer noch mit hörbarem Schock in der Stimme.

»Ich werde das verhindern. Ich werde bei Valerie bleiben«, beteuert er mit unsteter Stimme, als hätte er seinen Verstand verloren.

»Du wärst nicht einmal aus der Untersuchungshaft herausgekommen ohne Hilfe«, fährt sie jedoch fort und schüttelt den Kopf. »Was ist bloß in dich gefahren? Wie kannst du unsere Tochter in solch ein abhängiges Leben zwingen, obwohl du jeden Tag daran arbeitest, andere Menschen genau daraus zu befreien?«

»Das ist was anderes Diese Sapiens haben sonst niemanden. Es gibt nur die Käfige oder die Wildnis. Aber mein Sonnenschein kann bei mir bleiben, hier in dieser Wohnung, wo es sicher für sie ist. Wo niemand ihr etwas tun kann, kein Cormac, kein anderer Prävali, ...«

»Hör auf!«, schreit Adina ihn an.

Doch Philo lässt sich nicht mehr stoppen. »Nur dafür habe ich all das doch getan, Wildkätzchen. Damit ihr sicher seid, bei mir! Damit niemand meinem kleinen Sonnenschein etwas antun kann.«

»Du bist ja völlig wahnsinnig geworden!« Mit einem Ruck weicht sie mit mir von ihm zurück, dann beugt sich zu mir. »Valerie, Mäuschen, lass uns gehen. Wir kriegen das schon hin, wir ...«

Doch weiter kommt sie nicht mehr. Ihre Hände lösen sich schmerzhaft von mir, als sie plötzlich von mir weggeschleudert wird und ein paar Meter entfernt seitlich auf dem Boden landet.

Ich schreie auf, rutsche auf dem Sofa zurück, bis ich fast über die Rücklehne falle.

»Es tut mir leid, Adina. Bitte bleib einfach hier, das ist am sichersten«, höre ich Philo, während sie zögerlich zurück auf die Beine kommt. Dann steht er bereits vor mir. Kurz noch fährt er mir mit der Hand über die Wange, eine eher zackige statt vertraute Bewegung, dann greift er nach meinem Handgelenk. »Ich werde dich wieder in Sicherheit bringen.« Ohne meine Antwort abzuwarten, zieht er mich an dem unnachgiebigen Griff mit sich.

»Lass mich los!«, schreie ich, versuche ihn abzuwehren, mich gegen den Griff zu stemmen. Doch obwohl ich nun, als Prävali, die Macht dazu haben sollte, schaffe ich es nicht, mich von ihm zu befreien.

»Ich werde das wieder korrigieren«, fährt Philo unbeeindruckt fort, während er weiter die Tür ansteuert. »Wir werden gemeinsam wieder hier leben, wie früher. Das hat dir doch auch gefallen, oder?« Er schleift mich weiter über die Straßen, doch obwohl ich lauthals Widerstand leiste, schert sich niemand darum. Die meisten schlafen und die wenigen, die mich durch die Fenster beobachten, kennen mich als seinen Hausmenschen. Und mit dem darf er schließlich so umgehen.

»Philo, bleib sofort stehen!«, höre ich nun Adina hinter mir. Noch etwas schwankend kommt sie uns hinterhergerannt.

Tatsächlich stoppt Philo kurz, hebt jedoch erneut die Hand. »Du weißt, ich liebe dich, Adina. Aber meine Tochter liebe ich noch mehr und ich muss sie beschützen. Also zwing mich nicht dazu.«

Trotz seiner Drohung läuft Adina weiter auf uns zu, greift schließlich nach meinem Arm, zerrt kurz daran. Doch dann stößt Philo sie bereits erneut zurück, sodass sie rücklings auf dem Asphalt landet.

»Adina!«, schreie ich, denn dieses Mal richtet sie sich nicht einfach wieder auf. Ich will nach ihr greifen, doch Philo zieht mich bereits unnachgiebig weiter hinter sich her.

»Du brauchst dich nicht um sie zu sorgen, Valerie«, versucht Philo mich zu beruhigen. »Sie ist nicht tot.«

»Aber ... sie ist verletzt und ... was ist, wenn sie jemand findet? Wenn man dann herausfindet, dass sie ...?« Ich breche den Satz ab, als Philo mich rau auf die Transportplattform zieht.

»Ich kümmere mich um sie, sobald du in Sicherheit bist«, flüstert er bloß, ehe die Welt kurz um uns herum verschwindet.

24

Kurz darauf treffen wir an einem scheinbar noch dunkleren Ort ein, auch wenn die Nachtsicht auf meinen Augen mir hilft, nicht zu stolpern. Philo schleift mich über verregnete Straßen voller Pfützen auf eine Art Fabrikhalle zu, dessen Mauern so schwarz wirken, als wäre es der Eingang zur Hölle. Mit einem Ellenbogenstoß drückt er eine wellige Metalltür auf, zieht mich unnachgiebig mit sich, hält nicht inne, egal, wie sehr ich darum bettle.

Ist das der Mann, der mich voller Liebe aufgezogen hat? Mein eigener Vater? Wie konnte ich ihm nur jemals vertrauen?

Glaubt er wirklich, dass er mich damit beschützt? Dass es zu meinem Besten ist? Doch warum zwingt er mich dazu, ein Sapien und von ihm abhängig zu bleiben? Warum will er mir unbedingt die Chancen nehmen, die mir gegeben wurden? Warum erachtet er das als die geringere Gefahr? Warum sieht er nicht, wie sehr es mir Angst einjagt, was er tut?

Er ist tatsächlich wahnsinnig, oder?

Philo zieht mich weiter an den hallend leeren, hohen Wänden entlang, bis wir einen Prävali erreichen, dessen Gesicht größtenteils durch eine Maske verdeckt ist. Ohne Begrüßung fährt Philo ihn direkt an:»Beeile dich mit der Entnahme, klar?«

Der Fremde mustert mich und legt den Kopf schräg.»Das ist der Mischling?«

»Ja«, erwidert Philo knapp und drückt mich an sich, als wäre er hier, um auf mich aufzupassen. Dabei bin ich nur wegen ihm überhaupt an diesem dunklen Ort.»Lasst uns das so schnell wie möglich hinter uns bringen.«

»Wieso?«, fragt der Fremde jedoch nur irritiert, meine vor Schreck geweiteten Augen offenbar ignorierend.

»Ich möchte, dass wir vor meiner Gerichtsverhandlung hier fertig sind«, erwidert Philo und löst sich leicht von mir. »Ich werde sie auf keinen Fall mit euch alleine lassen.«

Ich schlucke. Wenigstens scheint der Philo, den ich kenne, noch irgendwo in ihm zu stecken. Auch wenn er im Moment kaum noch sichtbar ist.

»Vertraust du meinen fähigen Händen etwa nicht?« Der Fremde streckt seine Finger in die Luft und wackelt einmal damit, ehe er auflacht, doch Philo bleibt unverändert ernst. »Komm schon, wie lange kennen wir uns jetzt?«

»Das ist nicht relevant. Du entfernst die Implantate und ich werde solange hierbleiben.«

»Die ganze Zeit?«

»Das sagte ich gerade.«

Der Fremde murrt. »Na schön, wenn du versuchst, dich zu Tode zu langweilen, ehe du ins Gefängnis kommst ...« Er streckt die Hand zu einem Stuhl neben einer Liege aus. »Dann setzt dich.«

Wider Erwarten beschleunigt sich mein Puls in noch unglaublichere Höhen, als Philo mich auf dieses Inventar zuführt, das genauso aussieht wie die Horrorklinik-Liege in Adinas Labor. Ob sie sie auch durch die Hilfe dieser Organisation hatte?

Philo platziert mich auf der Liege, doch als er gerade mein Handgelenk loslässt, das bereits rot angelaufen ist und schmerzt, springe ich sofort wieder auf. Genervt greift er abermals nach mir, dann drückt er mich zurück auf die Liege. »Bitte, Valerie, mach es uns allen nicht schwerer, als es bereits ist.«

»Meinst du das Ernst?«, frage ich verzweifelt. »Du hast mich verschleppt und hierhergebracht, um ...« Mein Blick wandert zu einer Metallablage neben mir mit Skalpellen und merkwürdig aussehenden Untersuchungsgeräten.»Kann mich das umbringen?«

»Es ist ein kleiner Eingriff, es wird dir nichts passieren.« Obwohl seine Worte beruhigend wirken müssten, stellt sich keine Entspannung ein. Vermutlich, weil ich ihm kein Wort glaube.»Entspann dich einfach, Sonnenschein.«

Eine Träne läuft meine Wange herab.»Bitte, Philo, lass uns darüber reden. Wir finden bestimmt einen anderen Weg. Nicht hier, nicht so.«

Philo seufzt kurz, dann wirft der Fremde von hinten bereits ein:»Kommst wohl nicht drum herum.«

Für einen Moment frage ich mich, was er meint, da greift Philo plötzlich nach meinen Armen, drückt mich rücklings in die Liege und fixiert sie dann mit Lederbändern daran. Mein Strampeln bleibt wirkungslos, sowohl gegen ihn als auch gegen die Fesseln.

Cormac hatte recht. Ich hätte niemals alleine zu Philo gehen dürfen.

»Es tut mir leid, Sonnenschein, ich will nur, dass du sicher bist«, flüstert er und streicht rau über meine Wange.»Es wird nicht wehtun.«

»Das kann ich nicht versprechen«, wirft der Fremde ein.

Ruckhaft wendet Philo sich zurück.»Dann wirst du es jetzt versprechen.«

Doch er zuckt nur mit den Schultern.»Warum sollte ich, Verräter?«

Ich spüre förmlich, wie mir die Farbe aus dem Gesicht weicht. Als ich dann auch noch erkenne, wie weitere Prävalis näherkommen, schreie ich:»Philo, Vorsicht!« Doch es ist bereits zu spät. Drei von ihnen ergreifen ihn, ersticken den Widerstand, den er leistet. Sie fixieren ihn und zerren ihn mit sich über den leeren Fabrikboden.

»Lasst mich los!«, schreit er, doch die Rufe hallen hilflos an den Wänden wieder.»Lasst mich zu Valerie! Ihr werdet ihr nichts antun!«

»Wir müssen herausfinden, was sie besonders macht«, erwidert der Fremde am Ende der Liege jedoch. »Wir können nicht riskieren, dass du uns schon wieder unsere Pläne durchkreuzt. Erst hast du dich von den Bullen erwischen lassen, dann die Preisgabe unserer Sapiens-Lagerhalle und zuletzt noch das Vorenthalten dieses Bastard-Prachtstücks …« Mit gruselig glänzenden Augen schaut er zu mir herab. »Wir werden deine Tochter auseinandernehmen, bis wir dieses eine Mysterium gefunden haben, das Sapiens und Prävalis trennt und gleichzeitig vereinen wird. Sie ist für etwas Großes bestimmt, genauso wie wir. Und wenn wir erst einmal unsere Namen als Befreier in die Geschichtsbücher geschrieben haben, nennen wir dich vielleicht im Abspann.«

Ich presse meine Finger in die Metallliege unter mir. Das muss ein Albtraum sein. Nur wann werde ich endlich wach? Ich werde einfach nicht wach.

Wie konnte Philo mich hierherbringen? Selbst wenn er nicht wollte, dass ich verletzt werde – er hat mich in die Hände einer Gruppe Wahnsinniger gespielt. Er hat mein Leben riskiert.

Hier werde ich also sterben. Wie lange es wohl noch dauern wird? Wie viel Leid ich bis dahin ertragen muss?

Als ich ein Klingeln nahe meines Ohres höre, zucke ich bereits in Erwartung des Schmerzes zusammen. Doch dann erkenne ich, dass der Fremde eine Art Scanner an meine Schläfe hält. Er dreht meinen Kopf beiseite, mustert die Implantate, während mir weiterhin Tränen die Wangen herunterlaufen. Ich habe so eine unbeschreibliche, körperlich schmerzhafte Angst.

»Deine Implantate sind ja tatsächlich echt, Kleine«, stellt der Fremde fest und hebt den Scanner wieder, ehe er ein Datenpad hervorholt und meine Hand unter der Fessel daraufquetscht. »Und du hast sie tatsächlich assimiliert. Zu schade, dass sie nicht mehr so hübsch an dir aussehen werden, wenn ich an dir herumgeschnibbelt habe.«

»Bitte«, flehe ich ihn nun an, als er mit dem Skalpell in der Hand näherkommt. »Bitte lass mich gehen.«

»Sorry, aber das hier ist zu wichtig, um ...«

Plötzlich ertönt ein ohrenbetäubender Knall. Ich zucke zusammen, presse die Augenlider aufeinander, wodurch sich noch mehr Tränen von meinen Wimpern lösen. War das eine weitere Untersuchung? Oder vielleicht die letzte, weil sie mich umbringt?

Doch dann schallt ein erfüllendes Echo durch die Halle: »Polizei! Keine Bewegung!«

Obwohl ich kaum gemeint sein kann, wage ich nicht einmal mehr den Kopf zu drehen, verharre regungslos auf der Liege, auf die ich immer noch gefesselt bin. Sind sie für mich da? Wird dieser Albtraum enden, ehe er ganz beginnen konnte?

Nur wie ist das möglich? Ist Adina wieder aufgewacht? Hat sie für meine Rettung gesorgt? Immerhin wusste sie sicher, wo Philo mich hinbringen würde, oder?

Die Stimmen kommen näher, als sie schreien: »Auf den Boden legen, Hände hinter den Kopf.«

Spätestens jetzt muss ich mir sicher sein, dass ich nicht gemeint bin. Also wage ich, den Kopf zu wenden und die Augen zu öffnen. Tatsächlich breitet sich eine Gruppe Uniformierter in der Halle aus, einige davon kommen auf mich zu. Der Fremde erfüllt indes die Anweisung und rutscht auf die Knie.

Ruckhaft schnappe ich nach Luft, als wäre es mir plötzlich unmöglich, zwischen diesen hohen Wänden genug davon zu bekommen. Der Wissenschaftler wird ergriffen, weitere Menschen stürmen durch die Halle, vermutlich auf der Suche nach Philo und den anderen Prävalis, während ein weiterer Mensch, mit Weste, Helm und Maske vollkommen unerkennbar, auf mich zukommt.

Doch als er meine Fesseln löst, fragt er: »Geht es dir gut, Valerie?« Und die Stimme erkenne ich zweifelsfrei: Sloan.

»Ich weiß nicht«, bringe ich nur hervor, denn ich fühle mich so taub, dass ich nicht einmal mehr eine Schnittwunde spüren würde.

Sloan zieht die Maske von seinem Gesicht herunter und hilft mir auf die Beine. Im Hintergrund werden weitere Prävalis der Terrorgruppe festgenommen, nur Philo erkenne ich nirgends. »Kannst du laufen?«, fragt Sloan kalt wie immer. »Brauchst du medizinische Versorgung?«

Ich schüttle stumm den Kopf. Gerne würde ich sagen, dass ich einfach nur nach Hause möchte. Doch was bedeutet das gerade?

»Gut. Da ist jemand, der dich gerne sehen würde.« Sloan tritt beiseite, dann spricht er mit einer kurzen Berührung an sein Implantat: »Alles safe. Du kannst hereinkommen.«

Mein Blick heftet sich an die aufgebrochene Tür, wo ich Adinas Eintreten erwarte. Doch dann schreitet der dunkle Schatten hindurch, blickt sich kurz in der riesigen Halle um, ehe er mich entdeckt. Sofort marschiert er auf mich zu, ehe er mich ohne ein Wort in die Arme schließt. Seine Muskeln drücken mich so fest an sich, dass ich beinahe keine Luft mehr bekomme, und dennoch fühlt es sich gut an. Ich lasse meinen Tränen freien Lauf und obwohl das Schluchzen meinen Körper erschüttert, fühlt es sich in seinen Armen entspannend an.

»Ich brauche wohl nicht zu fragen, wie es dir geht«, flüstert Cormac über mir, mich abermals fester umgreifend. »Daher also: Wie kann ich dir gerade helfen?«

»Ich brauche sehr viel mehr von dieser Umarmung.« Ich schniefe erneut und drücke mich fester an ihn. »Danke, dass du da bist. Wie auch immer du all das angestellt hast.« Ich ahne bereits, dass er weit mehr gemacht hat, als nur zufällig hier aufzukreuzen.

»Ich erkläre es dir später.« Vorsichtig fährt Cormac mir durch die Haare.

»Adina«, kommt es mir plötzlich in den Sinn und ich löse mich von ihm, um zu ihm aufzuschauen. »Sie wurde von Philo angegriffen. Sie liegt noch auf der Straße und ...«

Doch Cormac macht eine abwimmelnde Handbewegung. »Sie wird bereits versorgt.« Auch wenn ich keine Ahnung habe, wie er davon wissen konnte, akzeptiere ich seine Worte und lasse mich wieder gegen seine Brust fallen.

Dann ertönt plötzlich ein hallender Ruf: »Valerie! Sonnenschein, bitte, hör mir zu!«

Philo.

Cormac löst sich von mir und tritt einen halben Schritt beiseite, sodass ich ihn sehen kann, mit Handschellen fixiert, während er nach draußen geführt wird. »Willst du mit ihm reden?«, fragt Cormac dann sanft.

Ich zögere. Ich würde gerne mit Philo reden, wenn er mir sagen könnte, dass all das ein großes Missverständnis ist. Dass er nicht Adina verletzt und auf der Straße hat liegenlassen. Dass er nicht bereit war, mir mit Gewalt die Implantate entfernen zu lassen. Doch mir ist klar, dass all das bloß Lügen wären.

Ich weiß, dass auch Cormac mir Dinge verheimlicht und mich damit verletzt hat. Doch er hätte nie Adinas oder mein Leben riskiert. Er hat stets versucht, Leid von uns fernzuhalten. Ganz im Gegensatz zu Philo.

»Im Moment nicht«, erwidere ich also bloß und senke den Kopf, während er nach draußen geführt wird. Es tut weh, Philo so verschwinden zu sehen. Doch würde es weniger wehtun, seine Ausreden und vermeintliche Entschuldigungen zu hören?

Einige Sekunden, nachdem alles verstummt ist, streckt Cormac schließlich die Hand zu mir aus. »Lass uns nach Hause gehen, Valerie.«

25

Hand in Hand erreichen wir Cormacs Hütte, wo ich in der Ferne erkenne, dass allmählich bereits wieder die Sonne aufgeht. Dennoch verspüre ich keine Müdigkeit. Nur diese Taubheit und selbst diese scheint langsam zu meinem Bedauern zu vergehen, denn darunter bricht ein tiefsitzender Schmerz durch.

»Setz dich.« Cormac deutet auf das Sofa, wirft seine Sonnenbrille auf den Küchentisch und werkelt eine kurze Zeit in der Küche herum, während ich geistesabwesend durch die Glasfront nach draußen schaue. Mit einem leisen Klimpern stellt er eine Tasse vor mir auf dem niedrigen Tisch ab. »Heiße Schokolade. Hilft den Nerven«, erklärt Cormac, ehe er sich neben mir auf das Sofa setzt.

»Wusstest du auch das?«, frage ich nur, den Blick nun an das weiße Porzellan geheftet.

Cormac zuckt mit dem Mundwinkel. »Dass Schokolade den Nerven hilft?«

»Dass Philo vorhatte, mir die Implantate wieder abzunehmen.«

Sein angedeutetes Lächeln verebbt, dafür legt er eine Hand auf meinen Oberschenkel. Wobei ich mir unsicher bin, ob es wirklich mein Bein ist, denn ich bin unfähig, es zu spüren. »Nach dem, wie er sich bei seinem Besuch und in Adinas Wohnung äußerte, fürchtete ich es. Deshalb wollte ich verhindern, dass du ihn alleine aufsuchst.« Er seufzt schwer. »Aber offensichtlich bist du darüber hinweg gegangen.«

Nun hebe ich doch den Blick zu ihm. »Du hast mich hier alleine gelassen. Ich ...«

»In meinem Haus warst du zu keinem Zeitpunkt in Gefahr«, erwidert Cormac ruhig.

»Du warst verschwunden!«

»Einer der Gründe, warum ich nicht wollte, dass Gwynn dir davon erzählt. Weil ich befürchtete, es würde dich verängstigen.«

Ich löse mich aus seiner Berührung. »Ich glaube nicht, dass ich damit alleine war«, erwidere ich mit möglichst fester Stimme, auch wenn sich abermals Tränen in meinen Augen bilden. »Gwynn hat sich auch um dich gesorgt, sonst hätte sie mich gar nicht erst aufgesucht. Und um mich wohl auch. Wo warst du überhaupt?«

Er reibt sich die Hände, ehe er sich auf dem Sofa zurücklehnt und die Arme ausbreitet. »Als wir zu dieser Lagerhalle voller Sapiens in Käfigen gerufen wurden, habe ich mich ein wenig in den Aufzeichnungen vor Ort umgesehen, die die Polizei freigegeben hatte. Dein Name wurde nicht erwähnt, aber ich sah, dass sie sich darüber ausgetauscht hatten, Versuche an einem Menschen durchzuführen, der sowohl Sapien als auch Prävali als Elternteile hat und kürzlich aufgewertet wurde. Da war es nur naheliegend, dass es um dich gehen muss. Doch die Anzeichen genügten nicht, um Polizeischutz für dich zu organisieren.«

Ich presse die Lippen aufeinander. Das hatte auch Gwynn bereits angedeutet.

»Also musste ich mich schnellstmöglich darum kümmern, einen gültigen Titel zur Durchsuchung von Philos Haus und seiner Zurückverbringung in Untersuchungshaft zu erwirken. Ich bin davon ausgegangen, dass Philo keine Experimente an dir durchführen wollte, aber dennoch musste er die für uns nötigen Informationen besitzen, um die Verantwortlichen ausfindig zu machen. Allerdings war das Vorhaben nicht ganz einfach, immerhin wurde eine Hausdurchsuchung bereits nach seiner ersten Inhaftierung durchgeführt und durch den von mir engagierten Anwalt gab es ein paar Hinderungsgründe, ihn erneut in Untersuchungshaft zu bringen. Ich wollte das erst abschließen, bevor ich zu dir zurückkehre.«

»Du wusstest also, dass Philo der Auslöser für den Plan dieser Splittergruppe war?«, schlussfolgere ich.

»Es gab kaum eine andere Möglichkeit«, erwidert Cormac. »Er ist der Leiter der Terrorgruppe und nur Adina und ich hatten noch so viele Informationen über dich. Mir war klar, dass sie sicher nicht dafür verantwortlich sein würde. Er hingegen war überaus interessiert daran, dich wieder von den Implantaten zu befreien. Es war naheliegend, dass er sich zu diesem Zweck Unterstützung suchen würde. Illegale, versteht sich.«

Ich wende den Blick ab, da mit seinen Worten auch der alte Schmerz wieder aufkeimt. »Aber wie konntest du mich überhaupt finden? Hat Gwynn dir erzählt, dass ich zu Philo gehe?«

Im Augenwinkel bemerke ich sein Kopfschütteln. »Man könnte sagen, du hast mich hingeführt.«

Ich schaue wieder zu ihm auf. Schon wieder sitzt er so entspannt da, als könnte niemand ihm etwas anhaben. »Was heißt das? War es so offensichtlich, dass ich zu ihm gehen würde?«

Er lacht leise auf. »Das auch, aber das war nicht der Grund.« Mit ausgestrecktem Finger deutet er auf mein Implantat. »Ich habe zugesagt, deinen Schutz zu übernehmen. Zu diesem Zweck habe ich dein Implantat mit meinem gekoppelt.«

»Du ... was?« Ich springe zurück auf die Beine. »Wann, ich meine, wie?«

Cormac lächelt. »Du hast unserer Vereinbarung zugestimmt, erinnerst du dich? Deine zweite, bestätigte Erklärung habe ich als Einverständnis für die Kopplung genutzt.«

Ich schnappe nach Luft. »Hättest du es mir nicht wenigstens sagen können?«

Er winkt ab.»Hätte das etwas geändert?«

»Ja, also ... nein, aber ...« Ich schnaufe und lasse mich wieder auf das Sofa fallen.»Und wie hat dir diese Kopplung geholfen, mich zu finden?«

»Unter anderem kann ich damit nachverfolgen, wo du dich aufhältst, was du siehst und was du hörst.«

Während sich bei mir ein Herzinfarkt ankündigt, bleibt Cormac weiterhin ruhig, als würde er über die Rezeptpläne des nächsten Tages sprechen.»Du hast mich beobachtet? Die ganze Zeit?«

Er hebt einen Mundwinkel.»Ich setze das nur ein, wenn es für deine Sicherheit notwendig ist. Aber das war es in dem Fall.« Sein Blick schwankt nach draußen zu dem Sonnenaufgang, der den Himmel gelb-bläulich färbt.

»Außerdem hast du uns damit die letzten, notwendigen Beweise geliefert, um Philo verhaften zu können, sowie einen weiteren Standort und Mitglieder seiner Organisation.«

»Uns?«, wiederhole ich.»Also haben mich noch mehr Leute beobachtet?«

»Nein«, erwidert er jedoch prompt.»Ich habe nur die unbedingt notwendigen Informationen weitergeleitet.«

Ich stütze meinen Kopf in die Hände.»Immerhin hast du mir damit wohl das Leben gerettet.«

»Das würde ich immer wieder tun«, erwidert Cormac mit einem hörbaren Lächeln.

»Und wie hebt man diese Kopplung wieder auf?«

Überrascht hebt er die Augenbrauen.»Wieso sollte ich das wollen?«

»Weil ... du ... kannst mich doch nicht die ganze Zeit überwachen!« Irgendwie ist es schwachsinnig, dass ich so argumentiere, denn ich weiß jetzt schon, was er als nächstes sagen wird.

»Natürlich kann ich das.« Er beugt sich nach vorne und stützt seine Unterarme auf seine Knie. »Wir haben doch eine Vereinbarung.«

Ich bin mir unsicher, ob ich ihn rügen oder dankbar sein soll, also lehne ich mich bloß stumm nach vorne und greife nach der Tasse, die er vorhin abstellte. Ich nehme einen vorsichtigen Schluck von dem bereits abgekühlten Getränk, dessen Süße mich tatsächlich etwas beruhigt.

»Schmeckt es dir?«

Ich nicke, nehme einen weiteren Schluck und stelle die Tasse dann zurück. Ich spüre immer noch den Schmerz, der in meinem Inneren tobt, doch Cormacs Anteil ist verschwindend gering daran. Natürlich wünschte ich mir, er wäre nicht so geheimnisvoll, wenn er etwas für mich tut. Doch er hat mich beschützt, mal wieder, und ich weiß, dass er es immer tun wird. Das war das, was ich wollte.

»Was ist mit Adina?«, frage ich schließlich. »Wie geht es ihr?«

Abermals wirkt er selbstsicher, als er sich im Sofa zurücklehnt. »Sie hat eine medizinische Versorgung bekommen und ist vorübergehend in einem Krankenhaus. Einem für Sapiens.« Er schüttelt den Kopf. »Philos Handlungen waren leichtsinnig. Ich werde sie zeitnah abholen, nicht, dass wir noch eine böse Überraschung erleben.«

»Eine böse Überraschung? Zum Beispiel, dass sie umgebracht wird?«, frage ich nervös.

Doch er fährt mir nur mit den Fingerspitzen durch die Haare. »Das wird nicht passieren. Ich habe das im Griff, Valerie. Wann wirst du das endlich verstehen?«

Ich seufze. »Wenn mein Leben mal etwas ruhiger abläuft und ich nicht ständig Angst haben muss, diesen Vorteil von dir ausnutzen zu müssen.«

Auf meinen Satz hin lacht er kurz auf. »Ich nehme an, dass sie danach weiter ihr unabhängiges Leben führen möchte, nur wie bisher wird das nicht möglich sein. Aber ich werde mal einen ungewöhnlicheren Weg bestreiten, der ihr das Vorhaben erleichtern dürfte.«

»Was für einen Weg?«, frage ich.

Doch er stupst mir nur einmal auf die Nase. »Lass das meine Sorge sein.«

Ich seufze, kann aber nicht ernsthaft ärgerlich darüber sein, dass ich mir keine weiteren Probleme aufbürden muss. Nur meine Neugierde bleibt unbefriedigt. »Es gibt allerdings noch eine Sache, über die ich gerne mit dir sprechen würde ... die nun, nach allem, was passiert ist, irgendwie noch aktueller ist.«

Neugierig mustert er mich, dann nickt er. »Du kannst mit mir über alles sprechon.«

Ich rutsche wieder näher, dann lege ich mich in seinen noch ausgebreiteten Arm. Kräftig schließt er diesen um mich, dann beginne ich vorsichtig: »Ich habe Angst, was passiert, wenn du eines Tages nicht mehr da bist.« Ich drehe den Kopf zu ihm nach oben, doch natürlich ist das die eine Angst, die er mir nicht nehmen kann.

»Ich werde noch eine ganze Weile bei dir sein«, erwidert er.

»Wie alt bist du wirklich?«, wage ich mich nun zum ersten Mal zu fragen.

Cormac hebt einen Mundwinkel. »Die erste dreistellige Zahl können wir nächstes Jahr noch zusammen feiern.«

Ich schlucke schwer. »Neunundneunzig?«

»Achtundneunzig«, korrigiert er.

Ich schnappe nach Luft und werfe meinen Kopf gegen ihn. Das ist noch mehr, als ich erwartet habe. »Also werde ich dich überleben«, stelle ich nüchtern fest.

Cormac fährt mir durch die Haare. »Wäre es anders, hätte ich meine Verantwortung vernachlässigt.«

Ich schließe kurz die Augen, als könnte das die Realität ausblenden. »Ich möchte ... nein, ich glaube, ich muss selbstständiger werden, Cormac. Ich weiß, dass du das nicht möchtest, aber ...«

»Da irrst du dich«, unterbricht er mich jedoch und hebt mein Kinn leicht an, bis ich ihn wieder ansehe. »Ich habe sogar dafür gekämpft, dass du selbstständig wirst. Ich möchte, dass du mir gehörst, weil du dich dafür entscheidest.« Er küsst mich kurz auf die Stirn, ehe er fortsetzt: »Um deine Sicherheit zu gewährleisten, ist es notwendig, dass du mir folgst. Aber mir ist absolut klar, dass eine vollständige Abhängigkeit von mir schädlich, nicht dienlich wäre. Daher bin ich selbstverständlich daran interessiert, dich weiterhin auf diesem Weg zu begleiten und zu unterstützen, selbst wenn es bedeutet, dass du dich eines Tages gegen mich entscheiden könntest. Dennoch wäre mir das lieber, als dir Leid widerfahren oder dich unfreiwillig in den Händen eines anderen zu sehen.«

Ich spüre, wie mir der Mund aufklappt, noch ehe ich Worte gefunden habe, die daraus entschwinden könnten. »Aber ich dachte ... bei der Polizeiwache gestern Morgen, da wirkte es, als ob ...«

»Hättest du mich ernsthaft darum gebeten, dich in Ruhe zu lassen, so hätte ich das befolgt«, unterbricht er mein Stammeln. »Aber solange du das nicht tust, gehörst du mir und nur mir. Und dazu gehört auch, für dein Wohlergehen zu sorgen.« Er streicht mir eine Strähne hinters Ohr und lässt die Hand dann auf meiner Schulter liegen.

Mein Blick wandert zu seiner Hand, was ihn dazu motiviert, nun über meine Haut zu streichen. »Ich dachte, nachdem, was mit Adina passiert ist ... du wolltest sie doch zwingen, bei dir zu bleiben, oder?« Ruckhaft schaue ich wieder zu ihm auf. »Entschuldige, ich sollte das nicht sagen, ich ...«

»Du sollst alles sagen, was dir durch den Kopf geht«, unterbricht er mich und lässt seine Hand wieder ruhig liegen. »Ich hatte und habe effektiv noch immer die Verantwortung für Adina, das ist bedauerlicherweise nichts, was sie sich aussuchen kann. Dennoch gestehe ich, dass ich in der

Vergangenheit besser hätte entscheiden müssen. Sie war stur, du kennst sie ja, aber ich hätte mit ihr reden und gemeinsam eine Lösung finden müssen.« Er seufzt. »Es hätte mir das Herz gebrochen, sie offiziell an Philo zu übergeben, aber wenn es das gewesen wäre, was sie sich gewünscht hätte ...«

»Ich glaube nicht, dass sie das wollte«, gestehe ich. »Ich denke, sie möchte niemandem gehören.«

»Ich weiß.« Er lenkt den Blick nach draußen. »Das kann ich ihr leider nicht ermöglichen. Noch nicht.«

Ich richte mich wieder etwas auf und mustere ihn. »Also willst du tatsächlich was für die Rechte von Sapiens tun?«

Cormacs Mundwinkel zuckt. »Das tue ich jeden Tag. Zu schade, dass es keiner von euch bemerkt hat.«

»So meinte ich das nicht, ich ...«

»Schon gut.« Er macht eine abwimmelnde Handbewegung. »Du hast recht, ich habe ein Projekt in die Wege geleitet, das einen ersten Weg für eine gleichberechtigtere Stellung der beiden vermeintlichen Arten eröffnen könnte.«

»Das klingt toll!«, entfährt es mir. Dann setzt mein kopfloser Mund bereits nach: »Ich möchte dir dabei helfen.«

»Tatsächlich?«

Ich zucke leicht mit den Schultern. »Ich kann vermutlich nicht so viel bewirken wie du, aber ich möchte auch etwas für die Rechte von Sapiens tun. Legale Dinge, damit Menschen nicht mehr verletzt werden.«

Cormac legt die Hand auf meinen Rücken. »Du könntest dadurch diese bezaubernde, positive Naivität verlieren.«

»Heißt das, dass du mich dann nicht mehr liebst?«

Er hebt die Augenbrauen. »Habe ich das je gesagt?«

Ich stocke. Bezieht er sich auf das »lieben« oder auf das »nicht mehr«?

Doch dann drückt er mich bereits an sich und flüstert: »Ich werde dich immer lieben, Valerie. Du bist etwas ganz Besonderes für mich. Mir ist bewusst, dass du nicht mehr dieselbe wie vor wenigen Tagen vor meinem Erscheinen bist. Du hast sehr viel mehr von den bösen Menschen und Szenen des Lebens gesehen und ich fühle mich schuldig daran.«

Ich löse mich von ihm und schaue zu ihm auf. War das eine Entschuldigung?

»Doch du hast mir so viel Schönes geschenkt. Sogar Adina hast du gewissermaßen wieder zum Leben erweckt – so fühlt es sich für mich jedenfalls an.« Liebevoll schaut er zu mir herab. »Dafür werde ich daran arbeiten, den Teil an positiver Offenheit in dir zu erhalten, der von all diesen Ereignissen verschont blieb.« Dann zieht er meinen Kopf leicht nach oben und schließt seine Lippen um meine, fährt sie mit seiner Zunge entlang, ehe er in den Kuss hinein lächelt. »Die heiße Schokolade war wirklich lecker. Oder bist das du, die so gut schmeckt?«

26

»Das war scheiße riskant von dir und du weißt, dass ich nie wieder wollte, dass du solche Aktionen startest!«, fährt Adina Cormac an, der sich wie gewohnt entspannt auf seinem Sofa niedergelassen hat. Wir haben sie nach kaum einem Tag im Krankenhaus wieder abgeholt, auch wenn es mühevoll war, sie überhaupt in Cormacs Hütte zurückzuverfrachten.

»Es hat funktioniert«, erwidert er nur und lächelt sie schräg an.

Doch Adina klopft nur empört mit den Händen auf ihre Oberschenkel, dann blickt sie zu mir. »Warum hast nicht wenigstens du ihn davon abgehalten?«

An der Stelle könnte ich einwenden, dass ich weder etwas von seinem Plan wusste noch die Macht gehabt hätte, ihn aufzuhalten. Doch stattdessen entscheide ich mich für: »Ist es denn wirklich so schlimm? Immerhin klingt das, als ob ...«

Sie unterbricht mich mit einer hektischen Armbewegung. »Natürlich ist das schlimm! Mac, damit gebe ich alles auf, was ich mir die letzten Jahre erarbeitet habe. Oder, vielmehr, du gibst es für mich auf.« Mit finsterem Blick fixiert sie ihn.

»Ich schätze, dir ist nicht einmal bewusst, wie nahe du an der Klippe standst«, fährt er unbeeindruckt fort. »Nach dem wir dich von der Straße aufgelesen haben und weitere Informationen über die Mitglieder der Terrorgruppe erhalten ...«

»Es war keine Terrorgruppe«, beharrt Adina.

Anmaßend hebt er die Augenbrauen. »Es ist also keine Terrorgruppe, wenn sie Menschen entführen, sie in Käfige sperren oder Versuche an ihnen durchführen wollen?«

Sie verschränkt die Arme.»Ursprünglich haben sie das nicht«, erwidert sie halblaut.»Es war eine Aktivisten-Organisation und nur daran war ich beteiligt.«

Doch Cormac übergeht ihre Bemerkung.»Jedenfalls hatten sie herausbekommen, dass in deinem Fall ein Aufwertungsmissbrauch vorlag. Einer, den ich nicht dadurch korrigieren konnte, dass ich dir die Implantate einsetzen lasse.« Sein Blick huscht zu mir.

»Ich wäre schon alleine klargekommen«, fährt sie ihn erneut an, dann tritt sie leicht gegen seine Wade.»Steh wenigstens auf, wenn ich mit dir rede.«

Genüsslich langsam richtet Cormac sich auf, doch dass sie nun zu ihm emporschauen muss, scheint ihre Wut nicht zu mindern.»Ich habe das für dich getan.«

»Ich bin jetzt wieder ein verdammter Sapien, ganz offiziell!«

»Aber ein lebendiger«, erwidert Cormac nachdrücklich. »Außerdem bist du in deiner Position kein gewöhnlicher Sapien. Du wirst einige Sonderrechte haben und ...«

»Hast du das von vornherein geplant, mmh?«, fährt sie ihn an.»Wolltest du das tun, damit ich wieder dir gehöre?«

»Streng genommen gehörst du nun dem Staat«, korrigiert er.»Ich bin bloß für deine Versorgung verantwortlich.«

»Ich fühle mich wie ein Polizeihund«, zischt sie.

Doch das lässt Cormac nur lächeln.»Gewissermaßen bist du das auch. Ein Polizeihund, der die Arbeit fortführen wird, die Valerie begonnen hat, als sie noch ein Sapien war.« Er schlingt den Arm um meine Taille und zieht mich an sich heran.»Einige Menschen in wichtigen Positionen waren wirklich beeindruckt davon, welche Auswirkungen ein Sapien bei solchen Einsätzen haben kann. Doch sie ist nun keiner mehr, also war die Stelle, sagen wir mal, vakant.«

»Die Stelle, auf die ich mich nicht einmal beworben habe.« Adina stemmt die Fäuste in die Seiten.

»Aber du wirst anderen Menschen helfen können«, werfe ich nun vorsichtig ein, was sie für einen Moment die Mimik entspannen lässt.»Ich weiß, nicht auf die Art und Weise, wie du es dir vorgestellt hast, aber ...«

»Ach, Mäuschen.« Sie umgreift meine Wangen.»Es ist süß, dass du das so siehst, und ja, irgendwie hast du ja auch recht.« Ihr Blick dreht sich wieder zu Cormac hoch, obwohl sie mich immer noch umklammert hält.»Aber damit muss ich jede Art von Selbstständigkeit und eigene Lebensführung wieder aufgeben, die ich je hatte.«

Cormac lächelt.»Nicht ganz.« Er greift in seine Manteltasche, dann zieht er ein schwarzes Etui heraus, das er ihr wortlos reicht.

Überrascht löst sie sich von mir, ehe sie es entgegennimmt und öffnet. Eine ebenso schwarze Sonnenbrille, wie Cormac sie trägt, kommt darin zum Vorschein.

Offenbar genauso verwirrt wie ich blickt sie wieder auf, dann erklärt er:»Das ist deine ganz offizielle Freiheit, Adina. Es stimmt, du bist nach wie vor ein Sapien und Eigentum, daran kann ich zunächst nichts ändern. Aber du bist einer der wenigen Sapiens, die über einen solchen Implantatersatz verfügen, angelehnt an die Technologie, die du entwickelt hast. Sie befindet sich gerade in der Weiterentwicklung, um noch dezenter und leichter bedienbar zu werden. Damit kannst du dich frei bewegen, Transportplattformen verwenden und deine alte Wohnung beziehen.« Er lächelt.»Natürlich nur, wenn du mich gelegentlich besuchen kommst.«

Sie knurrt unzufrieden, auch wenn ihr kaum noch echter Widerstand über die Lippen geht.»Wir sehen uns doch schon auf der Arbeit, reicht das nicht?«

Doch Cormac lacht als Antwort nur einmal auf, offenbar wissend, dass das nur der Rest ihrer abklingenden Wut war.

»Du bist wirklich unglaublich«, setzt sie dann mit einem Kopfschütteln nach, ehe sie die Brille auf die Nase zieht.»Und jetzt funktioniert das Teil auch noch auf Anhieb. Gestohlene Technologie. Da müsste mein Patent oder sowas draufstehen.«

»Zusammen mit dir gehören diese Erfindungen nun leider auch dem Staat«, erklärt Cormac. »Ich hätte mir auch gewünscht, dass du mehr Anerkennung dafür findest. Eines Tages sicherlich. Aber bis dahin wirst du so immerhin, wenn auch anders als geplant, einigen Sapiens ein freieres und selbstständigeres Leben ermöglichen können. Ihr beide habt viel bewirkt, ist euch das klar?«

Noch etwas unzufrieden verstaut sie die Brille wieder in ihrem Etui. »Ich bin trotzdem sauer auf dich. Auch wegen Philo. Ein bisschen jedenfalls noch.«

»Ich bin nicht derjenige, der für seine Taten verantwortlich ist«, antwortet Cormac ernst.

»Ich weiß.« Ihre Miene wird immer betrübter, vermutlich zeitgleich mit meiner. »Ich kann es immer noch nicht fassen, was passiert ist. Ich hätte ihm das niemals zugetraut. Vor allem für dich tut es mir so unendlich leid, Valerie.« Zaghaft streichelt sie mir über den Kopf.

Ich presse die Lippen aufeinander und nicke. Ich würde mir wünschen, wieder ein besseres Verhältnis zu Philo, meinem Vater und damit meiner Vergangenheit zu haben. Aber dennoch ist mir klar, dass es nie wieder dasselbe sein wird wie vorher. Ich kann nur hoffen, dass wir eines Tages wenigstens wieder ohne diesen Schmerz in meiner Brust miteinander reden können. Auch wenn die nächsten Jahre Gespräche wohl nur im Gefängnis möglich sein werden.

»Mir ist bewusst, dass ihr beide Philo wichtig wart und seid«, wirft Cormac ein. »Ich denke, er war sehr verzweifelt und verblendet. Er ist definitiv zu weit gegangen, aber dennoch bin ich der Meinung, dass er nie die Absicht hatte, euch zu schaden oder zu verlieren.«

Adina schaut zu ihm auf und grunzt auf. »Diese Worte ausgerechnet aus deinem Mund, Mac? Klingt ja, als wolltest du ihn verteidigen.«

Cormac lacht dunkel auf. »Soweit geht es nicht. Aber ich mag es nicht, wenn ihr leidet.« Dann löst er sich von uns und tritt auf den Küchentisch zu.»Auch wenn ich es nicht ewig verhindern kann.«

Zum ersten Mal tritt zwischen Adina und Cormac eine triste Stille ein. Mir ist klar, dass er stets versuchen wird, uns zu beschützen. Doch nun, wo Adina offiziell ein Sapien ist, erhält sie keinen Zugang mehr zu der Medikation für das Stoppen der Zellalterung. Nicht nur ich, sondern auch Cormac wird sie also überleben. Ich nehme an, er hatte sich von vorneherein darauf eingestellt, aber dennoch wünschte ich mir, wir könnten mehr tun.

»Warten wir erst einmal ab«, unterbricht Adina die Stille versöhnlicher. »Ich lerne jetzt erst zunächst, damit zurechtzukommen, und dann ...« Ohne den Satz zu beenden, tippt sie gegen das Brillen-Etui, dann wendet sie sich an mich. »Ich schätze, du musst dann zu deiner neuen Arbeit, Mäuschen?« Ich nicke leicht, dann fasst sie mein Gesicht in ihre Hände und drückt mir einen Kuss auf den Scheitel.»Pass auf dich auf, ja?«

»Das übernehme ich schon«, wirft Cormac ein, was ihm erneut einen giftigen Blick einbringt.

»Und wenn der alte Herr dich mal zu sehr nervt, komm mich besuchen, okay? Du weißt ja, wo ich wohne, und gelegentliche Auszeiten von dem Kontrollfreak sind echt nötig, um den Kopf freizukriegen.« Abermals schaut sie zu ihm auf, doch dieses Mal umspielt ein neckisches Lächeln ihre Lippen.

Cormac macht eine abwimmelnde Bewegung.»Die Abwesenheit meiner beiden Frauen kann ich gelegentlich verkraften.«

Sofort richtet Adina sich wieder auf und stößt ihn gegen die Schulter.»Ich gehe jetzt lieber, bevor das hier zu einer Schlägerei wird.«

Sein Mundwinkel zuckt.»Ich würde niemals eine von euch schlagen.« Dann hebt er seine Sonnenbrille auf.»Aber wir müssen gehen, also verschieben wir diese kleinen Faxen besser auf später.«

Adina schüttelt den Kopf, dann umarmt sie mich kurz, ehe sie sanft mit der Hand gegen Cormacs Brustkorb klopft. »Danke. Trotzdem.«

Er lächelt. »Kein Dankeschön nötig. Sonst denke ich noch, du wärst krank.« Adina stößt einen genervten Ton aus, dann wendet sie sich zur Tür. »Wir sehen uns, ihr Lieben.«

Noch ehe das Schloss wieder zugefallen ist, will ich die Hütte ebenfalls verlassen, doch Cormac hält mich am Handgelenk zurück. Überrascht schaue ich ihn an, dann beginnt er: »Wir werden in diesem Job selten zusammenarbeiten. Du wirst in der Verwaltung eingesetzt, stupide Büroarbeit nehme ich an. Du musst das nicht tun, wollte ich dich nur erinnern. Du kannst jetzt oder jederzeit sonst abbrechen.«

Ich nicke. »Ich weiß. Aber selbst ›stupide Büroarbeit‹ muss erledigt werden, oder nicht?« Ich lege meine Hände um seinen Nacken. »Selbst damit helfe ich, wenn auch nicht so direkt und greifbar wie du. Außerdem fühlt es sich gut an, etwas zu tun zu haben. Etwas Sinnvolles. Und an jenen Tagen, wo es sich nicht so anfühlt, kannst du mir ja berichten, was ihr erreicht habt, damit ich mich besser fühle.«

Cormac lächelt, dann beugt er sich herab und lehnt seine Nasenspitze an meine. »Du tust in jedem Moment deiner Existenz etwas Sinnvolles, Valerie. Nämlich für mich.« Ohne seine Antwort auszuführen, fährt seine Hand meinen Körper herab, bis sie meinen Oberschenkel erreicht und so unerwartet fest umgreift, dass ich aufkeuche. »Und jetzt lass uns los. Wir wollen ja nicht, dass du zu deinem ersten Arbeitstag zu spät kommst.«

LUST AUF MEHR?

Besuche gerne meine Homepage – dort findest du alle Bücher von mir:

https://jenniferfortein.com

Oder bleib auf Social Media mit mir in Kontakt:

Instagram   @jenniferforteinautor

TikTok   @jenniferfortein

Falls dir das Buch gefallen hat, würde mir eine Rezension sehr weiterhelfen.

Vielen Dank für's Lesen!